KB044195

AGATHA CHRISTIE COMPLETE COLLECTION

CAT AMONG THE PIGEONS

AGATHA CHRISTIE COMPLETE COLLECTION

CAT AMONG THE PIGEONS

비둘기 속의 고양이 애거서 크리스티 장편 소설 | 이수경 옮김

황금가지

CAT AMONG THE PIGEONS

Copyright © 1959 Agatha Christie Limited.
All rights reserved.

AGATHA CHRISTIE, POIROT and the Agatha Christie Signature
are registered trademarks of
Agatha Christie Limited in the UK and elsewhere.
All rights reserved.

Korean Translation Copyright © Minumin 2004, 2013, 2017, 2021

Korean translation edition is published by arrangement with
Agatha Christie Limited through Shinwon Agency.

이 책의 한국어판 저작권은 신원 에이전시를 통해
Agatha Christie Limited와 독점 계약한 ㈜민음인에 있습니다.
저작권법에 의해 한국 내에서 보호를 받는 저작물이므로 무단 전재와 무단 복제를 금합니다.

정식 한국어 판 출간에 부쳐

나는 한국에서 우리 할머니의 작품을 정식으로 출간한다는 소식을 듣고 무척 기뻤다. 할머니가 1920년부터 1970년 무렵까지 오랜 세월에 걸쳐 집필한 작품들은 21세기인 지금 읽어도 신선하고 재미있다. 등장 인물들이 워낙 자연스러워서 요즘 사람들과 다를 바 없고 이들이 등장하는 상황과 장소가 전 세계 사람들의 애정과 향수를 자극하기 때문이다. 한국 독자들은 이번에 새로 나온 정식 한국어 판을 통해 그동안 접하지 못했던 애거서 크리스티의 일부 작품들을 읽을 수 있을 것이다. 덕분에 한국에 새로운 세대의 애거서 크리스티 팬들이 탄생할지도 모르겠다는 생각을 하면 가슴이 벅차다.

애거서 크리스티는 대표적인 두 명의 주인공으로 기억되는 작가이다. 14권의 작품에 등장하는 마플 양은 영국의 작은 시골 마을에서 평온한 나날을 보내며 뜨개질과 수다로 소일하는 미혼의 할머니이지만, 놀라운 기억력과 날카로운 두뇌 회전으로 주변에서 벌어진 살인 사건을 해결한다.

그리고 마플 양과 상반되는 성격을 지닌 에르퀼 푸아로는 자신만만하고 콧수염을 포함한 자신의 외모와 벨기에라는 국적에 대한 자부심이 상당하다. 그는 이집트와 이라크를 비롯한 세계 각지에서 수수께끼를 해결하며 『오리엔트 특급 살인 *Murder On The Orient Express*』, 『나일 강의 죽음 *Death On The Nile*』, 『애크로이드 살인 사건 *The Murder Of Roger Ackroyd*』 등 애거서 크리스티의 여러 대표작에 모습을 드러낸다.

황금가지의 대담하고 참신한 표지와 전반적인 디자인 덕분에 작품의 성격이 잘 살아난 것 같아 기쁘다. 또한 한국 독자들이 할머니의 원작이 지닌 참된 묘미를 느낄 수 있도록 충실한 번역을 위해 애써 준 점도 높이 사고 싶다.

할머니의 작품이 20세기의 그 어떤 작가들보다 많이 팔리고 있는 이유는 나이와 국적에 상관없이 읽을 수 있는 재미와 감동을 갖추었기 때문이다. 모쪼록 한국 독자들도 황금가지에서 선보이는 애거서 크리스티 작품들을 즐겁게 감상하기를 바란다.

매튜 프리처드

애거서 크리스티의 손자

ACL 이사장

차례

프롤로그, 여름 학기

메도우뱅크의 여름 학기가 시작되는 날이었다. 늦은 오후의 햇살이 건물 앞 널찍한 자갈길 위로 쏟아졌다. 정문은 손님을 반기는 듯 활짝 열려 있었고 정문을 들어서자마자 조지 왕 시대의 분위기를 풍기는 옷을 잘 차려입은 밴시터트 선생이 서 있었다. 머리카락 한 올도 흩어지지 않았고 코트와 스커트도 완벽하게 재단된 것이었다.

잘 모르는 학부형들은 그녀를 그 위대한 불스트로드 선생으로 종종 착각했다. 그것은 불스트로드 선생이 성스럽기 그지없는, 몇몇 선택받은 특권층만 드나들 수 있는 곳에 은둔한다는 사실을 몰랐기 때문이었다.

불스트로드 선생의 다른 한팔의 역할을 하는 것은, 약간 다른 방식으로 일하는 채드윅 선생이었다. 부담 없고 박식한 그녀는 메도우뱅크에서 큰 부분을 차지하고 있어서 그녀가 없는 메도우뱅크는 상상할 수도 없었다. 불스트로드 선생과 채드윅 선생은 함께 메도우뱅크 학교를 설립했다. 채드윅 선생은 코안경을 쓰고 있었고 구부정한 상체에 누추한 옷차림이었다. 또 늘 온화하면서도 모호하게 말했지만 매우 뛰어난 수학자였다.

밴시터트 선생이 내뱉는 갖가지 환영 인사가 온 실내에 울렸다.

"아놀드 부인, 어떻게 지내세요? 어머, 리디아! 그리스 크루즈 여행은 즐거웠어? 정말 대단한 기회지 않니! 괜찮은 사진은 좀 찍었어?"

"예, 가넷 부인. 불스트로드 선생님께서 부인이 보낸 미술 수업에 대한 편지를 받았고, 모든 건 바라시는 대로 처리했답니다."

"버드 부인, 안녕하세요? 글쎄요. 불스트로드 선생님께서는 오늘 그런 이야기를 나눌 시간이 없으실 텐데요. 이야기를 꼭 해 보고 싶으시면 로완 선생이 어딘가에 있을 겁니다."

"우리가 네 침실을 옮겼단다, 파멜라. 네 방은 이제 멀리 윙에 있단다. 사과나무 옆에……."

"예, 물론입니다. 바이올렛 부인. 올봄은 날씨가 줄곧 좋지 않았죠. 이 아이가 막내인가요? 이름이 뭐니? 헥토르? 정말 멋진 비행기를 가지고 있구나."

"트레 어뤼즈 드 부 부아, 마담, 아, 쥬 레그레뜨, 쓰 느 세라 빠 뽀시블르, 쎄뜨 아프레미디. 마드모아젤 불스트로드 에 텔르망 오큐페.(만나 뵙게 되어 반갑습니다, 부인. 아, 죄송하지만 그건 불가능할 것 같습니다, 오늘 오후에는요. 불스트로드 선생님은 매우 바쁘십니다.)"

"교수님, 안녕하세요. 재미있는 거라도 발견하셨나요?"

2층의 작은 방에는 불스트로드 선생의 비서인 앤 새플랜드가 빠르고 능숙하게 타자를 치고 있었다. 앤은 서른다섯 살의 예쁘장한 여자로, 머리카락이 마치 작은 비단 모자처럼 머리 위에 달라붙어 있었다. 그녀는 마음만 먹으면 매력적인 모습으로 꾸밀 수 있었지만, 살아오면서 효율과 능력이 훨씬 나은 결과를 갖다 줄 뿐만 아니라 불쾌한 마찰을 일으키지 않는다는 사실을 배웠다. 현재는 명문 여학교 교장의 비서에게 어울리는 모습을 유지하는 데에 전념하고 있었다.

앤은 가끔씩 타자기에 새 종이를 끼워 넣으면서 창밖을 바라보며 새로 도착하는 사람들을 살펴보곤 했다.

앤은 놀라서 혼잣말로 외쳤다.

"와, 아직도 영국에 이렇게 많은 운전기사가 있을 줄 몰랐네!"

그리고 그녀는 위엄 있는 롤스로이스들이 빠져나가고 낡고 작은 오스틴(영국제 소형 자동차 — 옮긴이)이 들어오는 모습을 보면서 자신도 모르게 미소를 지었다. 몹시 초췌한 모습의 아버지가 차에서 내렸고, 곧이어 아버지보다는 담담해 보이는 딸아이가 내렸다.

그가 잠시 머뭇거리며 서 있자, 밴시터트 선생이 나와 먼저 말을 걸었다.

"하그리브스 소령님이시죠? 그럼 이 아이는 앨리슨? 어서 안으로 들어오세요. 앨리슨의 방은 직접 확인해 보시죠. 저는……."

앤은 미소를 지으면서 다시 타자기를 두들기기 시작했다. 그러고는 혼잣말로 중얼거렸다.

"친절한 노인네 밴시터트입니다. 살짝 과대평과를 받고 있는 대역이죠. 완벽히 불스트로드를 흉내 낼 수 있죠. 감쪽같답니다!"

어마어마하게 부유해 보이는, 자주색과 하늘색이 섞인 거대한 캐딜락이 긴 차체 때문에 어렵게 차도로 올라와, 존경 받는 알리스테어 하그리브스 소령의 낡은 오스틴 뒤로 들어섰다.

기사가 튀어나와 문을 열자 덥수룩한 턱수염에 검은 피부의 덩치 큰 사내가 흘러내리는 듯한 아바(아라비아 사람이 입는 헐렁한 민소매 옷—옮긴이)를 걸친 채 차에서 내렸다. 뒤를 이어 파리 풍의 최신 유행 의상을 입은 사람이 내렸고, 마지막으로 날씬하고 얼굴이 가무잡잡한 여자 아이가 내렸다.

저건 아마…… 이름이 뭐라더라, 그 공주일 거야. 교복을 입은 그녀의 모습은 상상할 수도 없지만 내일이면 그런 기적도 일어나겠지…….

앤은 혼자 생각했다. 밴시터트 선생과 채드윅 선생 모두 모습을 드러냈다.

'아마 저 사람들을 알현실로 데리고 가겠지.'

앤은 생각했다.

그러고는 이상하게도 사람들이 불스트로드 선생에 대한 농담을 좋아하지 않는다는 사실을 떠올렸다. 불스트로드 선생은 매우 중요한 사람이었다.

"그러니 아가씨, 피(P)와 큐(Q)를 항상 조심해야지."(피와 큐는 양손 약지로 쳐야 하는 알파벳으로, 타자를 칠 때 다른 손가락만큼 무게가

실리지 않기 때문에 제대로 안 쳐지는 경우가 많다 — 옮긴이)

앤은 스스로에게 타일렀다.

"그리고 실수 없이 이 편지들을 다 쳐야 해."

그렇다고 앤이 실수를 자주 하는 편은 아니었다. 그녀는 비서 자리라면 골라서 갈 수 있을 정도로 능력이 있었다. 한 정유 회사 임원의 개인 비서를 지냈고, 박식하고 성급하며 글씨체를 알아보기 힘들기로 유명한 머빈 토드헌터 경의 개인 비서를 지내기도 했다. 두 명의 각료와 고위 공무원을 위해 일하기도 했었다. 하지만 전반적으로는 남자들 사이에서 하는 일이 대부분이었다. 그녀는 내심 여자들 사이에 둘러싸여서 일하는 건 어떨지 궁금했었다. 어쨌든 그것도 새로운 경험이었다! 게다가 데니스! 성실한 데니스는 말라야, 버마, 그리고 세계 각지에서 돌아올 때마다 청혼을 했다. 친애하는 데니스! 하지만 데니스와 결혼하면 너무 심심할 것만 같았다.

아마도 조만간 남자들과 일하는 걸 그리워할 것이다. 여기 여선생들 사이에는 팔순이 넘은 정원사를 빼고는 남자라고는 한 명도 없었다.

이즈음에서 앤은 매우 놀랐다. 창밖을 내다보다가 차도 너머 덤불 울타리를 다듬고 있는 남자를 본 것이다. 그것은 분명 팔순이 되려면 아직 한참 남은 남자 정원사였다. 젊고 가무잡잡하고 잘생겼다. 앤은 그가 누군지 궁금해졌다. 그동안 인력을 보강한다는 말은 있었지만 이 사람은 신규 인력으로 올 만한 시골뜨기가 아니었다. 뭐, 요즘은 지업에 귀친이 없으니까. 젊은 남자들도 큰일을 꾸밀 밑

천을 벌려고 일할 수도 있고, 아니면 그냥 건전하게 살기 위해서일 수도 있으니까. 하지만 그가 덤불을 다듬는 솜씨는 매우 뛰어났다. 그렇다면 그는 정말 정원사일지도 모를 일이다.

"저 남자는…… 아주 재미있을지도 모르겠는데……."

앤은 혼잣말을 했다.

앤은 이제 편지 하나만 더 치면 된다는 사실을 깨닫고 기분이 좋아졌다.

'그러고 나서 정원에 산책이나 나가 볼까…….'

위층에서는 사감인 존슨 선생이 신입생들을 환영하고 방을 지정해 주면서 재학생들과도 인사를 나누느라 바빴다. 그녀는 다시 개학한 것이 무척 즐거웠다. 방학 동안에는 무얼 하면 좋을지 늘 고민이었다. 결혼한 두 동생이 번갈아 가면서 같이 지내 주었지만 동생들은 메도우뱅크보다는 자신들의 일과 가정에 더 신경을 쏟았다. 존슨 선생도 의무감에서 동생들을 반겼지만 신경은 메도우뱅크에 더 쏟았다.

그래, 개학을 하니 정말 좋았다.

"존슨 선생님?"

"그래, 파멜라."

"존슨 선생님, 제 가방 안에서 뭔가가 깨진 것 같아요. 물건이 온통 범벅이 되었어요. 제 생각엔 머릿기름 같은데요."

"자, 그럼 가 보자!"

존슨 선생이 도와주러 서둘러 나갔다.

자갈 깔린 차도 너머로 펼쳐진 잔디밭 위를 새로 온 불어 선생인 마드무아젤 블랑슈가 걷고 있었다.

'아쎄 비엥.(제법 괜찮군.)'

블랑슈 선생은 생각했다. 블랑슈 선생은 쥐처럼 재빨라서 별로 사람들의 시선을 끌진 않았지만 주변의 일은 모두 관찰하고 있었다.

그녀의 눈은 정문으로 다가오는 자동차 행렬을 좇고 있었다. 차를 보면서 얼마나 부자일지 속으로 평가하는 것이다. 이곳 메도우뱅크는 정말이지 마음에 들었다! 그녀는 내심 불스트로드 선생이 얼마나 많은 돈을 벌고 있을지 어림짐작해 보았다.

'정말이야! 포르미다블!(마음에 들어!)'

영어와 지리 담당인 리치 선생은 건물을 향해 잰걸음으로 오면서 발밑에 주의를 기울이지 않아 가끔씩 발이 걸려 비틀거렸다. 머리카락은 언제나처럼 삐져나와 있었다. 리치 선생은 못생긴 편이었다.

리치 선생은 혼잣말을 중얼거리고 있었다.

"다시 돌아왔어! 이곳으로 돌아오다니…… 벌써 몇 년 된 것 같은데……."

리치 선생은 갈퀴에 걸려 넘어질 뻔했는데 젊은 정원사가 팔을 뻗어 붙잡아 주었다.

"소심하세요."

에일린 리치는 정원사를 쳐다보지도 않고 대답했다.

"고마워요."

두 젊은 여선생, 로완 선생과 블레이크 선생은 스포츠 파빌리언 쪽으로 걸어가고 있었다. 로완 선생은 마르고 가무잡잡하며 강렬한 인상이었고, 블레이크 선생은 통통하고 얼굴이 하얀 편이었다. 두 사람은 얼마 전 플로렌스로 다녀온 모험담을 즐겁게 이야기했다. 그들이 봤던 사진, 조각, 과일, 꽃 그리고 흑심을 품은 듯한 두 젊은 이탈리아 남자 등등.

블레이크 선생이 말했다.

"물론 모두 알고 있어. 이탈리아 사람들이 어떻게 수작을 거는지 말이야."

심리학과 경제학을 전공한 로완 선생이 대답했다.

"거침없지. 그 사람들은 정신이 완벽하리만치 건강해. 전혀 감정을 억누르지 않으니까."

"하지만 쥬세페는 내가 메도우뱅크에서 교편을 잡고 있다고 했더니 제법 놀라는 것 같았어. 그는 내 말을 듣자마자 아주 정중한 태도를 보였어. 이곳에 오고 싶어 하는 사촌이 있다나 봐. 하지만 불스트로드 선생님이 빈자리가 없다고 했다던데."

블레이크 선생이 말했다.

"메도우뱅크는 대단한 학교야. 정말이지 새 건물, 스포츠 파빌리언이 가장 인상 깊어. 제시간에 다 지을 거라고는 생각도 못했는데."

로완 선생도 즐거운 듯 말했다.

"불스트로드 선생님이 꼭 완공해야 한다고 말씀하셨대."

블레이크 선생은 최후통첩을 하는 사람 같은 말투였다.

"그래?"

로완 선생은 약간 뜻밖이라는 듯이 덧붙였다.

스포츠 파빌리언의 문이 갑자기 열리더니 붉은 머리에 깡마른 젊은 여자가 나타났다. 그녀는 날카롭고 무례한 시선으로 노려보고는 재빨리 걸어갔다.

"저치가 새로운 체육 선생인가 봐. 정말 무뚝뚝하잖아!"

블레이크 선생이 말했다.

"별로 달가운 충원은 아니네. 존스 선생님은 늘 친절하고 상냥했는데."

로완 선생이 말했다.

"방금 저 여자가 우리를 째려봤어."

블레이크 선생은 화가 난 듯 말했다. 두 사람은 모두 기분이 나빠졌다.

불스트로드 선생의 응접실에는 창문이 두 방향으로 나 있었다. 한 쪽은 차도와 그 너머 잔디밭을 내려다보고 있었고 다른 한 쪽은 진달래꽃이 잔뜩 핀 건물 뒤편을 내려다보고 있었다. 응접실은 멋있었고 불스트로드 선생은 제법 대단한 여성이었다. 그녀는 키가 크고 매우 귀족적인 생김새였다. 멋지게 센 회색 머리카락과 유머 감각이 가득해 보이는 회색 눈동자, 그리고 굳게 다문 입이 돋보였다. 불스트로드 선생의 학교가 영국에서 가장 성공한 학교 중 하나가 된 것은 교장의 개성에 힘입은 결과였다. 학비가 비싸지만 그것은 중요하진 않았다. 제법 많은 돈을 내야 하지만 지불하는 만큼 얻어 가는 곳이었다.

일단 딸을 보내 놓으면 부모들이 원하는 대로 교육 받았고 그것이 불스트로드 선생이 추구하는 바였다. 그리고 이 두 가지 요구 사항이 합쳐지면 완벽한 만족을 가져다주었다. 비싼 학비 덕분에 불스트로드 선생은 교사를 많이 고용할 수 있었다. 이 학교에서는 대량 생산되는 것은 하나도 없이 개개인에게 맞춘 원칙이 있는 교육을 제공했다. 획일적이지 않은 기강은 불스트로드 선생의 좌우명이었다. 그녀는 기강이란 어린 학생들이 기댈 수 있는 것이라 생각했다. 기강은 학생들에게 든든함을 느끼게 하지만 획일화는 일탈을 부를 뿐이라고 그녀는 믿었다. 불스트로드 선생의 학생들은 다양했다. 외국의 훌륭한 가문에서 온 학생도 많았고 외국의 왕족도 있었다. 또 부유한 영국 명문가의 딸들도 있었다. 그들은 문화와 예술, 삶에 대한 지식과 사회적 기술에 대해 잘 교육 받아서 어떤 주제로든 수준 높은 대화를 나눌 수 있게 되길 바랐다. 열심히 공부해서 입학시험에 합격하고 나아가서는 학위를 취득하고 싶어 하는 여학생들도 있었다. 그러기 위해서는 좋은 가르침과 특별한 배려가 필요했다. 전통적인 학교에 대해 비판적으로 행동하는 학생들도 있었다. 하지만 불스트로드 선생은 규칙에 따라 저능아나 범죄 경력이 있는 학생들은 받아 주지 않았고 자신이 좋아하는 사람들의 자녀, 혹은 앞으로 발전 가능성이 큰 학생들을 받아 주었다. 학생들의 나이는 폭넓었다. 옛날 같으면 이미 '한물 갔다'라고 할 만한 학생부터 겨우 어린애 티를 벗은 학생까지 있었다. 어린 학생들의 부모는 외국에 있는 경우도 많았는데, 이들을 위해서는 불스트로드 선생이 재미있는 방학을 준비하기도 했다. 마지막 최종 결정은 불스트로드 선생 자신이 내리는 것이었다.

지금 그녀는 굴뚝 옆에 서서 제럴드 호프 부인의 약간 울먹이는 목소리를 듣고 있었다. 눈치가 빠른 그녀는 호프 부인이 방에 들어섰을 때 앉으라고 권하지 않았다.

"선생님도 아시겠지만 헨리에타는 신경질적입니다. 몹시 신경질적이지요. 우리 주치의 말이……."

불스트로드 선생이 고개를 끄덕였다. 부드럽게 상대방을 안심시키면서 실수로라도 이렇게 본심을 내뱉을까 봐 조심했다.

'바보 같은 여자야. 세상의 모든 엄마들이 자기 아이에 대해서는 그렇게 말하는 걸 모르나?'

그녀는 진심으로 공감하는 듯이 말했다.

"너무 불안해하지 마세요, 호프 부인. 우리 선생님 중 한 분인 로완 선생님은 심리학자이십니다. 분명히 부인도 헨리에타가 한두 학기를 여기서 보내고 난 뒤에 변하는 걸 보시면 놀라실 겁니다.(당신한테는 과분할 정도로 착하고 똑똑한 아이지.)"

"알고 있습니다. 선생님께서는 람베스 가의 아이에게 놀라운 일을 하셨더군요. 정말 기적이었죠! 그래서 매우 기쁘답니다. 그리고 저는……. 아, 그래요. 잊고 있었군요. 6주 뒤에 저희는 남부 프랑스로 갈 예정이에요. 헨리에타도 데려가려고 했죠. 잠시 동안 휴식을 취할 수 있을 테니까요."

"죄송하지만 그건 안 됩니다."

불스트로드 선생은 거절이 아니라 승낙할 때처럼 우호적인 미소를 띠고 기분 좋게 대답했다.

"오! 하지만……."

호프 부인의 까다롭고 연약한 얼굴이 떨렸다. 화가 난 것 같았다.

"정말이지, 저는 꼭 그렇게 해야겠어요. 어쨌든 그 아이는 제 딸이니까요."

"맞습니다. 하지만 여기는 제 학교입니다."

"제 아이니까 제 마음대로 학교에서 데리고 갈 수 있잖아요?"

"물론입니다. 언제든 데리고 가실 수 있죠. 하지만 돌아오면 제가 받아 주지 않을 겁니다."

호프 부인은 정말 화가 많이 났다.

"여기에 제가 내는 돈을 생각하면……."

"맞습니다. 부인께서는 따님을 위해서 제 학교를 선택하셨죠? 하지만 저희 방법을 받아들이시든가 아니면 안 오시면 됩니다. 지금 입고 계신 매력적인 발렌시아가처럼 말이죠. 발렌시아가가 맞죠? 옷을 제대로 볼 줄 아는 여성을 만나는 건 아주 기쁜 일입니다."

그녀는 호프 부인의 손을 잡고 악수한 다음 상대방이 눈치 채지 못하게 문으로 데리고 갔다.

"걱정하지 마세요. 아, 헨리에타가 부인을 기다리고 있군요."

그녀는 따뜻한 눈으로 헨리에타를 바라보았다. 헨리에타는 똑똑하고 착한 아이로, 좀 더 좋은 엄마를 만났다면 좋았을 것 같았다.

"마가렛, 헨리에타 호프를 존슨 선생님께 데리고 가요."

불스트로드 선생은 응접실로 돌아왔고 몇 분 뒤에는 불어로 말하고 있었다.

"하지만 각하, 조카분께서는 현대 볼룸 댄스를 배울 수 있습니다. 사회적으로 매우 중요하지요. 그리고 언어도 필수랍니다."

그 다음 도착한 사람들이 들어올 때는 값비싼 향수의 돌풍이 불어 오는 바람에 불스트로드 선생은 뒤로 넘어질 뻔했다.

'매일 한 병씩 몸에 들이붓지 않고서야…….'

불스트로드 선생은 화려한 옷을 입은 검은 피부의 여인과 인사를 나누면서 마음속으로 생각했다.

"앙샹테, 마담.(안녕하세요, 부인.)"

부인은 아주 예쁘게 키득거리며 웃었다.

중동 의상을 입은, 턱수염이 난 덩치 큰 사내가 불스트로드 선생의 손을 붙잡더니 몸을 숙여 절하면서 유창한 영어로 말했다.

"샤이스타 공주님을 모시고 오게 되어 영광입니다."

불스트로드 선생은 스위스에서 전학 온 새 학생에 대해 모두 알고 있었지만 누가 데리고 왔는지는 잘 몰랐다. 에미르가 직접 온 건 아닐 테고 아마도 장관이나 공사가 온 것이리라. 언제나처럼 상대방이 불분명할 때 즐겨 사용하는 '각하'라는 호칭을 사용해서 샤이스타 공주가 최상의 보살핌을 받게 될 것을 확신시켜 주었다.

샤이스타는 예의 바르게 미소를 지었다. 그녀도 역시 화려한 최신 유행 의상을 입고 향수를 뿌리고 있었다. 그녀는 열다섯 살이지만 중동 지역이나 지중해 연안 출신답게 성숙해 보였다. 불스트로드 선생은 샤이스타가 공부에 대한 이야기를 나누면서 키득거리지 않고 곧바로 유창한 영어로 대답했을 때는 안도했다. 사실 그녀의 태도는 어설픈 또래 영국 여학생보다 훨씬 마음에 들었다. 불스트로드 선생은 가끔 영국 여학생들을 중동으로 보내 예의범절을 배워 오게 하면 좋겠다고 생각했다. 양측은 서로를 칭찬하는 대화를 한참 나눈 뒤 헤어졌다. 손님들은 방을 나갔지만 짙은 향수 냄새는 남아서 창문을 모두 활짝 열어 환기를 시켜야 했다.

그다음 손님은 업존 부인과 딸 줄리아였다.

업존 부인은 호감이 가는 30대 후반의 여인이었다. 옅은 갈색 머리카락과 주근깨, 어울리지 않는 모자를 보면 평소에는 모자 없이 다님에도 오늘 특별히 모자를 쓰고 온 것을 알 수 있었다.

줄리아는 주근깨가 난 평범한 소녀였는데 이마가 제법 똘똘해 보였고 유머 감각이 돋보이는 분위기를 풍겼다. 줄리아는 마가렛을 따라 존슨 선생에게로 보내졌다. 줄리아는 헤어지면서 발랄하게 말했다.

"잘 가요, 엄마. 이제 제가 집에 없으니까 가스난로를 켤 때 조심하셔야 해요."

불스트로드 선생은 업존 부인에게 미소를 지었지만 앉으라고 권하지 않았다. 줄리아의 발랄한 겉모습과는 달리 엄마는 딸이 예민하다는 것을 설명하고 싶어할지도 모르는 일이었다.

"줄리아에 대해 특별히 하실 말씀이라도 있으세요?"

업존 부인이 밝은 목소리로 대답했다.

"아, 아뇨. 줄리아는 평범한 아이입니다. 아주 건강하고 말이죠. 머리도 제법 좋은 것 같아요. 하지만 대부분 엄마들이 그렇게 생각하지 않나요?"

불스트로드 선생이 무섭게 말했다.

"학부모들이란 그야말로 다양합니다!"

업존 부인이 말했다.

"이곳에 올 수 있어서 정말 잘됐어요. 실은 저희 이모가 학비를 대 주셨어요. 제 힘으로는 여기 못 보냈을 거예요. 하지만 정말 기뻐요. 줄리아도 기뻐하고 있고요."

업존 부인은 창가로 가서 샘내듯이 말했다.

"정원이 무척 아름답네요. 정말 깨끗하고요. 실력 있는 정원사가 여러 명 있겠어요."

"세 명 있습니다. 그런데 지금 당장은 이 동네 일꾼들을 빼고는 일손이 모자라죠."

"요즘은 모두 난리예요. 사람들이 정원사라고 부르는 사람들은 진짜 정원사가 아니고 남는 시간에 뭔가 해 보려는 우유 배달부 아니면 팔순 넘은 노인이죠. 저도 가끔 생각하는데…… 와!"

업존 부인이 창밖을 내다보면서 탄성을 질렀다.

"별일이네요!"

불스트로드 선생은 이 갑작스런 탄성에 충분히 신경을 쓰지 못했다. 진달래 덤불을 내려다보고 있는 다른 쪽 창문 밖을 무심코 내다보다가 커다란 검은 벨벳 모자를 들고 몹시 화난 표정으로 걸어오는 베로니카 칼튼 샌드웨이즈 부인을 발견했기 때문이다.

베로니카 부인이 요주의 인물이라는 사실은 이미 알고 있었다. 베로니카 부인은 매력적인 여성이지만 쌍둥이 딸에게 유달리 집착했다. 그래서 평소엔 매우 유쾌한 사람임에도 갑작스럽게 제정신이 아닐 때가 있었다. 남편인 칼튼 샌드웨이즈 소령은 그런 상황을 잘 참아냈다. 그들과 같이 사는 사촌이 베로니카 부인을 항상 감시하고 있었고, 필요에 따라 그녀를 저지했다. 운동회 날, 칼튼 샌드웨이즈 소령과 그 사촌이 가까이에서 보고 있을 때에는 베로니카 부인도 온전한 정신으로 아름답게 차려입고 모든 어머니들이 본받아야 할 모습으로 참석했다.

하지만 베로니카 부인은 가끔 자신을 아끼는 사람들 몰래 빠져나와, 술을 잔뜩 퍼마시고 비틀거리면서 엄마로서 사랑을 듬뿍 주고 있다는 사실을 딸에게 확인시키려고 했다. 두 쌍둥이는 오늘 일찍 기차로 도착했지만 아무도 베로니카 부인이 직접 오리란 생각은 하지 못했다.

업존 부인은 아직도 이야기를 하고 있었지만 불스트로드 선생은 듣지 않고 있었다. 베로니카 부인이 순식간에 폭력적으로 변해 가는 것을 이미 알아차리고 대처할 방안을 여러모로 생각하고 있었던 것이다. 그런데 불스트로드 선생의 기도가 응답을 받은 것인지, 약간 숨이 차 보이는 채드윅 선생이 잰걸음으로 나타났다.

'역시 성실한 채디야.'

누가 심하게 다쳤든, 흥분한 학부형이든 그녀에겐 항상 믿고 맡길 수 있었다.

베로니카 부인이 큰 소리로 말했다.

"망신이야. 내가 접근하지 못하게 하다니. 내가 여기 오지 않길 바란 거지. 나도 이디스를 제대로 속였어. 잠깐 쉬러 간다고 하고 차를 몰고 나왔어. 바보 같은 이디스를 속였지. 나이 든 하녀는 물론 아무도 그녀를 다시 못 볼 거야. 오는 길에 경찰과 다퉜어. 경찰은 내가 운전할 상태가 아니라고 했지만 개소리. 불스트로드 선생에게 우리 딸들을 데려갈 거라고 말하러 왔어. 걔들은 집에서 엄마의 사랑을 받아야 해. 엄마의 사랑은 아름다운 거야."

"잘하셨습니다, 베로니카 부인. 여기까지 오시다니 기쁩니다. 특히 새로 지은 스포츠 파빌리언을 꼭 보셨으면 좋겠어요. 아주 마음에 들어하실 거예요."

채드윅 선생은 그렇게 말하며 교묘하게 베로니카 부인의 불안정한 발걸음을 반대쪽으로 돌렸다. 두 사람은 건물에서 점점 멀어졌다.

채드윅 선생은 밝은 목소리로 말했다.

"아마 거기 가면 따님들을 만나실 수 있을 거예요. 정말 좋은 스포츠 파빌리언이랍니다. 새 라커도 들어왔고 수영복을 말리는 건조실도 있답니다."

두 사람의 목소리가 멀어져 갔다.

불스트로드 선생은 지켜보고 있었다. 베로니카 부인이 채드윅 선생을 밀치고 이쪽으로 다가오려고 했지만 채드윅 선생은 만만치 않았다. 두 사람은 진달래 덤불을 돌아 사람이 없는 새로운 스포츠 파빌리언으로 멀어졌다.

불스트로드 선생은 안도의 한숨을 쉬며 생각했다.

'훌륭해, 채디. 얼마나 믿음직스러운지! 너무 세속적이거나 잔머리를 쓰지도 않고…… 물론 수학에 있어서는 다르지만…… 문제가 생길 때마다 이렇게 도움이 되니.'

불스트로드 선생은 약간 미안해하면서 계속해서 떠들고 있던 업존 부인에게로 돌아섰다.

"…… 그렇다고 해도, 물론 망토를 뒤집어쓰고 단도를 들고 다닌 건 아니에요. 낙하산을 메고 뛰어내리거나 파괴 공작을 벌이거나 밀사가 되지도 않았죠. 저는 쓸데없이 용감하게 굴 필요가 없었어요. 정말 재미없는 일이었어요. 계획을 세우는 사무직이었죠. 지도 위에 지점을 표시하는 거죠. 무슨 기획을 한다든가 그런 건 아니에요. 하지만 물론 가끔은 흥미롭기도 했고 우습기도 했어요. 아까 말씀드렸듯이 모든 비밀 요원들이 제네바 시내를 누비면서 서로를 쫓아다녔어요. 서로 얼굴을 알았고 가끔은 같은 술집에 가기도 했답니다. 그때는 저도 결혼하기 전이었고요. 정말 재미있었죠."

업존 부인은 갑자기 말을 끊더니 미안하다는 듯 친절한 미소를 지었다.

“죄송해요. 제가 말이 너무 많았죠. 선생님의 시간을 낭비했네요. 오늘 만나셔야 할 분들도 많으실 텐데.”

업존 부인은 손을 내밀어 인사를 한 뒤 방을 나갔다.

불스트로드 선생은 잠시 얼굴을 찌푸리고 서 있었다. 본능적으로 뭔가 중요한 것을 놓친 생각이 들었다. 그러나 곧 그 생각을 떨쳐 버렸다. 오늘은 여름 학기의 시작이고 만나야 할 부모들이 많이 기다리고 있었다. 그녀의 학교는 예전보다 훨씬 유명해졌고 성공이 보장되었다. 메도우뱅크는 정점에 달해 있었다.

몇 주 후 메도우뱅크가 겪게 될 엄청난 문제의 전조는 전혀 보이지 않았다. 혼란, 무질서, 살인 등 메도우뱅크를 지배할 어떤 사건들은 이미 시작되고 있었다.

라마트의 혁명

메도우뱅크의 여름 학기가 시작되기 약 두 달 전, 저명한 여학교에 예측하지 못한 영향을 미칠 사건들이 이미 일어나고 있었다.

라마트의 궁전에서는 두 젊은이가 앉아서 담배를 피우며 앞날을 걱정하고 있었다. 한 젊은이는 갸름하고 매끄러운 올리브색 얼굴인데 커다란 눈동자는 약간 우울해 보였다. 그는 알리 유스프 왕자로 라마트의 통치자 자리를 물려받은 사람이었다. 라마트는 작지만 중동에서 가장 부유한 국가였다. 또 다른 젊은이는 모랫빛 머리카락에 주근깨가 가득한 얼굴이었고, 알리 유스프 왕자의 개인 비행사로서 받는 넉넉한 수입을 제외하면 무일푼이었다. 사회적 지위는 이렇게 달랐지만 그들은 완벽하게 수평적인 관계를 유지했다. 두 사람은 같은 사립학교를 다녔고 학창 시절부터 친구였다.

"그들이 우리한테 발포했어, 밥."

알리 왕자가 절대로 믿을 수 없다는 듯이 말했다.

"그래, 그들이 우리한테 발포했어."

"그들은 진심인 거야. 우리를 죽이려고 했던 거라고."

"맞아, 그 자식들은 진심이야."

밥이 어두운 목소리로 대답했다.

알리는 잠시 동안 생각했다.

"다시 시도하는 건 별 가치 없는 일이겠지?"

"이번에는 우리 운이 나쁠지도 몰라. 사실은 말이야, 알리, 우리가 너무 늦은 것 같아. 넌 2주일 전에 떠났어야 했어. 내가 말했잖아."

"도망가는 건 누구도 좋아하지 않아."

라마트 통치자의 말이었다.

"무슨 말인지는 알겠어. 하지만 셰익스피어였든가, 아주 정치적인 시인이었던 사람이 도망가서 다시 싸울 준비를 하는 사람에 대해 했던 말을 생각해 봐."

젊은 왕자는 감정을 담아서 말했다.

"이곳을 복지 국가로 만들기 위해 병원과 학교를 짓고, 의료 서비스를 만들면서 들어간 돈을 생각한다면……."

밥 롤린슨은 왕자의 말을 끊었다.

"대사관에서는 아무것도 할 수 없었나?"

알리 유스프는 얼굴을 붉히며 화를 냈다.

"너희 대사관으로 도망을 가라고? 그건 절대 안 돼. 극단주의자들이 그곳으로 쳐들어올지도 몰라. 그들은 외교적인 특권 따위는 상관하지 않는단 말이야. 게다가 내가 만일 대사관으로 도망간다면 정말 끝장이야! 안 그래도 내게 쏟아지는 가장 큰 비난이 서구 쪽과 너무 친밀하다는 것인데."

알리 유스프는 한숨을 쉬었다. 그는 스물다섯 살 나이에 비해 훨씬 어린, 꿈꾸는 소년 같아 보였다.

"이해하기가 너무 어려워. 내 할아버지는 잔인한 분이셨어. 진정한 독재자였지. 노예를 수백 명 거느리시고 매우 잔인하게 대하셨지. 할아버지께서는 부족간 전쟁에서 적들에게 자비를 베푼 적이 없고 잡히면 잔인하게 처형해 버리셨어. 할아버지의 이름을 속삭이기만 해도 사람들은 창백하게 질렸어. 그렇지만 아직도 할아버지는 전설이 되어 있잖아! 칭송받고! 존경받고! 위대한 아크메드 압둘라! 그럼 난? 나는 그동안 뭘 했지? 병원과 학교를 짓고 복지, 주택…… 이 모든 건 사람들이 원한다고 말했던 것이야. 그들은 이런 걸 원하지 않는 걸까? 할아버지와 같은 공포 통치를 원하는 걸까?"

밥 롤린슨이 대답했다.

"내 생각에도 그런 것 같아. 공평하지 않은 것 같지만 지금 그렇게 되어 버렸잖아."

"하지만 왜 그럴까, 밥? 왜?"

밥 롤린슨은 한숨을 쉬고 나서 자신이 느낀 것을 설명하려고 애썼지만 말솜씨가 없었기 때문에 힘들었다.

"글쎄. 그분은 쇼를 한 거야. 내 생각엔 그런 거 같아. 그분은 아주 극적인 분인 것 같아. 내 말뜻을 알겠니?"

밥은 절대로 극적이지 않은 자신의 친구를 바라보았다. 차분하고 좋은 사람이고, 성실했지만 복잡한 친구였다. 알리가 그런 친구였기 때문에 밥은 그를 좋아했다. 알리는 주목을 끄는 스타일도 아니고 과격하지도 않았다. 영국에서라면 주목을 끄는 사람들이나 과격한 사람들은 창피를 당할 뿐이고 대중이 좋아하지도 않았지만 중동에서는 분명히 다를 것만 같았다.

"하지만 민주주의란……."

알리가 말을 꺼냈다.

밥은 파이프를 흔들었다.

"아, 민주주의……. 그건 다양한 것들이 동시에 존재하는 걸 의미하는 단어야. 이것만은 확실해. 그건 그리스 인들이 처음 의도했던 의미는 절대 아니야. 저들이 너를 여기서 쫓아내고 나면 어떤 잘난 척하는 상인 놈이 들어와서 자화자찬 끝에 스스로를 전지전능한 신으로 만들고 자신을 거스르는 사람들은 목을 자르고 매달 거야. 그리고 내가 장담하건대 그것이 민주주의적 정부라고 말할 거야. 사람을 위하는. 아마도 사람들도 그걸 반기겠지. 흥분되는 일이잖아. 처형당하는 사람이 많을 테니까."

"하지만 우리 나라 사람들은 야만인이 아니라고! 우리도 이젠 문명인이야."

"문명에도 여러 가지 종류가 있어……."

밥은 말꼬리를 흐렸다.

"게다가 나는 사람들은 누구나 약간씩 야만적인 면모를 가지고 있다고 생각해. 그게 표출될 수 있도록 적절한 거리를 만들 수 있다면 말이야."

"어쩌면 네가 옳은지도 몰라."

알리가 우울하게 말하자 밥이 대꾸했다.

"요즘의 대중들은 상식적인 리더를 원하지 않아. 알리, 너도 알다시피 난 머리가 좋은 사람은 아니지만 세상에 진정으로 필요한 건 그런 게 아닐까 싶어. 약간의 상식 말이야."

밥은 담배 파이프를 내려놓고 의자에 앉았다.

"하지만 그런 건 상관할 필요 없어. 지금 중요한 건 우리가 너를 어떻게 데리고 나가는가 하는 거야. 혹시 군에 있는 사람 중에 정말 믿을 만한 사람 없어?"

알리 왕자가 천천히 고개를 저었다.

"2주일 전에 나간다고 대답해야 했는데. 그런데 지금은 나도 모르겠어. 확신이 서질 않아."

밥이 끄덕였다.

"그래서 괴로운 거지. 그런데 이 궁전 말이야. 나는 좀 무섭다."

알리는 아무런 감정을 드러내지 않고 마지못해 동의했다.

"그래, 여기 궁전 곳곳에 스파이가 있어. 그들은 모든 얘길 듣고 있어. 모든 걸 알고 있다고."

"심지어 격납고에도……."

밥이 말을 끊었다.

"아크메드 노인네는 괜찮아. 그는 육감 비슷한 걸 가지고 있거든.

한 기계공이 격납고에서 비행기에 장난치려는 것을 잡았어. 우리가 정말 믿을 수 있다고 생각했던 사람 중 하나였어. 이봐, 알리. 만일 너를 여기서 데리고 나가야 한다면 되도록이면 빠른 게 좋겠어."

"알아. 안다고. 내 생각엔 말이야, 이젠 거의 확신이 드는데, 여기에 남아 있으면 살해될 것 같아."

알리는 아무런 감정도 내보이지 않으면서 말했다. 어쩌면 일종의 공황 상태 같았다. 주변 일에 별로 관심이 없는 듯이 보였다.

밥이 경고했다.

"우리는 어쨌든 살해될 가능성이 높아. 우리는 북쪽으로 가야만 해. 그쪽으로 가면 중간에 잡을 수 없을 걸. 그렇지만 그건 산맥을 넘어야 한다는 뜻인데, 지금 계절은 말이야……."

밥이 어깨를 으쓱했다.

"너도 알아야만 해. 아주 위험한 행동이란 말이야."

알리 유스프는 곤란한 표정을 지었다.

"만일 너에게 무슨 일이라도 생기면, 밥……."

"내 걱정은 하지 마, 알리. 내 말은 그런 뜻이 아니었어. 나는 중요하지 않아. 그리고 어쨌거나 나는 언젠가는 죽임을 당할 그런 부류의 사람이거든. 난 항상 미친 짓을 하고 다니잖아. 그게 아니고, 너야. 내가 너를 어떤 방향으로든 설득해서 움직이게 하고 싶진 않아. 만일 군대에 너한테 충성을 바치는 사람들이 있다면……."

알리가 간단하다는 듯 말했다.

"나는 도망가는 게 마음에 들지 않아. 하지만 절대로 순교자가 되어서 군중이 나를 찢어 죽이도록 할 수는 없어."

그는 잠시 동안 말을 하지 않다가 이윽고 한숨을 뱉으면서 말했다.

"좋아. 그럼, 우리 한번 해 보도록 하자. 언제 할까?"

밥은 어깨를 으쓱했다.

"빠를수록 좋아. 너를 자연스럽게 활주로까지 데리고 가야 하는데…… 알 자사르에 새로 지은 도로를 네가 검사하러 간다고 하면 어떨까? 갑자기 둘러보고 싶어졌다고 하는 거지. 오늘 오후에 가자. 그러면 네 차가 활주로를 지나갈 때 거기서 멈춰. 내가 버스를 준비해 둘게. 하늘에서 길을 살펴보는 걸로 하자고. 그리고 비행기가 일단 뜨면 가는 거야! 물론 짐은 하나도 가져갈 수 없어. 모든 일은 현장에서 즉시 행하는 거야."

"내가 가져가고 싶은 건 아무것도 없어. 단 한 가지만 빼놓고."

알리가 미소를 짓자 갑자기 얼굴이 다른 사람처럼 달라 보였다. 더 이상 현대적이고 신중한 서구화된 젊은이가 아니었다. 알리의 미소에는 오랫동안 그의 조상들이 살아남는 데 유용하게 사용했던, 민족 특유의 교활함과 잔재주가 엿보였다.

"넌 내 친구니까 밥. 너도 보게 될 거야."

그는 손을 셔츠 안으로 넣어서 더듬었다. 그러더니 섀미 가죽으로 만든 작은 가방을 꺼냈다.

"이거야?"

밥이 얼굴을 찌푸리면서 혼란스럽다는 듯이 말했다. 알리는 그것을 빼내서 주머니 입구를 풀고 안에 든 것을 테이블 위에 쏟았다.

밥은 잠시 숨을 멈추었다. 낮은 휘파람을 불면서 숨을 내쉬었다.

"세상에나. 이거 다 진짜야?"

알리는 즐거운 표정이었다.

"물론 진짜지. 대부분은 아버지 거였어. 아버진 매년 한 개씩 모아두셨어. 나도 그랬고. 산지도 다 달라. 전부 믿을 만한 사람들을 시켜서 사 모은 거야. 런던, 캘커타, 남아프리카 같은 데서 말이야. 이건 우리 집안의 전통이야. 만일의 경우에 대비해서 모아두는 것."

그는 조심스러운 낮은 목소리로 말했다.

"이건 요즘 돈으로 75만 파운드의 가치가 있는 거야."

"75만 파운드라."

밥은 휘파람을 불면서 보석을 하나 주워 들고 손가락 사이로 굴렸다.

"엄청난데. 마치 동화 속의 얘기 같아. 너도 뭔가 달라 보이는데."

"그래."

검은 얼굴의 젊은이가 끄덕였다. 또다시 알리의 얼굴은 지친 표정이 되었다.

"사람들은 보석에 관련된 일이라면 금방 달라지지. 이런 것엔 항상 폭력이 따르기 마련이야. 죽음, 피, 살인. 여자들은 더 심하지. 여자들은 그저 보석의 가치 때문에 그러는 게 아니니까. 여자들은 보석 그 자체에 더 얽매이지. 아름다운 보석은 여자들을 미치게 하니까. 소유하고 싶어 하지. 목에, 가슴 위에 그 보석을 걸치고 싶어 하니까. 나는 어떤 여자든 보석을 맡기지 않아. 하지만 너는 믿을 수 있어.”

“나?”

밥이 그를 빤히 쳐다보았다.

“그래. 나는 이 보석이 적들의 손에 들어가는 걸 원치 않아. 언제 나를 반대하는 폭동이 일어날지 몰라. 오늘로 예정되어 있을 수도 있지. 오늘 오후에 활주로에 가지 못하게 될지도 몰라. 그럼 이 보석을 가지고 나가도록 해.”

“하지만 이해가 안 되는데. 이걸 가져가서 어떻게 하라고?”

“어떻게든 이 나라에서 가지고 나가도록 해.”

알리는 당황스러워하는 친구를 담담하게 바라보았다.

“네 말은, 나보고 이 보석을 너 대신 가지고 있으란 말이야?”

“그렇게도 말할 수 있겠군. 어쨌든 내가 보기엔 네가 그 보석을 유럽으로 가져갈 방법에 대해 생각해 낼 수 있을 거 같아.”

“하지만, 알리, 난 이런 일은 어떻게 해야 하는지 전혀 모른단 말이야.”

알리는 의자 등받이에 기대 즐거운 듯 조용히 미소 짓고 있었다.

“너는 상식이 있잖아. 그리고 정직해. 학창 시절, 내 심부름꾼이었던 때를 돌이켜 보면 넌 항상 기발한 아이디어를 생각해 내곤 했어. 내 일을 봐 주는 사람의 이름과 주소를 줄게. 그건 내가 살아남지 못할 때를 대비하는 거야. 너무 걱정하지 마, 밥. 최선을 다하면 돼. 내가 바라는 건 그거야. 만일 실패한다 해도 너를 탓하지 않아. 그건 모두 알라의 뜻이니까. 내가 원하는 건 간단해. 적들이 내 시체에서 보석을 빼가는 걸 원하지 않아. 그 외에는…….”

알리는 어깨를 으쓱했다.

“아까 말했듯이 모든 것은 알라께서 의도하신 대로 될 거야.”

“넌 바보야!”

“아니, 난 운명주의자야. 그것뿐이야.”

“하지만, 알리. 방금 넌 내가 정직하다고 말했어. 하지만 75만이라니…… 그 정도 돈이면 어떤 사람이라도 정직함을 내다버리지 않을까?”

알리 유스프는 애정이 담긴 시선으로 친구를 바라보았다.

“이상하지만, 그 점에 대해서는 일말의 의심도 없어.”

발소리가 메아리 치는 대리석 복도를 지나는 동안 밥 롤린슨은 평생 동안 이렇게 불행해 본 적이 없다고 생각했다. 바지 주머니에 75만 파운드나 되는 물건을 지니고 있다는 사실이 계속 절망스럽게 다가왔다. 마치 그와 마주치는 모든 궁전 근무원이 그 사실을 알고 있는 것만 같았다. 부담스러운 짐을 지닌 사실이 얼굴에 고스란히 드러날 것만 같았다. 그가 만일 실제로 자신의 주근깨 가득한 얼굴이 평상시처럼 밝고 유쾌한 표정을 유지하고 있었다는 사실을 알았다면 매우 안심했을 것이다.

밖에 있던 보초들이 철컹거리는 소리를 내면서 무기를 내놓았다. 밥은 사람이 가득한 라마트의 대로를 걸어갔다. 머릿속은 아직도 멍했다. 어디로 가야 하며 무슨 일을 계획해야 하는지 아무런 생각이 없었다. 그러나 시간은 많지 않았다.

라마트의 대로는 중동 어느 나라의 대로와 마찬가지였다. 너저분함과 장엄함이 혼재했다. 은행들은 장엄한 최신식 건물을 계속 지어나갔다. 헤아릴 수 없을 정도로 많은 작은 가게들은 싸구려 플라스틱 물건들을 내놓고 있었다. 아기 신발과 싸구려 라이터가 어울리지 않게 나란히 진열되어 있었다. 재봉틀도 있었고 자동차 부품도 있었다. 약국은 자체 조제한 파리가 끓는 약을 진열해 놓았고, 모든 종류의 페니실린과 여러 가지 항생제에 대한 커다란 게시물이 나붙어 있었다. 보통 사람들이 사고 싶어 할 만한 물건은 어느 가게에도 거의 없었다. 어쩌면 조그만 창 속에 수백 개가 다닥다닥 진열되어 있는 최신식 스위스제 손목시계라면 예외일 수도 있겠다. 너무 잡다한 것들이 모여 있어서 사람들은 그 물량에 질려 물건을 살 마음을 접을 것만 같았다.

아직도 약간 망연자실한 상태로 걸어가던 밥은 현지식인지 유럽식인지 알 수 없는 옷차림의 형체에게 떠밀렸다. 정신을 차린 뒤 스스로에게 어디로 가고 있는지 물었다.

현지인들이 가는 카페로 들어가서 레몬티를 주문했다. 차를 한 모금씩 마시면서 천천히 정신을 차렸다. 카페의 분위기가 마음을 안정시켜 주었다. 반대편 탁자에 앉은 나이 든 아랍 인은 평화롭게 갈색 구슬이 꿰어진 줄을 들고 손가락으로 구슬을 한 개씩 딸깍거리며 밀어내고 있었다. 그의 뒤편에서는 두 남자가 트릭트랙 게임(주사위와 보드를 사용한 게임의 일종 — 옮긴이)을 하고 있었다. 앉아서 생각을 하기엔 적당한 장소였다.

생각을 해야만 했다. 75만 파운드 어치의 보석이 그의 손에 있었고 이것을 국외로 갖고 나갈 방법을 생각해 내야만 했다. 낭비할 시간은 없었다. 언제든 사건이 터질 수 있었다.

물론 알리는 미친 것이 분명했다. 이렇게 아무런 생각 없이 친구에게 75만 파운드 어치의 보석을 넘겨주다니. 그러곤 등을 기대고 조용히 앉아서 모든 것을 자신과 알라에게 맡겼다. 밥은 그런 알리의 믿음을 이해할 수 없었다. 밥의 신은 항상 하인들이 직접 결정을 내리고 신이 주신 능력을 최대한 발휘해서 행동하길 기대했다.

도대체 이 빌어먹을 보석을 어떻게 해야만 할까?

대사관을 생각했다.

'안 돼. 대사관을 끌어들여선 안 돼.'

그리고 분명 대사관에서는 개입하기를 거부할 것이다. 밥에게 필요한 것은 어떤 사람이었다. 완벽하게 평범해 보이는 사람, 그것도 완벽하게 평범한 방법으로 이 나라를 떠나는 사람이었다. 사업가나 여행자면 제일 좋을 것 같았다. 정치와는 전혀 아무런 상관이 없어서 형식적인 짐 검사만 받거나 아예 짐 검사를 안 받을 만한 사람이어야 했다. 물론 그 정반대를 생각할 수도 있었다. 런던 공항에서 특종을 터뜨리는 것. 75만 파운드 어치의 보석을 밀수하려고 하다. 기타 등등. 그러려면 모험을 해야만 한다.

평범한 사람, 즉 진정한 여행자. 갑자기 밥은 자신이 바보 같아서 스스로를 걷어차 주고 싶었다. 조앤이 있었다. 그의 누나 조앤 서트클리프. 조앤 누나는 폐렴을 앓았던 딸이 햇빛과 건조한 기후 속에서 지내야 한다는 의사의 명령에 따라 딸 제니퍼와 이곳에서 두 달째 머무르고 있었다. 그들은 4~5일 뒤에는 배를 타고 돌아갈 예정이었다.

조앤 누나야말로 이상적이었다.

'여인과 보석에 대해 알리가 했던 말은?'

밥은 미소를 지었다. 조앤 누나는 믿을 만했다. 그녀는 보석 때문에 이성을 잃지는 않을 것이다. 현실적으로 생각할 수 있으리라 믿을 만하다.

'그래. 누나는 믿을 수 있어. 잠시만. 하지만…… 조앤 누나를 믿을 수 있을까? 그녀의 정직함, 그래. 하지만 그녀의 행동?'

유감스러웠지만 밥은 고개를 저었다.

'조앤 누나는 다른 사람한테 말할 거야. 비밀을 지키지 못할 거야. 어쩌면 더 나쁠 수도 있어. 누나는 힌트를 줄 수도 있어. 저는 아주 중요한 걸 가지고 가고 있거든요. 아무한테도 말하면 안 돼요라고…….'

조앤 누나에게 대놓고 그렇다고 말하면 격노할 테지만, 항상 비밀을 지키지 못하는 편이었다. 그러면 조앤 누나는 자신이 뭘 운반하는지 알아선 안 된다. 그쪽이 그녀에게도 더 안전할 것이다.

'보석은 잘 싸서 대수롭지 않은 꾸러미처럼 보이게 만들어야 돼. 누군가에게 보낼 선물이라 할까? 임무? 뭔가 핑곗거리를 생각해 내야 할 텐데…….'

밥은 손목시계를 보고 자리에서 일어났다. 시간은 계속 흘러가고 있었다.

낮 시간의 열기에는 아랑곳 않고 성큼성큼 길을 걸어갔다. 모든 것은 평범해 보였다. 밖으로 드러내 보일 것은 아무것도 없었다. 궁전 안에 있는 것은 줄지어 세워 놓은 불빛이나 스파이, 그리고 속삭임 뿐이었다. 모든 것은 군대에 달려 있었다. 누가 충성스러운가? 누가 배신자인가? 분명히 쿠데타를 시도할 것이다. 성공할까, 아님 실패할까?

밥은 라마트 최고의 호텔로 들어서면서 얼굴을 찡그렸다. 호텔은 리츠 사보이라는 점잖은 이름이 붙여져 있었고 크고 현대적인 모습이었다. 3년 전 스위스 인 지배인과 비엔나 출신 주방장, 이탈리아인 웨이터 장이 호텔을 성대하게 열었다. 모든 것이 완벽했다. 비엔나 출신 주방장이 제일 먼저 떠났고 그 다음엔 스위스 인 지배인이 떠났다. 이제 이탈리아인 웨이터 장도 없었다. 아직도 의욕적으로 음식을 내놓았지만 맛이 없었다. 서비스는 형편없었으며 값비싼 배관도 대부분 문제가 있었다.

프런트에 있던 직원은 밥을 잘 알고 있었는데, 밥이 들어오자 그를 쳐다보았다.

"좋은 아침입니다, 중대장님. 누님을 찾으신다고요? 누님께서는 따님과 함께 소풍을 가셨는데요."

"소풍요?"

밥은 놀랐다. 이런 때에 바보 같이 소풍이라니.

"정유 회사에 계신 허스트 부처와 함께 나가셨습니다."

친절하게 직원이 말해 주었다. 모든 사람이 모든 일을 알고 있었다.

"모두들 칼라트 디와 댐으로 가셨습니다."

밥은 작은 소리로 욕을 했다. 조앤 누나는 여러 시간 동안 호텔로 돌아오지 않을 것이다.

"그럼 누나의 방에 올라가 있겠습니다."

이렇게 말하면서 호텔 직원이 내주는 열쇠를 받으려고 손을 내밀었다.

문을 열고 방 안에 들어갔다. 방 안에는 커다란 더블 베드가 있고 언제나처럼 어지러웠다. 조앤 서트클리프는 깔끔하지 못했다. 골프채가 의자를 가로질러 놓여 있었고 테니스 라켓은 침대 위에 올려져 있었다. 옷은 여기저기 널려 있었고 필름 여러 통과 엽서, 작은 책, 그리고 남쪽에서 가져온 버밍엄과 일본제 골동품 세트가 탁자 위에 어지럽게 널려 있었다.

밥은 주변을 돌아보면서 옷가방과 지퍼가 달린 작은 주머니를 찾았다. 문제가 있었다. 알리를 데리고 날아가기 전에 조앤 누나를 볼 수 없을 것이다. 댐에 갔다가 다시 돌아올 시간도 없었다. 보석을 잘 싸서 꾸러미를 만든 뒤 쪽지와 함께 놓아둘 수는 있었다. 하지만 그 생각이 떠오르자마자 고개를 저었다. 누군가가 자신을 항상 미행하고 있다는 사실을 밥도 잘 알고 있었다. 아마도 궁전에서부터 카페까지, 그리고 카페에서 여기까지 미행당했을 것이다. 눈에 띄지는 않았지만 그들도 제법 미행을 잘했다. 누나를 만나려고 호텔에 오는 것은 의심받을 일은 아니다. 하지만 만일 꾸러미와 쪽지를 놓아

둔다면 쪽지를 읽고 꾸러미를 열어 볼 것이다.

시간…… 시간…… 밥에게는 시간이 부족했다. 75만 파운드 어치의 보석이 바지 주머니에 있었다. 방을 둘러보았다. 그러다가 미소 지으면서 주머니에서 늘 들고 다니는 소형 도구 한 벌을 꺼냈다. 조카 제니퍼가 가지고 있는 약간의 찰흙이 눈에 띄었다. 그게 도움이 될 것이다.

밥은 재빠르고 능숙한 솜씨로 움직였다. 한번은 의심이 들어 고개를 들어 열려 있는 창밖을 내다보았다. 다행히 이 방에는 발코니가 없었다. 누군가가 보고 있는 듯이 느껴지는 것은 지금 신경이 날카롭기 때문이었다.

밥은 임무를 마치고 만족스럽게 고개를 끄덕였다. 밥이 해 놓은 일을 아무도 눈치 채지 못할 것이다. 확신할 수 있었다. 조앤이나 다른 어떤 사람도 모를 것이다. 특히 자신의 일이 아니면 아무것에도 관심이 없는 이기적인 아이, 제니퍼는 절대로 모를 것이다.

밥은 작업의 흔적을 모두 모아서 주머니에 넣었다. 그러고는 망설이면서 주변을 훑어보았다.

그는 서트클리프 부인의 수첩을 잡아당겨 들고 앉아서 표정을 찌푸리고 있었다.

조앤에게 쪽지를 남겨야 한다. 하지만 뭐라고 적을 것인가? 누나가 이해할 수 있도록 써야 하지만 다른 사람들에겐 아무런 의미가 없는 내용이어야 한다.

그것은 불가능했다! 밥이 한가할 때 읽는 스릴러물에서도 암호문을 남기면 누군가가 그 내용을 풀어냈다. 하지만 그 암호문 따위는 생각이 나지도 않았다. 게다가 조앤 누나는 평범한 지능의 소유자였기 때문에 뭔가를 눈치 채게 하려면 'i'에 일일이 점도 찍어 줘야 하고 't'에 선도 그어 줘야 했다.

그러더니 밥은 찌푸렸던 이마를 폈다. 또 다른 방법이 있었다. 조앤 누나가 아무런 신경도 쓰지 않게 평상시와 다름없는 쪽지를 남기는 거였다. 그리고 조앤이 영국에 오면 전달할 사람에게 메시지를 남겨 두는 법. 그는 재빨리 써내려 갔다.

조앤 누나

오늘 저녁에 골프나 한 라운드 같이 할까 해서 와 봤어. 그런데 댐에 놀러 갔다니 누난 아마 밖에서 무슨 일이 있는지 전혀 모르는 모양이지. 내일은 어때? 클럽에서 5시에 봐.

밥

앞으로 영영 볼 수 없을지도 모르는 누나에게 평범한 메시지를 남겼다. 하지만 평범할수록 더 좋았다. 누나를 이상한 문제에 끌어들여서는 안 된다. 이상한 일이 일어났다는 것 자체를 알아선 안 된다. 조앤 누나는 시치미를 떼고 남을 속일 만한 사람이 아니었다. 그녀를 보호할 방법은 아무것도 알려주지 않는 것이었다.

이 쪽지는 두 가지 목적에 부합할 것이다. 밥 자신도 떠날 계획이 없는 것처럼 보이게 할 것이다.

그는 1~2분쯤 생각하다가 영국 대사관의 전화번호를 눌렀다. 곧바로 친한 친구인 에드먼슨 3등 서기관에게 연결되었다.

"존? 나, 밥 롤린슨이야. 퇴근하면 나랑 좀 만날 수 없을까……? 그보다 좀 더 빨리는 안 될까……? 꼭 봐야만 해. 중요한 일이야. 아, 사실은 여자가……."

그는 약간 창피한 듯 헛기침을 했다.

"정말이지 대단해. 이 세상 사람 같지가 않아. 그런데 문제가 좀 있거든."

에드먼슨은 약간 젠체하는 목소리로 거절하려 했다.

"정말이지, 밥. 너랑 네 여자들이란……. 알았어. 2시면 되겠어?"

그러고 전화를 끊었다. 밥은 작게 딸깍하는 소리가 메아리치는 것을 들었다. 엿듣고 있던 누군가가 수화기를 내려놓은 것이다.

착한 에드먼슨. 라마트의 모든 전화기가 도청당하고 있기 때문에 밥과 존 에드먼슨의 대화는 둘만의 암호를 활용한 것이었다. '이 세상 사람 같지 않은' 멋진 여자는 매우 중요하고 급한 일이라는 뜻이었다.

에드먼슨은 머천트 뱅크의 새 건물 앞으로 2시에 그를 데리러 차를 몰고 올 것이다. 그러면 에드먼슨에게 보석을 숨긴 곳을 말해 둘 것이다. 그리고 그 일에 대해 전혀 모른 채로 조앤과 제니퍼는 배를 타고 6주 후에 영국으로 돌아갈 것이다. 그때가 되면 혁명은 확실히 일어날 것이고 진압당하든, 성공하든 결정이 날 것이다. 알리 유스프는 유럽에 가 있을 수도 있고, 그와 밥 두 사람 모두 죽었을지도 모른다. 밥은 에드먼슨에게 충분히 말해 두겠지만 너무 많이 말하지는 않을 것이다.

밥은 마지막으로 방을 둘러보았다. 이전과 똑같았다. 평화롭고 지저분하며 가정적이었다. 한 가지 달라진 것이라면 별 의미 없어 보이는 쪽지 한 장. 그는 쪽지를 탁자 위에 올려놓고 나갔다. 긴 복도에는 아무도 없었다.

조앤 서트클리프가 묵는 옆방에서는 발코니에 있던 여인이 한 걸음 물러났다. 그녀의 손에는 거울이 들려 있었다.

그녀는 사실 턱에 삐져나온 용감한 털 한 올을 더 자세히 보려고 발코니로 나간 것이었다. 털을 족집게로 뽑고 밝은 태양빛 아래에서 자신의 얼굴을 자세히 살펴보고 있었다.

바로 그때였다. 그녀가 긴장을 풀고 있을 때 뭔가가 보였다. 그녀가 들고 있는 거울에 옆방 옷장에 걸린 거울이 비쳤는데 그 거울 속에 보이는 남자가 매우 신기한 행동을 하는 것이었다. 그의 행동이 무척 신기하고 특이해서 그녀는 가만히 멈춘 채 지켜보았다. 그가 탁자 앞에 앉아 있는 방향에서는 그녀가 보이지 않았다. 반면 그녀는 이중으로 반사된 그의 모습을 볼 수 있었다.

만일 그가 고개를 돌렸다면 옷장 거울에 비친 그녀의 손거울을 볼 수 있었을 것이다. 하지만 그는 자신의 일에 너무 깊이 빠져 있어 돌아볼 여유가 없었다.

한번은 그가 갑자기 창문 쪽으로 고개를 들었지만, 창밖에 아무것도 없다는 사실을 확인하자, 곧 다시 고개를 숙였다.

여인은 그가 하던 일을 마치도록 지켜보고 있었다. 그는 잠시 머뭇거리다가 쪽지를 적어서 탁자 위에 올려놓았다. 그러고는 그녀의 시선이 닿지 않는 곳으로 이동했는데, 그가 전화를 걸고 있다는 정도를 알아차릴 만큼밖에 들리지 않았다. 무슨 말을 하는지는 들리지 않았지만 말투로 미루어 보아 그저 일상적인 대화 같았다. 그리고 문이 닫히는 소리가 들렸다.

여인은 몇 분간 기다렸다. 그리고 자기 방문을 열었다. 멀리 복도 끝에서 한 아랍인이 깃털 먼지떨이를 가지고 한가롭게 장난을 치고 있었다. 남자는 복도 끝을 돌아 사라졌다.

여인은 재빨리 옆방 문 앞으로 미끄러지듯 갔다. 문이 잠겨 있었지만 그 정도는 예상하고 있었다. 그녀는 가지고 있던 머리핀과 작은 칼의 칼날로 능숙하고 손쉽게 해결했다.

방 안으로 들어간 여인은 문을 닫았다. 쪽지를 집어 들었다. 쪽지는 접혀서 붙여져 있었지만 약하게 붙어서 쉽게 떼어졌다. 쪽지를 읽어 보고 찡그린 표정을 지었다. 아무런 설명도 없었다.

여인은 쪽지를 다시 봉해서 제자리에 놓고 방을 가로질러 걸어갔다. 뭔가를 잡으려고 손을 뻗었는데, 바로 그때 창 너머로 아래쪽 테라스로부터 목소리가 들렸다. 하나는 이 방 주인의 목소리였다. 매우 단호하고 설교하는 듯하면서 확신에 찬 목소리였다.

얼른 창가로 달려갔다. 아래쪽 테라스에는 조앤 서트클리프가 창백한 열다섯 살짜리 딸 제니퍼와 키 크고 불행해 보이는 영국 영사와 함께 있었다. 그녀는 아주 큰 목소리로 영사의 결정에 대한 자신의 의견을 떠들고 있었다.

"말도 안 돼요! 그런 허튼소리는 처음 들어요. 여긴 모든 것이 조용하고 다들 행복해하고 있잖아요. 글쎄, 그건 지레 겁먹어서 그런 거라고요."

"그러길 빕니다. 서트클리프 부인. 저희도 정말 그런 거였으면 좋겠습니다. 하지만 각하께서도 책임이 있으시니……."

서트클리프 부인이 말을 중간에 끊었다. 그녀는 대사의 책임감 따윈 안중에 없었다.

"저희는 가방이 무척 많아요. 다음 주 수요일이면 배를 타고 돌아가게 되어 있다고요. 바다 여행이 제니퍼에게 좋다고 의사가 그랬어요. 전 정말이지 이런 바보 같은 결정에 따라 영국으로 날아가진 않을 거예요!"

우거지상을 한 사내는 기죽지 않고 서트클리프 부인과 제니퍼는 비행기를 타고 영국으로 가는 게 아니라 아덴으로 가서 배를 탈 수 있다고 했다.

"가방도 다 가지고?"

"예, 예. 그런 건 주선할 수 있습니다. 지금 차를 대기시켜 놨습니다. 스테이션왜건(접거나 뗄 수 있는 좌석이 있고 뒷문으로 짐을 실을 수 있는 자동차 — 옮긴이)으로요. 뭐든지 당장 실을 수 있습니다."

"아, 뭐."

시드클리프 부인이 서항을 그만두었다.

"그렇다면 짐을 싸야겠네."

"즉시 말입니다. 별 일 없으시다면 말입니다."

침실 안에 있던 여인은 재빨리 몸을 뺐다. 그녀는 가방의 라벨에 적힌 주소를 쳐다보았다. 그리고 방에서 빠져나와 자신의 방으로 돌아왔다. 그러자 바로 서트클리프 부인이 복도 끝에 모습을 드러냈다. 사무실 직원이 그녀를 뒤쫓아 달려왔다.

"동생분인 중대장님께서 다녀가셨습니다, 서트클리프 부인. 방으로 올라가시더니 방금 다시 떠나셨습니다. 안타깝게 놓치신 것 같네요."

"정말이지, 피곤하네."

서트클리프 부인이 말했다.

"고마워요."

직원에게 말하고는 제니퍼를 돌아보았다.

"밥도 난리를 치고 있나 봐. 내가 보기엔 거리에 아무런 동요도 보이지 않는데. 문이 열려 있네. 이 사람들 정말 조심성이 없구나."

"어쩌면 밥 삼촌이 그랬을 수도 있죠."

"밥을 만났더라면 좋았을걸. 아, 쪽지다."

조앤은 쪽지를 뜯어보고는 의기양양하게 말했다.

"적어도 밥은 호들갑 떨지는 않는구나. 밥은 이런 일에 대해 모르는 게 분명해. 외교적인 결말인 거야. 이 뜨거운 낮에 짐을 싸야 하다니 정말 싫다. 이 방은 꼭 오븐 속 같아. 자, 제니퍼, 네 물건들을 장롱이랑 서랍에서 꺼내거라. 아무데나 물건을 쑤셔 넣어야겠어. 나중에 다시 쌀 수 있을 거야."

제니퍼는 생각에 잠겨 말했다.

"전 혁명을 본 적이 없어요."

조앤은 날카롭게 대답했다.

"이번에도 볼 수 있을 것 같지는 않구나. 내 말이 맞을 거야. 아무 일도 없을 거라고."

제니퍼는 실망한 듯 보였다.

로빈슨 씨와의 첫 만남

그로부터 6주 후, 블룸스버리에서 한 젊은이가 조심스럽게 방문을 두드렸다. 안에서 들어오라는 목소리가 들렸다.

매우 작은 방이었다. 책상 뒤에는 뚱뚱한 중년 남자가 의자에 푹 파묻혀 앉아 있었다. 그의 구겨진 옷 앞섶에는 담뱃재가 묻어 있었다. 창문은 닫혀 있었고 방 안 공기는 견딜 수 없을 지경이었다.

뚱뚱한 사내가 눈을 반쯤 감은 채 퉁명스럽게 말했다.

"뭐야? 이번엔 또 뭐지, 엉?"

파이커웨이 대령의 눈은 항상 잠이 들려는 듯, 혹은 잠에서 방금 깨어난 듯하다고들 했다. 또 그의 이름이 파이커웨이가 아니고 대령도 아니라고들 했다. 하지만 소문이란 것은 어차피 황당한 법!

"외교부의 에드먼슨 씨께서 오셨는데요."

"아…… 혁명이 일어날 당시 라마트에 있는 우리 대사관의 3등

서기관이었던 분이 맞지?”

파이커웨이 대령은 눈을 껌뻑거리고 다시 졸리는 듯한 눈으로 중얼거렸다.

“맞습니다.”

“그렇다면 내가 직접 만나보는 게 좋을 것 같군.”

대령은 아무런 감정도 드러내지 않으면서 말했다. 그리고 몸을 약간 일으켜 세우고 배 위에 묻은 담뱃재를 털어 냈다.

에드먼슨은 키가 크고 얼굴이 하얀 젊은이로, 생김새에 어울리는 예의 바른 차림을 하고 있었다. 말은 없었지만 약간 불만스러운 분위기를 풍기고 있었다.

“파이커웨이 대령님? 저는 존 에드먼슨입니다. 저를……어……만나고 싶어 하신다고 들었습니다만.”

“그렇습니까? 하긴 그들도 알만 하지.”

대령은 짧게 덧붙였다.

“앉으시죠.”

대령의 눈이 다시 감기기 시작했는데 감기기 전에 한마디 했다.

“혁명이 일어날 당시 라마트에 계셨다고요?”

“그렇습니다. 아주 골치 아픈 일이었죠.”

“그랬을 거 같습니다. 당신은 밥 롤린슨의 친구였죠, 그렇죠?“

“제법 잘 아는 친구입니다.”

“시제가 틀렸습니다. 그는 죽었거든요.”

“예, 저도 압니다. 하지만 확실하지가 않아서…….”

에드먼슨이 말을 멈추었다.

"여기서는 모르는 척하느라 애쓰실 필요 없습니다. 우리는 모든 것을 알고 있습니다. 설사 모르는 일이 있어도 다 아는 척합니다. 롤린슨은 혁명이 시작되던 날, 알리 유스프 왕자를 모시고 비행기를 몰고 나왔습니다. 그 이후에 비행기가 어떻게 되었는지 아무런 소식이 없었습니다. 어딘가 인적 없는 곳에 착륙했거나 추락했을 수도 있습니다. 그런데 아롤레즈 산맥에서 비행기 잔해가 발견되었습니다. 시신은 둘. 내일이면 언론에 발표될 겁니다. 맞지요?"

에드먼슨은 대령의 말에 수긍했다.

"여기서도 모두 알고 있습니다. 그게 우리의 목적이지요. 비행기는 산맥으로 날아갔습니다. 날씨 때문일 수도 있었지요. 하지만 테러를 당했다고 볼 만한 증거가 있죠. 시한폭탄입니다. 아직 전말에 대한 보고를 받진 못했지만, 비행기는 다가가기 힘든 곳에 추락했습니다. 비행기를 찾는 데에 현상금을 걸었지만 제보를 걸러 내는 데에도 제법 시간이 필요하답니다. 그 후에 전문가들을 보내서 살펴보았죠. 물론 관료적인 형식주의를 거쳐서 말입니다. 외국 정부에 신청을 하고, 장관에게 허락받고 손바닥을 비비고…… 뭔가 쓸 만한 게 있나 하는 지역 농민들에게도 물론이고 말입니다."

대령은 말을 잠시 멈추고 바라보자 에드먼슨이 말했다.

"이 모든 일이 정말 슬픈 사건이지요. 알리 유스프 왕자는 민주주의적 원칙을 가진 아주 현명한 지도자가 되었을 겁니다."

대령이 대답했다.

"바로 그것 때문에 당한 겁니다. 하지만 우리는 고인이 된 왕에 대한 슬픈 이야기를 나누고 있을 시간이 없어요. 우리는 뭔가 알아내기 위해 투입되었습니다. 이 사건에 흥미가 있는 사람들에게 의뢰를 받았습니다. 여왕 폐하의 정부에서 만들어 낸 단체 사람들 말입니다. 무슨 말씀인지 아시겠습니까?"

대령은 상대방을 뚫어져라 바라보았다.

"뭐, 저도 좀 들은 바가 있습니다."

에드먼슨이 내키지 않는다는 듯이 말했다.

"어쩌면 잔해에 남아 있는 시신에서는 값진 물건은 전혀 발견되지 않았다는 사실을 들으셨겠죠. 지역민에게 도둑질을 당했다고 알려졌지만 그렇더라도 영세 농민들에게서 그런 사실을 알아낼 수가 없겠죠. 그들도 외교부만큼이나 입을 잘 다물고 있으니까요. 그리고 또 무슨 이야기를 들으셨습니까?"

"아무것도 없습니다."

"그럼 뭔가 중요한 것을 발견해야만 한다는 말도 들으셨나요? 뭐라고 하면서 저를 만나라고 하던가요?"

"대령님께서 제게 질문을 할 거라고 들었습니다만."

에드먼슨은 점잔을 떨면서 대답했다.

"제가 질문을 하면 대답을 요구하는 것이겠죠."

대령이 지적했다.

"당연하겠죠."

"당신에게는 당연한 게 아닌 것 같습니다. 밥 롤린슨은 라마트를 떠나기 전에 당신에게 아무런 말도 없었습니까? 만일 알리 왕자가 누군가를 믿었다면 그건 당연히 롤린슨이었을 겁니다. 자, 이제 말씀하시죠. 아무런 말도 없었습니까?"

"뭐에 대해서 말입니까?"

대령은 그를 노려보면서 귀를 긁적거렸다.

"에이, 알았습니다. 입을 꾹 다무시죠. 내 생각엔 너무 심한 것 같군요! 내가 무슨 말을 하는지 전혀 모르겠다면 당신은 아는 게 없는 거죠. 그게 답니다."

에드먼슨은 조심스럽게, 그리고 내키지 않는다는 듯이 말을 꺼냈다.

"뭐라고 하긴 했습니다. 그 친구에게는 뭔가 중요한 할 말이 있었던 것 같습니다."

대령은 마치 힘겹게 포도주 병에서 코르크 마개를 뽑아 낸 사람처럼 말했다.

"아. 흥미롭군요. 그럼 알고 있는 대로 알려 주시죠."

"거의 없습니다. 밥과 저는 일종의 암호를 정해 놓았습니다. 저희는 라마트의 모든 전화가 도청당하고 있다는 걸 알았습니다. 밥은 궁전에서 소식을 들을 만한 정보원이 있었고, 저도 가끔 좋은 정보를 전달해 줄 때가 있었죠. 그래서 만일 우리 둘 중 하나가 다른 한 사람에게 전화를 걸어 여자 얘기를 하거나 특정한 분위기의 여자, 즉 이 세상 사람 같지 않은 여자 이야기를 하면 그건 뭔가 중요한 일이 있다는 뜻이었습니다!"

"일종의 중요한 정보 같은 거 말입니까?"

"예. 밥은 그 난리가 있던 날, 저한테 전화해서 그렇게 말했습니다. 평상시처럼 우리가 만나던 은행 앞에서 만나기로 했죠. 하지만 데모를 하는 바람에 경찰이 거기를 폐쇄했습니다. 그래서 밥을 만날 수 없었고, 밥도 제게 연락할 길이 없었습니다. 그날 오후 그는 알리 왕자와 비행기를 탔고요."

"그렇군요. 어디서 전화했는지는 모르고요?"

"모릅니다. 어디에서든 전화할 수 있었겠죠."

"유감이군요."

대령은 말을 잠시 멈추었다가 별 생각 없이 물었다.

"서트클리프 부인을 아십니까?"

"밥 롤린슨의 누나 말씀이신가요? 물론 라마트에서 만난 적이 있습니다. 딸과 함께 머무르고 있었습니다. 잘은 모릅니다."

"밥 롤린슨은 누나와 많이 친했나요?"

에드먼슨은 잠시 생각하더니 대답했다.

"별로 그런 것 같지 않습니다. 밥은 누나와 나이 터울이 많아서 큰 누님 같았죠. 그리고 밥은 매형을 좋아하지 않았습니다. 항상 거드름 피우는 작자라고 말했거든요."

"정말 그렇더군요! 우리 나라에서 잘나가는 기업가죠. 어찌나 거들먹거리던지. 그럼 당신은 밥 롤린슨이 중요한 비밀을 누나에게 말했을 거라고 생각하십니까?"

"장담할 순 없습니다만…… 아니라고 생각합니다."

대령이 한숨을 쉬면서 말했다.

"내 생각도 그래요. 자, 이게 우리의 현 상황입니다. 서트클리프 모녀가 배를 타고 귀국하고 있어요. 내일이면 둘이 탄 이스턴 퀸즈 호가 틸버리로 들어올 겁니다."

대령은 잠시 입을 다물고 앞에 앉은 젊은이를 훑어보았다. 그러고는 결정했다는 듯이 손을 내밀면서 기분 좋게 말했다.

"들러 주어서 고맙습니다."

"도움이 못 되어 죄송합니다. 제가 도울 수 있는 일이 없습니까?"

"네. 고맙지만 도와주실 것은 없습니다."

존 에드먼슨이 방을 나갔다.

예의 바른 젊은이가 돌아왔다.

대령이 말을 꺼냈다.

"잠시 에드먼슨을 보내서 누나에게 소식을 알릴까도 생각해 봤어. 동생 친구가 소식을 전하는 뭐 그런 거 말이야. 하지만 그러지 않기로 했어. 저치가 너무 융통성이 없어. 그게 외교부 교육 때문이지. 기회주의자도 못 돼. 그 친구 이름이 뭐더라⋯⋯ 그 친구를 보내야겠어."

"데릭 말씀이신가요?"

대령은 고개를 끄덕였다.

"맞아. 자네, 내가 무슨 말을 하고 있는지 제법 익숙해지고 있는 걸, 안 그래?"

"최선을 다할 뿐입니다."

"노력하는 것으로는 부족해. 성공해야지. 우선 로니를 내게 보내. 그에게 줄 임무가 있어."

로니가 방에 들어섰을 무렵 파이커웨이 대령은 잠이 들려는 찰나였다. 로니는 키가 크고 근육이 잘 발달된 가무잡잡한 남자였다. 행동은 방정맞고 버릇이 없었다.

대령은 그를 잠시 쳐다보고 미소 지었다.

"여학교에 잠입하는 건 어때?"

로니의 눈썹이 위쪽으로 들렸다.

"여학교라고요? 아주 새로운 임무군요! 여학생들이 무슨 꿍꿍이 속인가요? 화학 시간에 폭탄이라도 제조하나요?"

"그런 일이 아니야. 아주 고급 학교지. 메도우뱅크야."

"메도우뱅크! 믿을 수가 없군요!"

로니가 휘파람을 불었다.

"방정맞은 혓바닥 놀리지 말고 잘 들어봐. 라마트의 알리 유스프 왕자의 사촌이자, 유일한 혈족인 샤이스타 공주가 이번 학기부터 거길 다녀. 여태까지는 스위스에 있는 학교에 있었어."

"저는 뭘 하는 거죠? 유괴라도 하나요?"

"절대 아니지. 아마 머지않아 그녀에게 관심이 집중될 가능성이 커. 자네는 가서 상황이 변하는 걸 주의 깊게 살펴보면 돼. 명확하게 뭘 하라고 지시하진 못하겠어. 나도 무슨 일이 일어날지 또 어떤 사람이 나타날지 모르거든. 하지만 우리가 싫어하는 친구들이 관심을 가지는 것 같으면 보고하게. 감시자라고나 할까. 그게 자네가 할 일이야."

로니가 고개를 끄덕였다.

"그럼 저는 어떻게 잠입하나요? 미술이라도 가르칠까요?"

파이커웨이 대령은 생각에 잠긴 표정으로 로니를 바라보았다.

"그곳에서 일하는 선생들은 다 여자야. 내 생각엔 자네를 정원사로 만들면 되겠어."

"정원사라고요?"

"그래. 원예에 대해서 좀 알 것 같은데, 내 생각이 틀렸나?"

"제대로 보셨습니다. 소싯적엔 《선데이 메일》에 '당신의 정원'이라는 칼럼을 썼던 적도 있습니다."

"시끄러워! 그런 건 아무것도 아니잖아. 원예에 문외한인 나도 칼럼 정도는 쓸 수 있어. 종묘원 주인에게 받은 카탈로그나 원예대백과 여기저기서 베끼면 되거든. 어떤 말로 쓰면 되는지도 다 알고 있어. '전통적인 틀을 깨뜨리고 열대의 소리에 귀 기울여 보시지 않겠습니까? 아마벨리스 고시포라와 중국에서 온 혼성종 시넨시스 파카풀리아를 사용해 보세요. 시니스트라 호팔레스 덤불의 수줍은 듯한 아름다움을 들여놓으세요. 너무 어렵지도 않기 때문에 서쪽 벽을 가득 메우기에 적당할 것입니다.'라고."

이렇게 말하고는 대령은 미소 지었다.

"별거 아니잖아! 바보들이 그런 식물을 사서 서리가 일찍 내리면 다 죽어 버릴 테고, 그럼 차라리 계란풀이나 물망초 따위를 심을 걸

하고 후회하겠지! 아냐. 내 말은 그러니까 진짜 원예를 말하는 거야. 손바닥에 침을 퉤 뱉고 삽질을 하고 익숙한 솜씨로 퇴비 더미로 뿌리도 덮어 주고, 갖가지 괭이도 사용할 줄 알아야 해. 스위트피를 키우기 위해 땅도 깊이 파고 말이지. 이런 모든 막일을 할 수 있냐는 말이야?"

"메도우뱅크에 정원사 자리는 있습니까?"

"물론 있지. 영국의 모든 정원은 손이 모자라. 내가 추천서를 좋게 써 주지. 그러면 틀림없이 자네를 채용하려고 난리일 거야. 허비할 시간이 없어. 여름 학기는 29일부터 시작이야."

"정원을 가꾸면서 주위를 잘 살피면 되는 겁니까?"

"그래. 혹시 조숙한 10대 소녀가 꼬리를 쳐도 자네가 반응하지 않길 빌어야겠지. 엉덩이를 걷어차여 쫓겨나면 곤란해."

대령은 종이를 내밀었다.

"이름은 뭐라고 하면 좋겠나?"

"아담이라고 하면 좋을 것 같은데요."

"성은?"

"에덴이 어떨까요?"

"자네, 머리 굴리는 게 영 마음에 안 드는데. 아담 굿맨이 좋겠어. 가서 젠슨이랑 같이 자네 이력을 잘 써 봐."

대령은 손목시계를 보았다.

"이제 자네한테 더 시간을 낼 수 없어. 로빈슨 씨를 기다리게 해선 안 돼. 지금쯤 도착할 텐데."

방금 새로운 이름을 부여받은 아담은 문 쪽으로 가다가 멈추어 섰다.

"로빈슨 씨라고요? 그가 옵니까?"

"그래."

그때 책상 위의 인터폰이 울렸다.

"지금 왔군. 항상 정시에 맞춰서 온단 말이야, 로빈슨 씨는."

"그런데요. 그의 진짜 정체가 뭐죠? 진짜 이름은요?"

아담은 궁금하다는 듯 물었다.

"그의 이름은 로빈슨 씨야. 내가 아는 건 그게 다야. 모두가 아는 것도 그것뿐일세."

방 안으로 들어온 사내는 생김새로 보아서 이름이 절대 로빈슨일 것 같지 않았다. 데메트리오스나 아이작스타인, 페렌나 등이라면 모를까. 하지만 그 어느 쪽에도 별로 가까워 보이진 않았다. 로빈슨은 유태인처럼 보이진 않았다. 그렇다고 그리스 인이나 포르투갈, 혹은 스페인이나 남아메리카 사람같이 생기지도 않았다. 가장 말도 안 되는 것이 그가 로빈슨이라 불리는 영국인이라는 사실이었다. 그는 뚱뚱하고 잘 차려입었는데, 얼굴은 노란색이고 검은 눈동자는 약간 슬퍼 보였고, 이마는 넓고, 후덕해 보이는 입술 사이로 크고 하얀 이가 가지런히 보였다. 손은 예쁘장하고 손질도 잘 되어 있었다. 목소리는 다른 나라의 억양이 전혀 드러나지 않는 영국식 영어였다.

로빈슨 씨와 대령은 마치 두 왕국의 왕처럼 매우 정중하게 인사를 나누었다. 그리고 로빈슨 씨가 시가를 받아 들자 대령이 말했다.

"도와주시겠다니 감사합니다."

로빈슨 씨는 시가에 불을 붙여 음미한 뒤 연기를 내뿜었다.

"친애하는 대령님. 제 생각엔……. 저도 듣는 바가 있습니다. 아는 사람이 많은데 그들이 소식을 전해 줍니다. 왜 그런지는 저도 모르겠습니다."

대령은 그 이유에 대해서 아무런 대답도 하지 않고 물었다.

"알리 유스프 왕자의 비행기를 발견했다는 소식이 들어왔다고 들었습니다만?"

"지난 주 수요일이었습니다. 젊은 롤린슨이 비행사였다더군요. 무척 어려운 비행이었다지요. 그렇지만 롤린슨의 잘못으로 추락한 건 아니었습니다. 그 비행기는 누군가가 손을 댔습니다. 아크메드라는 이름의 나이 든 기계공입니다. 전적으로 믿을 수 있다고, 적어도 롤린슨은 그렇게 생각했던 모양입니다. 하지만 그렇지 않았지요. 그 기계공은 새 정부에서 제법 잘나가는 자리를 얻었답니다."

"역시 테러였군요! 저희는 그 부분에 확신이 없었습니다. 정말 슬픈 이야기입니다."

"그렇습니다. 알리 유스프 왕자는 정말 불쌍한 젊은이지요. 부패와 배신에 대응하는 방법을 몰랐습니다. 왕자를 사립학교에서 교육시킨 건 현명하지 못한 처사였습니다. 물론 이건 제 사견입니다. 하지만 지금은 왕자에 대한 이야기는 접어 둡시다. 그는 과거의 뉴스니까요. 죽은 왕만큼 확실한 과거도 없지요. 지금 우려해야 하는 것은 죽은 왕이 남긴 것입니다."

"남긴 것이라면?"

로빈슨 씨는 어깨를 으쓱했다.

"제네바 은행에 있는 상당한 금액의 계좌, 런던 은행에 있는 비교적 적은 금액, 그리고 영광스러운 신정부가 장악해 버린 라마트에 남아 있는 상당한 자산. 그 전리품을 어떻게 나누었을지는 별로 좋지 않은 예감이 듭니다. 적어도 그렇다고들 하더군요! 그리고 마지막으로 작은 개인적인 물품이 있습니다."

"작은?"

"상대적이지만 어쨌든 크기로 보면 매우 작죠. 들고 다니기에 아주 간편한 크기입니다."

"우리가 아는 한 알리 유스프는 그런 물건을 가지고 있지 않았습니다."

"그렇습니다. 왜냐하면 알리 왕자가 그것을 롤린슨에게 넘겨주었기 때문입니다."

"그 정보가 확실합니까?"

대령이 날카롭게 되묻자 로빈슨 씨는 사과하듯이 말했다.

"그렇게 물으신다면 확신할 수 있는 것은 없습니다. 궁전에서는 소문이 너무 많아 모두가 사실일 수는 없겠지요. 하지만 그렇다는 소문이 파다합니다."

"하지만 롤린슨의 시신에도 나온 것은 없었습니다……."

"그렇다면 뭔가 다른 방법으로 국외로 유출되었을 겁니다."

"다른 방법이라니요? 무슨 아이디어라도 있으십니까?"

"롤린슨은 보석을 받은 다음 시내에 있는 한 카페에 들렀습니다. 거기서 말을 나눈 사람도, 다가온 사람도 없었습니다. 그러고 나서 누나가 머물던 리츠 사보이 호텔로 갔습니다. 그는 외출 중인 누나의 방에서 약 20분 가량 머물렀습니다. 호텔을 나와서는 빅토리아 광장에 있는 머천트 은행으로 가서 수표를 바꾸었습니다. 그가 은행에서 나왔을 때엔 혼란이 시작되고 있었습니다. 학생들이 뭔가에 대해 데모를 하고 있었거든요. 광장에 사람들이 없어질 때까지는 제법 시간이 걸렸습니다. 그리고 롤린슨은 바로 활주로로 가서 아크메드 상사와 함께 비행기를 살펴보았습니다.

알리 유스프는 새로 건설한 도로를 시찰하러 차를 몰고 나와 활주로에서 멈추었습니다. 롤린슨과 함께 댐과 새로운 고속도로를 공중에서 살펴보기 위해 잠시 비행을 하겠다고 했지요. 두 사람은 이륙했고 다시는 돌아오지 않았죠."

"그리고 당신이 거기서 알아낸 바는?"

"친애하는 대령. 그건 당신과 똑같습니다. 왜 밥 롤린슨은 누나의 방에서 20분이나 있었을까요? 누나는 외출 중이었고 저녁 때까지 돌아오지 않는다고 들었는데도 말이지요. 그는 누나에게 쪽지를 남겼는데, 그건 3분 만에 충분히 쓸 수 있습니다. 그럼 나머지 시간에 무얼 했을까요?"

"그렇다면 그가 보석을 누나의 짐 속 적당한 곳에 숨겨 넣었단 말씀이신가요?"

"그런 것 같지 않습니까? 서트클리프 부인은 그날 영국 대사관 직원에게 등 떠밀려 라마트를 떠났습니다. 부인은 내일 틸버리에 도착합니다."

대령은 고개를 끄덕거렸다.

"그녀를 보살펴 주세요."

로빈슨 씨가 말했다.

"우리가 그녀를 보살필 것입니다. 그건 모두 준비되어 있습니다."

"만일 보석을 가지고 있다면 그녀는 위험합니다. 저는 폭력이 정말 싫습니다."

로빈슨 씨는 눈을 감았다.

"폭력이 있을 거라 예상하십니까?"

"흥미를 느끼는 사람들이 있습니다. 바람직하지 못한 사람들도 많고요. 제 말씀을 이해하신다면……."

"알겠습니다."

대령이 어둡게 말했다.

"그리고 물론 그들은 서로를 배신할 겁니다. 모든 일이 너무 혼란스럽습니다."

로빈슨 씨는 고개를 저었다.

대령은 조심스럽게 질문을 던졌다.

"로빈슨 씨께서는 이번 문제에 대해서 음…… 개인적인 흥미는 없으십니까?"

"저도 흥미를 가진 어떤 집단을 대변하고 있습니다."

로빈슨 씨가 말했다. 그의 목소리는 약간 비난하는 듯한 느낌이었다.

"그 보석 중 몇 개는 제 대리인이 고인이 되신 폐하께 드린 것이었습니다. 아주 저렴한 가격에 말입니다. 제가 대표하는 사람들은 보석을 되찾기를 원하고 있으며, 이렇게 말씀드려도 될지 모르겠습니다만, 고인의 승인을 받은 사람들입니다."

"하지만 분명 좋은 편에 계시는 거잖습니까?"

대령은 웃으며 물었다.

"아, 좋은 편! 좋은 편 맞습니다."

로빈슨 씨는 잠시 말을 쉬었다.

"서트클리프 부인이 사용한 방의 양쪽 옆에 누가 묵었는지 혹시 알고 계십니까?"

대령은 애매한 표정을 지었다.

"한번 봅시다……. 왼쪽 방에는 세뇨라 안젤리카 데 토레도라는 스페인 사람인데, 동네 카바레에서 춤추는 무희입니다. 엄밀히 말하면 스페인 사람은 아니고, 춤을 잘 추는 편도 아니었나 봅니다. 하지만 손님들에게는 인기가 좋았습니다. 다른 쪽 방에는 학교 선생들이 한 무리 묵고 있었습니다. 제가 알기로는……."

로빈슨 씨는 알았다는 듯이 쳐다보았다.

"당신은 항상 이런 식입니다. 제가 무슨 이야기를 해 주러 오면 대부분 먼저 알고 있으니 말입니다."

"아닙니다."

대령이 예의 바르게 부정하자 로빈슨 씨가 말했다.

"우리끼리 말인데요. 우리는 제법 많은 것을 알고 있는 겁니다."

두 사람의 시선이 마주쳤다.

"그러길 바랍니다."

로빈슨은 일어나면서 말했다.

"우리가 알고 있는 게 충분한 것이길……."

여행자의 귀국

"정말이지! 왜 영국에 돌아올 때마다 비가 내리는지 모르겠어. 모든 게 우울해 보인단 말이야!"

서트클리프 부인은 호텔 창 밖을 내다보면서 화난 목소리로 말했다. 그러자 제니퍼가 대꾸했다.

"저는 돌아와서 정말 좋아요. 거리에서 사람들이 영어로 말하는 것도 좋고요! 그리고 지금 우리는 정말 맛있는 차도 마실 수 있잖아요. 빵, 버터, 잼, 그리고 제대로 된 케이크."

"너무 섬사람처럼 굴지 않았으면 좋겠구나. 차라리 집에 있었으면 좋겠다고 말하면 일부러 너를 데리고 페르시아 만까지 다녀온 나는 뭐가 되니?"

"한두 달쯤 외국에 다녀오는 건 상관없어요. 제 말은 그저 돌아와서 기쁘다는 거예요."

"자, 이제는 엄마를 좀 방해하지 말거라. 가방을 다 가져 왔는지 확인해야 하니까. 정말이지, 전쟁 이후로 항상 느끼는 거지만 요즘 사람들은 정직하지 않은 것 같아. 내가 짐을 잘 살피지 않았다면 틸버리에서 그 남자가 지퍼 달린 녹색 가방을 훔쳐 갔을 거야. 짐 주위를 맴돌던 남자가 또 하나 더 있었어. 나중에 기차에 올라서도 그 남자를 봤다니까. 아마도 도둑들이 배를 기다렸다가 사람들이 정신을 못 차리거나 멀미를 하고 있으면 가방을 훔쳐 가나 봐."

"아, 엄마는 항상 그렇게 생각하잖아요. 만나는 사람 모두가 정직하지 못하다고 생각하니까."

"대부분은 그래."

서트클리프 부인이 퉁명스럽게 대답했다.

"영국인은 안 그래요."

애국심 가득한 제니퍼가 말했다.

"더 나빠. 아랍인이나 외국인한테는 기대치가 낮지만 영국 사람들을 대할 때는 방심하기 때문에 나쁜 사람들한테는 더 기회가 좋은 거지. 자, 이제 가방을 좀 세어 보자꾸나. 저기 커다란 녹색 가방이 있고, 검은 것도 있고, 작은 갈색 가방 두 개. 지퍼 달린 가방, 골프채. 라켓. 천으로 된 잡낭. 캔버스로 된 수트케이스…… 녹색 가방은 어디 갔지? 아, 저기 있구나. 그리고 잡다한 물건을 넣으려고 산 주석 그릇은……저기 있다. 하나, 둘, 셋, 넷, 다섯, 여섯…… 그래, 다 있어. 열네 개 다 왔구나."

"이제 차(영국의 애프터눈 티는 차와 샌드위치, 스콘, 케이크 등으로 이루어지며 간단한 끼니가 될 만큼 많이 먹는다 — 옮긴이) 좀 마시러 가면 안 돼요?"

"차? 지금 겨우 3시인데?"

"전 배가 많이 고파요."

"좋아, 좋아. 혼자 내려가서 주문할 수 있지? 난 좀 쉬어야겠어. 그리고 오늘 저녁에 필요한 물건들만 우선 풀어야겠어. 네 아빠가 마중 나오지 못해서 속상해. 왜 하필이면 오늘 뉴캐슬에서 중요한 이사회를 하는지 이해할 수가 없구나. 부인과 딸이 더 우선시되어야 할 텐데. 특히 지난 석 달간 얼굴도 보지 못했는데 말야. 혼자 가도 되겠니?"

"엄마! 제가 도대체 몇 살이라고 생각하시는 거예요? 돈이나 좀 주세요. 전 영국 돈이 하나도 없어요."

제니퍼는 10실링짜리 지폐를 받아 들고 엄마가 우습다는 듯이 방에서 나갔다.

침대 옆의 전화기가 울렸다. 서트클리프 부인이 걸어가서 수화기를 들었다.

"여보세요……. 예……. 예……. 전데요……."

그때 누가 노크를 했다. 서트클리프 부인은 "잠시만요."라고 말한 뒤 수화기를 내려놓고 문으로 다가갔다. 짙은 파란색 작업복을 입은 젊은 사내가 작은 도구함을 들고 서 있었다. 사내가 재빨리 말했다.

"전기 수리공입니다. 이 방의 전깃불이 제대로 작동하지 않는대서요. 수리하러 왔습니다."

"알았어요."

서트클리프 부인이 한 발 물러나자 전기 수리공이 들어왔다.

"저, 화장실은요?"

"그쪽으로 쭉 가면 돼요. 저쪽 침실 지나서."

서트클리프 부인은 다시 전화기로 다가갔다.

"죄송합니다. 무슨 말씀 중이셨죠?"

"저는 데릭 오코너라고 합니다. 제가 부인 방으로 가야 할 것 같습니다, 부인. 동생분에 관한 겁니다."

"밥요? 새로운 소식이…… 있나요?"

"유감입니다만 그렇습니다."

"아, 알겠습니다. 올라오세요. 3층입니다. 310호."

서트클리프 부인은 침대 위에 앉았다. 무슨 소식인지 이미 알 것 같았다.

잠시 후 노크 소리가 나자 자리에서 일어나 문을 열고 적당히 차분한 동작으로 문 앞에 서 있는 젊은이와 악수를 나누었다.

"외교부에서 오셨나요?"

"예, 제가 데릭 오코너입니다. 제 상사가 이 소식을 전달할 적임자를 찾지 못해서 제가 왔습니다."

서트클리프 부인이 말했다.

"말씀해 주세요. 밥이 살해당한 거죠, 그렇죠?"

"예, 그렇습니다, 부인. 동생분이 알리 유스프 왕자를 데리고 라마트에서 비행기를 몰고 나오다가 산속에 추락했습니다."

"그럼 왜 여태까지 제게 전하지 않은 거죠? 배로 전보를 칠 수도 있었는데?"

"며칠 전까지 확실하지 않았습니다. 비행기가 실종된 사실은 알려졌지만 그게 전부였습니다. 하지만 여러 가지 정황으로 보아 희망이 있었습니다만, 비행기의 잔해가 발견되었습니다. 위로가 될지 모르겠습니다만, 동생분은 즉사했습니다."

"왕자님도 죽었나요?"

"예."

"전혀 놀랍지가 않군요."

서트클리프 부인이 대답했다. 목소리가 약간 떨렸지만, 차분했다.

"난 늘 밥은 젊은 나이에 죽을 거라고 생각했어요. 그 아인 무모했거든요. 아시죠. 새 기종의 비행기를 시운전한다든가 새로운 스턴트를 시도해 본다든가. 지난 4년간 그 아이를 본 적이 거의 없네요. 어쩔 수 없죠. 다른 사람에게 변화를 강요할 수는 없잖아요?"

"그렇습니다. 유감스럽지만 그렇습니다."

방문객이 대답했다.

"헨리는 늘 그 아이가 언젠가는 추락해서 죽을 거라고 했어요."

서트클리프 부인이 말했다. 남편의 정확한 예언에서부터 자기만족을 위한 슬픔을 억지로 쥐어짜는 듯했다. 눈물이 볼을 타고 흘러내리자 부인은 손수건을 찾았다.

"그래도 충격이 크네요."

"알고 있습니다. 정말 유감입니다."

"밥은 도망갈 수도 없었어요. 제 말은, 왕자의 전용 조종사였으니까요. 나도 그 아이가 다 포기하고 도망가길 바라진 않았어요. 그 아인 실력이 제법 좋은 조종사예요. 만일 산에 추락했다면 그 애 잘못은 아닐 거예요."

"그렇습니다. 동생분의 실수가 절대 아니었습니다. 왕자를 데리고 나올 유일한 방법은 어떤 조건에서든 비행기를 띄우는 수밖에 없었습니다. 매우 위험한 비행이었고, 그래서 잘못된 겁니다."

서트클리프 부인이 고개를 끄덕였다.

"이해할 수 있어요. 이렇게 전하러 직접 와 주셔서 감사합니다."

"다른 용건도 있습니다. 혹시 동생분이 영국으로 가져가라고 맡긴 물건이 있습니까?"

부인이 되물었다.

"저한테 맡긴 물건이라고요? 무슨 말씀이시죠?"

"동생분이 무슨 꾸러미나 가방 같은 것을 맡기지 않았나요? 영국까지 가져가서 누군가에게 전해 달라고 부탁하면서요."

부인은 놀란 표정으로 고개를 저었다.

"아니요. 왜 그랬을 거라고 생각하시죠?"

"동생분이 누군가에게 영국으로 가져다 달라고 부탁한 중요한 물건이 있습니다. 그날 동생분이 부인이 묵었던 호텔에 들렀죠. 혁명이 일어나던 바로 그날 말입니다."

"알고 있어요. 쪽지를 남겼더군요. 그런데 별 내용이 없었어요. 그다음 날 테니슨가 골프인가를 치자고 그랬거든요. 그저 시시한 내용이 적힌 쪽지였어요."

"그게 다였습니까?"

"쪽지요? 예."

"혹시 가지고 계십니까, 부인?"

"그 쪽지를 보관했냐고요? 아니요. 물론 버렸죠. 정말 별것 아니어서 찢어서 버렸죠. 가지고 있을 이유가 없잖아요?"

"그럴 이유는 없습니다만, 그냥 궁금했습니다."

오코너가 대답했다.

"뭐가 궁금한 거죠?"

서트클리프 부인이 화를 내며 물었다.

"쪽지에 또 다른 내용이 숨겨져 있지 않을까 싶어서요. 보이지 않는 잉크 같은 것도 있으니까요."

그가 미소 지었다.

서트클리프 부인은 아주 불쾌하다는 듯이 말했다.

"보이지 않는 잉크라고요! 스파이 소설에 나오는 그런 잉크 말인가요?"

"예. 죄송합니다만 바로 그런 잉크를 말씀드린 겁니다."

오코너가 사죄하듯 말했다.

"말도 안 돼요. 밥이 그런 잉크 따위를 사용할 이유가 없잖아요? 그 아인 현실에 충실한 분별 있는 사람이었어요."

또다시 눈물이 흘렀다.

"이런, 내 가방은 어디에 있담. 손수건이 필요해서요. 다른 방에

됐을지도 모르겠네."

"제가 가져다 드리죠."

오코너는 방끼리 연결된 문으로 들어가다가 멈추어 섰다. 가방 위로 몸을 숙이고 있던 작업복 차림의 젊은 남자가 그를 보고 놀라 몸을 일으키다 시선이 마주쳤기 때문이다.

"전기 수리공입니다. 이 방 전깃불이 이상해서요."

젊은 남자가 급하게 말했다.

오코너가 스위치를 켰다 껐다. 그는 재미있다는 듯이 대꾸했다.

"내가 보기엔 모두 정상인데."

"방 번호를 잘못 안 모양입니다."

전기공은 이렇게 말하고는 도구 가방을 챙겨서 재빨리 복도로 빠져나갔다.

오코너는 얼굴을 찌푸리고 화장대 위에 놓인 서트클리프 부인의 가방을 집어 들고 다시 부인에게 돌아갔다.

오코너는 수화기를 집어 들고 말했다.

"실례합니다만, 여기는 310호인데, 혹시 이 방에 전기 수리공을 올려 보내셨습니까?"

잠시 기다렸다.

"아니라고요? 그럴 것 같았습니다. 아닙니다, 전혀 아무 이상 없습니다."

그는 수화기를 내려놓고 서트클리프 부인에게 말했다.

"이 방의 전깃불엔 아무런 이상이 없습니다, 부인. 그리고 호텔에서도 전기 수리공을 보낸 적이 없답니다."

"그럼 그 남자는 뭘 한 거죠? 도둑인가요?"

"그럴 수도 있습니다."

서트클리프 부인은 재빨리 가방을 뒤졌다.

"가방에서는 아무것도 가져가지 않았네요. 돈도 그대로예요."

"서트클리프 부인, 정말 확실합니까? 동생분이 분명 뭔가를 주지 않았습니까? 부인의 짐에 뭔가 넣지 않았나요?"

"확실해요."

서트클리프 부인이 말했다.

"혹시 따님에게도요. 따님이 있으시죠?"

"예. 딸아이는 아래층에서 차를 마시고 있어요."

"동생분이 따님께 뭔가를 주지 않았을까요?"

"아니요. 그럴 겨를이 없었어요."

"또 다른 가능성이 있습니다. 동생분이 그날 부인의 물건 사이에 그걸 숨겼을지도 모릅니다. 부인을 기다리는 동안 말입니다."

"하지만 밥이 왜 그런 짓을 했을까요? 말이 안 되잖아요."

"그렇게 이상하지만은 않습니다. 알리 유스프 왕자가 뭔가 중요한 것을 동생분에게 맡겼을 겁니다. 그리고 동생분은 누님의 수중에 있는 것이 자신이 가지고 있는 것보다 안전하다고 판단한 거지요."

"제게는 현실성 없는 말인 거 같아요."

"그러면 말입니다. 제가 찾아봐도 될까요?"

"제 짐을 뒤지겠다고요? 이걸 다 풀어서?"

그 대목에서 부인의 목소리가 울음 섞인 고음으로 바뀌었다.

"잘 압니다. 부인에게 무리한 부탁입니다. 하지만 아주 중요합니다. 제가 도와 드리겠습니다."

그는 매우 설득력이 있었다.

"저도 예전에 어머니의 짐을 자주 싸드렸습니다. 제가 제법 짐을 잘 싼다고 말씀하셨답니다."

그는 파이커웨이 대령이 좋아하는 개인적인 능력과 매력을 마구 발산했다.

"뭐, 정 그러시다면. 그렇게까지 말씀하신다면…… 정말 중요한 거겠죠."

부인은 결국 항복했다.

"매우 중요한 일이 될 수도 있습니다. 자, 시작해 볼까요?"

그는 부인에게 미소 지었다.

45분 뒤, 제니퍼가 방으로 돌아왔다. 방을 둘러본 그녀는 놀라서 비명에 가까운 소리를 질렀다.

"엄마, 뭘 하고 계시는 거예요?"

서트클리프 부인이 화를 내며 말했다.

"짐을 풀었어. 이제 다시 싸는 중이다. 이쪽은 오코너 씨란다. 저 애가 제 딸, 제니퍼예요."

"그런데 왜 짐을 풀었다가 다시 싸는 거죠?"

부인이 쏘아붙였다.

"나한테 묻지 마라. 네 삼촌이 우리 짐 속에다 영국으로 가지고 돌아올 뭔가를 숨겼을 거라는구나. 너도 삼촌에게 받은 건 없지, 그렇지, 제니퍼?"

"밥 삼촌이 저한테 뭘 줬냐고요? 아니요. 내 짐도 다 풀었어요?"

데릭 오코너가 활발하게 대답했다.

"모든 걸 다 풀었단다. 아무것도 못 찾아서 짐을 다시 싸는 중이야. 서트클리프 부인, 차나 음료를 좀 드셔야겠습니다. 뭐라도 주문해 드릴까요? 브랜디? 소다?"

그는 전화기로 다가갔다.

"맛있는 차나 한 잔 마시면 좋겠네요."

부인이 말했다.

"저는 너무 맛있는 차를 마셨어요."

제니퍼가 말했다.

"빵이랑 버터랑 샌드위치, 케이크……. 그리고 샌드위치를 더 먹어도 되냐고 물어봤더니 웨이터가 그러라고 해서 샌드위치를 좀 더 먹었어요. 정말 맛있었어요."

오코너는 차를 주문하고 서트클리프 부인의 물건을 깔끔하고 솜씨 좋게 다시 쌌다. 부인은 달갑지 않았지만 그의 능력에 감탄할 수밖에 없었다.

"어머니께서 짐 싸는 걸 제대로 가르치셨군요."

부인이 말했다.

"저는 손재주가 좋아서 별 걸 다 할 줄 압니다."

오코너가 비소를 지으면서 말했다. 그의 어머니는 오래전에 돌아가셨고, 짐을 꾸리는 솜씨는 파이커웨이 대령 밑에서 익혔을 뿐이었다.

"한 가지만 더 말씀드리겠습니다, 서트클리프 부인. 아무쪼록 몸조심하십시오."

"그게 무슨 말씀이시죠?"

오코너는 애매모호하게 대답했다.

"혁명은 골치 아픈 일입니다. 많은 자잘한 결과가 뒤따르지요. 런던에 오래 머무르실 겁니까?"

"내일 시골로 내려가요. 남편이 차로 데려다 줄 거예요."

"다행입니다. 위험한 일은 하지 마세요. 조금이라도 이상한 일이 생기면 999번으로 전화하십시오."

"와아. 999번이라. 전 꼭 한번 걸어 보고 싶었어요."

제니퍼가 뛸 듯이 기뻐하며 말했다.

"바보같이 굴지 마라. 제니퍼."

엄마가 말했다.

지역 신문의 기사에서 발췌:

헨리 서트클리프 씨의 집에 물건을 훔치려고 침입했던 자가 어제 법정에 섰다. 서트클리프 일가가 교회에 간 일요일 아침, 침입자는 서트클리프 부인의 침실을 발칵 뒤집어 놨으며 어수선하게 어질러 놓았다.

점심을 준비하던 조리사들은 아무 소리도 듣지 못했다고 한다. 침입자는 집에서 나가던 중 경찰에게 체포되었다. 무엇인가에 놀라서 도망나오던 그는 아무것도 못 챙긴 빈손으로 잡혔다.

이름은 앤드류 볼이고 거주지가 분명치 않은 이 침입자는 유죄 판결을 받았다. 그는 일자리를 잃어서 돈이 궁했다고 한다. 서트클리프 부인은 사용하는 몇 가지 보석 외에는 모든 귀금속을 은행에 보관했다고 말했다.

"그러게 거실 유리창을 잘 잠그라고 했잖아."

가족들이 모였을 때 서트클리프 씨가 한마디했다.

"여보, 헨리. 당신은 지난 석 달간 내가 외국에 다녀왔다는 걸 자꾸 잊어버리는 것 같아. 게다가 어디선가 읽었는데 도둑들은 들어가겠다고 마음먹으면 어떻게든 들어간다고 하던데."

부인은 지역 신문을 다시 들여다보면서 곰곰이 생각에 잠겨 한마디 더 했다.

"조리사들이라는 말은 참 대단하게 보이지? 실제와는 전혀 다르게 느껴진다니까. 나이 든 엘리스 부인은 거의 귀머거리인데다가 이젠 일어서기도 힘들고, 그외엔 일요일마다 도와주러 오는 바드웰의 팔푼이 딸뿐인데."

"제가 이해할 수 없는 건…… 경찰은 도둑이 든 걸 어떻게 알고 출동해서 체포했냐는 거예요. 도둑이 가져간 게 아무것도 없다는 게 정말 이상해요."

제니퍼가 말했다.

"확실한 거야, 조앤? 처음에는 확신하지 못했잖아."

남편이 물었다.

서트클리프 부인은 절실한 한숨을 쉬었다.

"그런 건 즉시 알아차리기 힘들어. 내 침실은 엉망이었잖아. 물건도 여기저기 널브러졌고 서랍은 빠져서 뒤집혀 있고. 확실히 하려면 모두 확인해야 했다고. 그런데 지금 생각해 보니 내가 제일 아끼는 자크마르 스카프가 보이질 않네."

"미안해요. 엄마. 그건 제가 그랬어요. 지중해에서 바람에 날려 갔어요. 전 잠시 빌린 거였는데, 엄마한테 말하려고 했는데 잊어버렸어요."

"정말이지, 제니퍼. 빌리기 전엔 말하라고 도대체 몇 번이나 이야기 했니."

"푸딩 더 먹어도 돼요?"

제니퍼가 말꼬리를 돌리려고 물었다.

"그러려무나. 엘리스 부인은 솜씨가 대단히 좋지 않니? 그녀에게 힘겹게 소리 지르는 것도 다 그만한 대가가 있다니까. 하지만 말이야. 난 네가 메도우뱅크에서 식탐이 있다는 말을 안 들었으면 좋겠구나. 거긴 평범한 학교가 아니잖니?"

"전 메도우뱅크에 다니고 싶은지 잘 모르겠어요. 제 친구 사촌이 거기를 다녔다는데 아주 끔찍하댔어요. 롤스로이스에 타고 내릴 때 어떻게 해야 한다든가 여왕과 점심을 먹게 되면 어떻게 해야 한다는 둥. 그런 것만 가르친댔어요."

서트클리프 부인이 말했다.

"그게 정말 중요하단다, 제니퍼. 넌 메도우뱅크에 입학하게 된 게 얼마나 행운인지 몰라서 그래. 불스트로드 선생은 아무 학생이나 받지 않아. 그건 확실하단다. 모두 네 아버지가 중요한 지위에 있고 로자문드 고모가 영향을 끼쳤기 때문이지. 넌 특별히 운이 좋은 거야. 그리고 만일 네가 여왕님께 점심 초대를 받는다면 어떻게 행동해야 하는지 알고 있는 게 얼마나 다행이겠니."

제니퍼가 대답했다.

"그럴 수도 있겠죠. 여왕님은 예절을 모르는 사람들과 식사하실 일이 제법 있겠죠. 아프리카의 추장이라든가 말 타는 기수, 또는 장로 같은 사람들이요."

"아프리카의 추장들은 최고의 예의범절을 지닌 사람들이야."

아버지가 말했다. 얼마 전 그는 가나로 짧은 출장을 다녀왔다.

"아랍 장로들도 마찬가지야. 정말 예의 바르지."

서트클리프 부인이 맞장구를 쳤다.

제니퍼가 반론을 폈다.

"장로의 잔칫날에 갔던 기억 안 나세요? 그 사람이 양의 눈을 뽑아서 엄마한테 줬잖아요. 밥 삼촌이 엄마한테 소란 피우지 말고 받아먹으라고 강요했잖아요. 만일 그 장로가 버킹엄 궁에서 양고기 구이를 할 때 그랬다면 여왕님도 깜짝 놀랄 텐데, 안 그래요?"

"그만 해라, 제니퍼."

엄마가 이 한마디로 그 주제를 마무리했다.

앤드류 볼은 무단침입 죄로 3개월 복역을 선고받았다. 법정의 눈에 띄지 않는 평범한 자리에서 모든 것을 지켜 본 데릭 오코너는 박물관으로 전화를 걸었다.

"그자는 우리에게 잡혔을 때 아무것도 가지고 있지 않았습니다."

그가 말을 이었다.

"우리가 시간을 충분히 줬는데도 불구하고 말입니다."

"그는 누구지? 우리가 아는 사람인가?"

"게코 출신입니다. 아마 시간이 부족했던 거 같습니다. 이런 일을 시키려고 고용한 자입니다. 머리는 별로 좋지 않은 치인데 꼼꼼하게 뒤졌다고 합니다."

"그리고 형 선고를 양처럼 순하게 받아들였어?"

다른 편에서 수화기를 들고 있는 파이커웨이 대령은 미소를 지으면서 말하고 있었다.

"예. 한 가지밖에 볼 줄 모르는 바보의 전형입니다. 그자가 거물과 연결되어 있을 거라고는 절대 의심할 수 없습니다. 그게 그자의 가치인 거죠."

파이커웨이 대령은 재미있어했다.

"그리고 아무것도 못 찾아냈다. 자네도 아무것도 못 찾아냈지. 찾을 물건이 없는 것처럼 보이는데. 롤린슨이 그 물건을 누나의 짐에 숨겼을 거라는 추측이 틀렸을지도 모르겠어."

"다른 사람들도 같은 생각인 것 같습니다만."

"사실 너무 뻔하잖아. 어쩌면 미끼를 물도록 만든 것인지도 몰라."

"그럴 수도 있습니다. 다른 가능성이 있습니까?"

"다양하지. 아직도 라마트에 있을 수도 있고, 어쩌면 리츠 사보이 호텔에 숨겨져 있는지도 몰라. 아니면 롤린슨이 활주로로 가면서 누군가에게 건넸을 수도 있어. 그리고 로빈슨의 힌트에 뭐가 있는지도 몰라. 여자가 손에 넣었을 수도 있지. 아니면 서트클리프 부인이 처음부터 가지고 있었는데 그걸 모르고 쓸모없는 물건과 함께 홍해에 버렸을지도 몰라."

그는 사려깊게 말했다.

"만일 그런 거라면, 모두를 위해 가장 좋은 일이지."

"아, 너무하십니다. 그게 도대체 얼마짜리입니까?"

"인간의 목숨도 가치가 높아."

파이커웨이 대령이 말했다.

줄리아 업존이 어머니에게 보낸 편지:

엄마에게,

저는 이제 적응이 되어서 여기가 마음에 들어요. 이번 학기가 처음인 제니퍼라는 아이는 저랑 잘 어울려요. 우린 둘 다 테니스를 무척 좋아해요. 걘 제법 잘 친답니다. 때때로 무서울 정도의 스매싱 서브를 넣는데, 항상 잘 들어가진 않아요. 페르시아 만에 있는 동안 라켓이 늘어졌대요. 혁명이 일어날 때 거기 있었대요. 그래서 신났겠다고 말했더니 아무것도 보지 못했대요. 모두 대사관인가로 끌려가는 바람에 아무것도 못 봤다네요.

불스트로드 선생님은 양처럼 순하지만 아주 무서울 때도 있어요. 아니 그럴 수도 있을 것 같아요. 신입생한테는 엄하지 않으세요. 선생님은 별명이 불(bull, 황소) 혹은 불리(bully, 마구 으스대는 사람)예요. 영문학 담당인 리치 선생님은 정말 좋아요. 얼굴은 좀 특이하고 이상하지만 셰익스피어를 읽으실 때 보면 정말 독특하고 생생해요. 며칠 전에는 이아고에 대해 한참 설명하셨어요. 그가 어떤 기분이었을지, 그리고 어떻게 질투 때문에 고민하다가 사랑하는 사람을 해치게 되는지에 대해서도요. 우리 모두 두려워했는데 제니퍼는 안 그랬어요. 그 아인 어떤 것에도 놀라지 않아요. 리치 선생님은 지리도 가르치세요. 항상 지리는 지겨운 과목이라 생각했는데 리치 선생님이 가르치면 재미있어요. 오늘 아침에 향신료 무역을 배우면서는 음식이 쉽게 상하기 때문에 향신료가 아주 중요하다는 내용도 가르쳐 주셨어요.

로리 선생님께 미술을 듣기 시작했어요. 선생님이 일주일에 두 번 저희를 런던의 미술 갤러리로 데려가 주세요. 불어 선생님은 블랑슈 선생님이에요. 블랑슈 선생님은 깔끔하지 않아요. 제니퍼 말로는 프랑스 사람들이 그렇대요. 그런데 화는 내지 않으세요. 지겨울 뿐이죠. 항상 이렇게 말해요. "앙팡, 부 메누이에, 메상팡!(얘들아, 너희 정말 지겹구나, 얘들아!)" 스프링거 선생님은 지독해요. 체육을 담당하시는데 빨간 머리인 데다가 땀을 흘리면 냄새가 나요. 그리고 채드윅(채디) 선생님이 있어요. 그분은 학교를 설립할 때부터 계셨대요. 수학 담당인데 좀 까다롭긴 하지만 꽤 좋아요. 그리고 역사랑 독어를 가르치는 밴시터트 선생님이 있어요. 밴시터트 선생님은 활기 빠진 불스트로드 선생님 같아요.

외국 아이들이 참 많아요. 이탈리아 애가 둘이나 있고 독일에서 온 애들도 있어요. 그리고 활달한 스웨덴 아이도 있고요.(공주인가 뭐 그렇다고 해요.) 그리고 터키와 페르시아 계 혼혈아도 있는데, 걔는 비행기 사고로 죽은 알리 유스프 왕자랑 정혼한 사이였대요. 그렇지만 제니퍼는 그건 사실이 아니래요. 샤이스타는 왕자랑 사촌뻘이고 거기선 왕이 사촌이랑 결혼하기 때문에 그렇게 말하는 거지만 왕자는 다른 사람을 좋아했었대요. 제니퍼는 많은 걸 알고 있는데 좀처럼 얘기를 안 해요.

엄마는 또 곧 여행을 떠나시겠네요. 지난번처럼 여권을 두고 가지 마세요! 그리고 사고에 대비해 구급약을 꼭 가지고 가세요. 사랑해요.

줄리아

제니퍼 서트클리프가 어머니에게 보낸 편지:

엄마에게,

여긴 그리 나쁘지 않아요. 예상보다는 즐겁게 보내고 있어요. 날씨도 좋고요. 어제 작문을 하는데 주제가 '덕목도 지나칠 수가 있는가?'였어요. 저는 정말 뭐라고 써야 할지 생각이 나지 않았어요. 다음주에는 '줄리엣과 데스데모나의 비교'래요. 그것도 좀 바보 같죠? 저 새 라켓 사 주실 수 있어요? 지난 가을에 줄 갈은 거 기억나시죠? 그런데 다 엉망이 되었어요. 늘어난 모양이에요. 그리고 그리스 어를 배우고 싶은데 해도 될까요? 전 언어가 정말 좋아요. 다음주에 몇몇은 런던에 발레를 보러 가요. 백조의 호수래요. 여긴 음식이 참 맛있어요. 어제 점심은 닭고기였고 차랑 집에서 만든 것처럼 맛있는 케이크를 먹었어요. 그 외엔 별로 새로운 일이 없어요. 혹시 또 도둑이 들진 않았나요?

엄마를 사랑하는 딸 제니퍼

3학년 반장인 마가렛 고어웨스터가 어머니에게 보낸 편지:

엄마에게,

별로 새로운 소식은 없어요. 이번 학기에는 밴시터트 선생님께 독일어를 배워요. 불스트로드 선생님이 은퇴하시고 밴시터트 선생님이 학교를 물려받을 거란 소문도 있지만 그 소문도 벌써 1년이 넘었으니 사실이 아닌 것 같아요. 불스트로드 선생님께 직접 물어보지는 못해서 채드윅 선생님께 여쭈어 보았는데 꽤 날카롭게 반응하시더라구요. 전혀 아니니까 소문은 무시하라고 하시던데요. 화요일엔 발레를 봤어요. 백조의 호수인데, 말로 표현하기 힘들 정도로 환상적이었어요!

잉그리드 공주는 좀 웃긴 편이에요. 눈은 새파란 색이고, 치아 교정기를 끼고 있어요. 새로운 독일 아이도 둘이나 왔어요. 영어는 제법 잘해요. 리치 선생님이 돌아오셨는데 아주 좋아 보여요. 지난 학기에 안 계실 땐 보고 싶더라고요. 신임 체육 선생님은 성함이 스프링거예요. 지나치게 명령조여서 다들 안 좋아해요. 하지만 테니스는 정말 잘 가르쳐요. 신입생 중 제니퍼 서트클리프라는 아이가 테니스를 아주 잘 쳐요. 백핸드가 좀 약하긴 하지만요. 걔 친구 중에 줄리아는 좋은 아이예요. 우리 모두 제이스라고 부른답니다!

20일에 저를 데리고 나가시는 거 잊으시면 안 돼요. 체육 대회는 6월 19일이에요.

사랑하는 딸 마가렛

앤 섀플랜드가 데니스 래트본에게 보낸 편지:

친애하는 데니스,

이번 학기는 셋째 주까지 쉬는 날이 없을 것 같아. 그때 같이 식사하면 좋겠어. 토요일이나 일요일이 될 것 같은데 연락할게.

학교에서 일하는 건 상당히 재미있지만 내가 선생이 아니라 정말 다행이야! 아마 난 미쳐 버렸을 거야.

너의 앤

존슨 선생이 동생에게 보낸 편지:

친애하는 이디스,

이곳은 언제나와 비슷하단다. 여름 학기는 항상 멋지지. 정원이 아름답단다.

나이 든 브리그스를 도울 젊은 정원사도 새로 왔어. 젊고 힘도 센데다가 잘생긴 편이야. 좀 유감스러운 일이지. 여자애들은 바보 같으니까.

불스트로드 선생님은 은퇴 얘기를 꺼내지 않으니 그건 이제 끝난 거면 좋겠어. 밴시터트 선생은 전혀 비슷하지도 않아. 그렇게 되면 그만둘 것 같아.

딕과 아이들에게 내 사랑을 전해 줘. 그리고 올리버와 케이트를 만나면 안부를 전해 줘.

엘스페스

앙젤 블랑슈 양이 보드로 우체국에 맡긴, 르네 듀폰에게 보낸 편지:

친애하는 르네,

여긴 다 좋아. 즐겁진 않지만. 여학생들은 얌전하지도 않고 선생을 존경하지도 않아. 하지만 불스트로드 선생님에게 이야기하지 않는 게 나아. 그 선생님은 아주 조심해야 하거든. 지금으로선 너한테 해 줄 재미있는 이야기가 없구나.

무쉬가

밴시터트 선생이 친구에게 보낸 편지:

친애하는 글로리아,

여름 학기는 순조롭게 시작했어. 신입생들은 제법 마음에 들어. 외국에서 온 애들도 잘 적응하고 있어. 우리의 작은 공주님(스칸디나비아 공주 말고 중동 공주)는 현실 감각이 모자란 감이 있지만 그 정도는 예상했어. 예절이 정말 바른 아이란다.

신입 체육 교사로 스프링거 선생님을 뽑은 것은 실수 같아. 아이들도 그 사람을 싫어해. 그 사람은 아이들을 너무 고압적으로 대해. 여기는 일반 학교도 아닌데 말이지. 우린 체육에 그리 신경을 쓰지도 않는데! 그녀는 질문도 너무 많아. 개인적인 질문을 많이 한단다. 이런 문제는 사람들을 괴롭힐뿐더러 잘못된 버릇이지. 새 불어 선생 블랑슈 선생님은 호감이 가는 편이지만 드퓌 선생님보단 실력이 못해.

학기 첫날부터 난리가 날 뻔했어. 베로니카 칼튼 샌드웨이즈 부인이 완전히 맛이 간 상태로 나타나지 않았겠니! 채드윅 선생님이 발견하고 주위를 돌려 데려갔기에 망정이지 불쾌한 사건이 일어날 뻔했어. 그 집 쌍둥이들은 정말 착한데.

불스트로드 선생님은 앞으로의 일에 대해서 명확하게 말하진 않지만 눈치로 봐선 결정을 내린 것 같아. 메도우뱅크는 대단한 성과를 이루었으니 내가 그 전통을 이어 간다면 정말 자랑스러울 거야.

마조리를 만나게 되면 사랑한다고 전해 줘.

너의 엘리노어

평상시대로 파이커웨이 대령에게 배달된 편지:

파견지 중에도 이런 위험 장소는 없을 겁니다! 대략 190명쯤 되는 여자들 속에 신체 건강한 사내는 저 혼자뿐입니다.

공주님은 우아한 모습으로 도착하셨습니다. 으깨진 딸기색과 파스

텔 블루로 칠해진 캐딜락을 타고. 주요 인물처럼 보이는 전통 의상 차림의 아랍인과 파리의 유행 의상을 빼입은 부인이 함께 왔는데 공주님도 모친과 똑같은 스타일의 옷을 입고 있었습니다.

다음 날, 교복을 입은 모습은 못 알아볼 뻔했습니다. 공주님과 친해지는 건 쉬울 것 같습니다. 벌써 말을 걸어왔습니다.

저한테 꽃 이름을 물었는데, 바로 그때 주근깨 투성이의 빨간 머리 여자 괴물이 맹수 같은 목소리를 내며 공주님을 제게서 떼어냈습니다. 공주님은 가고 싶어 하지 않았는데 말입니다. 전 동양 아가씨들은 베일을 쓰고 겸손한 태도를 교육받는 줄 알았습니다. 이 아가씨는 스위스에 있는 동안 세계에 대한 경험을 좀 했나 봅니다.

여자 괴물, 그러니까 체육 담당 스프링거 선생님은 다시 와서 얼굴을 붉히며 화를 냈습니다. 정원사들은 학생과 이야기해선 안 된다고 했습니다. 몰랐다는 듯이 놀란 시늉을 해 주었습니다.

"죄송합니다, 선생님. 아까 그 아가씨께서 여기 이 델피니움이 뭐냐고 물으셔서요. 고향에는 이런 식물이 없나 봅니다."

괴물은 금방 진정되었고 나중에는 일부러 웃음이라도 터뜨릴 것 같았습니다. 불스트로드 선생님의 비서와는 별로 친해지지 못했습니다. 그녀는 평범한 시골 아가씨 같습니다. 프랑스 아가씨가 더 협조적이죠. 겉으론 내숭을 많이 떨고 조용해 보이지만 지나치게 과묵하진 않습니다. 그리고 자주 깔깔거리는 세 여자들이랑 사귀었습니다. 이름은 파멜라, 로이스, 그리고 메리인데 성은 잘 모르겠지만 귀족 집안 출신 같습니다. 날카로운 백전노장 같은 채드윅 선생님이 늘 의심하는 눈초리로 저를 감시해서 편지를 들키지 않도록 조심하고 있습니다.

제 선배인 브리그스 영감님은 팍팍한 성격으로 직원 다섯 명 중에 서열이 네 번째였던 옛날이 훨씬 좋았다는 얘기만 줄곧 합니다. 모든 사람과 일에 대해서 불평만 해 대지만 불스트로드 선생님에게는 깍듯합니다. 저도 그렇게 합니다. 불스트로드 선생님은 말수가 적은데 저한테는 잘해 줍니다. 그런데 마치 그 선생님이 제 속을 다 들여다봐서 저를 다 파악한 것 같은 기분이 들었습니다.

여태까지는 아무런 이상한 조짐이 없습니다. 하지만 제가 너무 낙관적인 건지도 모르죠.

학기 초

선생들은 교무실에서 여러 가지 소식을 주고받고 있었다. 외국여행, 관람했던 연극과 미술전에 대한 이야기였다. 스냅 사진도 주고받았다. 위협적인 슬라이드 필름이 눈앞에 있었다. 흥에 겨운 선생들은 다른 사람들의 사진을 보기보다는 자신의 사진을 자랑하고 싶어 했다. 점점 대화는 개인사를 벗어났다. 새로 지은 스포츠 파빌리언을 욕하는 선생도 있었지만 칭찬하는 선생도 있었다. 좋은 건물이라고 인정하면서도 외관은 개선되었으면 하는 분위기였다.

신입생들에 대한 이야기도 나왔는데 전반적으로 호감이 간다는 결론이었다. 다들 새로 온 두 선생에게 질문을 던졌다. 블랑슈 선생에게는 예전에도 영국에 와 보았는지 프랑스 어느 지역에서 왔는지를 물었다. 블랑슈 선생은 예의 바르게, 그리고 절제하며 대답했다.

스프링거 선생은 훨씬 외향적이었다. 그녀는 강조점을 두고 결론을 내리듯 말했다. 마치 강의를 하는 것 같았다. 주제는 스프링거 선생의 우수함이었다. 여태까지 동료 교사들에게 얼마나 인정받았는지, 왜 교장 선생이 자신의 조언을 감사히 받아들여 강의 스케줄을 변경했는지를 이야기했다.

스프링거 선생님은 듣는 사람들이 지루해하는 것을 눈치 채지 못했다. 결국은 존슨 선생이 부드러운 말투로 물었다.

"그렇더라도 스프링거 선생의 아이디어가 모두…… 음…… 뜻대로 받아들여지진 않았죠."

"상대방의 거절에 대해서도 준비가 되어 있어야 하죠."

스프링거 선생이 대꾸했다. 이미 크던 목소리가 더 커졌다.

"문제는 사람들이 너무 겁이 많다는 거예요. 현실을 직시하지 않아요. 종종 자기 눈앞에서 일어나는 일을 모른 척하죠. 전 그렇지 않고 요점을 직접적으로 말하죠. 저질스러운 스캔들을 벌써 여러 번 밝혀냈고요. 전 냄새를 잘 맡는 편이라 한번 흔적을 찾아내면 놓치지 않아요. 의문점을 다 밝혀내기 전까지는 절대 그만두지 않죠."

그녀는 즐거운 듯 큰 소리로 웃었다.

"제 신념은 자기 삶을 공개할 수 없는 사람은 선생 자격이 없다는 거예요. 만일 뭔가를 숨기는 사람이 있다면 금방 표시가 나거든요. 아! 제가 알아낸 걸 좀 말씀 드리면 놀라실 거예요. 아무도 상상하지 못한 얘기죠."

"그런 일을 즐기시는 거죠, 그렇죠?"

블랑슈 선생이 물었다.

"물론 아니에요. 제 책임을 다하는 거죠. 하지만 아무도 도와주지 않았어요. 창피하니까 못 본 척했던 거죠, 그래서 그만뒀어요. 저항하는 뜻에서요."

그녀는 주변을 둘러보고 또다시 즐거운 웃음을 터뜨렸다.

"여기는 아무도 숨기는 게 없었으면 좋겠어요."

밝은 목소리였다. 아무도 즐거워하지 않았지만 스프링거 선생은 그런 걸 눈치 챌 만한 사람은 아니었다.

"잠시 이야기할 수 있을까요, 불스트로드 선생님?"

불스트로드 선생은 펜을 내려놓고 사감인 존슨 선생의 얼굴을 올려다보았다.

"그래요, 존슨 선생님."

"이건 저 샤이스타에 대한 건데요. 이집트인가에서 온 아이 말이에요."

"그런데요?"

"음. 그 아이 속옷에 대한 겁니다."

"그 아이 브래지어에 문제가 있나요?"

"뭐랄까. 일반적인 것인데, 가슴을 잘 가려 주질 못해요. 음……. 가슴을 강조해 준다고 할까요. 정말 불필요한 기능이죠."

불스트로드 선생은 미소를 잃지 않으려고 입술을 깨물었다. 존슨 선생과 얘기할 때는 자주 그랬다.

"그러면 내가 가서 보는 게 좋을 것 같군요."

무뚝뚝하게 대답했다. 그리고 존슨 선생이 개인적으로 불쾌할 만한 심리를 열었다. 샤이스타는 매우 흥미롭다는 듯이 지켜보았다.

"그게 이 와이어 때문이야. 철사 구조물 말이야."

존슨 선생이 용납할 수 없다는 듯이 말했다. 샤이스타가 갑자기 활발하게 변명하기 시작했다.

"하지만 선생님이 보시다시피 저는 가슴이 크지 않아요. 제 나이에 비해 작죠. 저는 여성스러워 보이지도 않아요. 여자 아이들에겐 소년처럼 보이지 않고 여성스럽게 보이는 게 중요하단 말이에요."

"그런 거라면 앞으로도 시간이 많잖니. 넌 겨우 열다섯 살이야."

존슨 선생이 말했다.

"열다섯이면 여성이에요. 저도 여성스럽게 보이지 않나요?"

샤이스타는 엄숙하게 고개를 끄덕이고 있는 불스트로드 선생에게 물었다.

"저는 가슴이 빈약하고 납작하게 보이지 않도록 만들고 싶단 말이에요. 아시겠어요?"

불스트로드 선생이 말했다.

"이해한단다. 그리고 네 입장도 알겠지만 이 학교에는 영국 여학생들이 대부분이야. 영국 여학생들은 열다섯 살에 여인이 되지 않아. 나는 우리 여학생들이 화장도 적게 하고 성장 단계에 알맞은 옷을 입길 바란단다. 브래지어는 파티나 런던에 가려고 차려입을 때 착용하렴. 학교에서는 매일 하지 말고. 우리 학교에서는 운동과 게임을 많이 하니까 몸을 움직이기 편해야 하지 않겠니."

샤이스타가 풀이 죽어 대답했다.

"달리기나 뛰기가 너무 많아요. 그리고 체육도요. 전 스프링거 선생님이 싫어요. 항상, '빨리, 빨리, 꾸물거리지 말고!'라고 소리만 쳐요. 정말 지친단 말이에요."

불스트로드 선생의 목소리가 권위적으로 변했다.

"그만, 샤이스타. 네 부모님은 영국식 교육을 받으라고 널 여기 보내신 거다. 운동을 많이 하면 피부에도 좋고 가슴이 발육하는 데도 도움이 될 거다."

불스트로드 선생은 샤이스타를 내보내며 화가 나 있는 존슨 선생에게 미소 지었다.

"걔 말이 맞아요. 그 아인 벌써 성숙했어요. 외모만 보면 스무 살로도 보이는 걸요. 자신도 그걸 느끼고 있을 거야. 예를 들자면 줄리아 업존 같은 아이와 동갑으로 여기라고 할 수는 없지. 지능 면에서는 줄리아가 앞서지만 말이야. 신체적으로 보면 샤이스타는 어떤 속옷이고 입을 수 있어요."

존슨 선생이 대답했다.

"전 애들이 모두 줄리아 업존 같으면 좋겠어요."

불스트로드 선생이 딱딱하게 말했다.

"난 그렇지 않아요. 비슷비슷한 아이들만 있으면 아주 지루할 거예요."

지루하다. 돌아가서 성서 작문을 채점하면서 생각했다. 한동안 그 단어가 뇌리를 떠나지 않았다. 지루하다.

학교와 거리가 먼 단어를 찾으라면 바로 '지루함'이다. 교장으로 일하는 동안 한 번도 지루함을 느껴 본 적이 없다. 어려움을 헤쳐 나가야 했고 뜻밖의 사건이 벌어지기도 했고, 부모들이나 아이들 때문에 화가 나기도 했지만 그건 국지적인 동란에 불과했다. 그녀는 초창기의 고난에 부딪히고 맞서면서 성공을 일구었다. 매우 자극적이고 흥분되었으며 보람찬 일이었다. 그래서 이미 결정을 내렸음에도 불구하고 그만두고 싶지 않았다.

그녀는 무척 건강한 상태여서, 충직한 채디와 함께 학교를 설립해서 몇 안 되는 학생들을 이끌고 비범한 혜안을 가진 은행가들의 도움을 받던 그때와 별로 다를 바 없었다. 채디는 그녀보다 학식이 뛰어났지만, 이 학교를 유럽 전역에 명성을 떨칠 장소로 만들 기획력과 비전을 가진 것은 그녀였다. 채디는 자신의 지식을 안전하고 재미없게 가르치는 정도에서 만족했지만 불스트로드 선생은 새로운 실험을 두려워하지 않았다. 채디의 가장 큰 장점은 늘 옆에 있는 믿을 만한 사람이라는 것, 충직한 완충제이고, 필요할 때 즉시 도움이 된다는 점이었다. 개학날 베로니카 부인에 대한 대응도 그런 점을 보여 주었다. 채디가 견고하게 버텨 주었기 때문에 그녀가 활발하게 변화할 수 있었던 것이다.

물질적인 면만 본다면 두 선생은 많은 보상을 받았다. 지금 은퇴해도 두 사람은 평생 동안 제법 많은 수입이 보장되어 있었다. 불스트로드 선생은 자신이 은퇴하면 채디도 은퇴할지 궁금해졌다. 아마 아닐 것이다. 어쩌면 그녀에겐 학교가 집일지도 모른다. 그녀는 충직하고 믿음직스럽게 계속 일할 것이다. 불스트로드 선생의 후임을 도와주기 위해서.

불스트로드 선생이 이미 결심했기 때문에 후임자가 필요했다. 처음에는 같이 학교를 운영하다가 결국은 혼자서 맡아야 한다. 언제 그만둘지 아는 것이 삶에서 진정 필요하다. 힘이 떨어지기 전에 그만두는 것. 장악력이 떨어지기 전에, 조금씩이라도 한물간 느낌을 받거나 후임들의 노력을 인정하기 싫어지기 전에.

불스트로드 선생은 작문 채점을 마치면서 업존 학생의 독특함에 주목했다. 제니퍼 서트클리프는 상상력이 형편 없었지만 현실을 파악하는 능력이 비범했다. 장학생인 메리 바이즈는 물론 대단히 기억력이 좋았지만 어찌나 지루한지! 지루하다…… 또 다시 그 단어군. 불스트로드 선생은 모든 생각을 지우고 비서를 불렀다.

편지를 불러 주기 시작했다.

"친애하는 발렌스 부인. 제인은 귀에 문제가 생겼습니다. 의사의 소견서를 동봉합니다."

"친애하는 본 아이센거 남작님. 헬스턴이 이졸데 역을 맡은 오페라에 따님 헤드위그가 가도록 주선할 예정입니다."

한 시간이 훌쩍 지나갔다. 불스트로드 선생은 뭐라 쓸지 고민하느라 멈춘 적이 없었다. 앤 섀플랜드의 연필이 공책 위로 미끄러졌다.

'정말 좋은 비서야.'

불스트로드 선생은 생각했다. 베라 로리머보다 훨씬 유능했다. 베라는 피곤한 아이였는데 갑자기 일을 그만두었다. 신경 쇠약이라고 했다. 남자와 관련된 거라고 불스트로드 선생은 혼자 체념한 듯 생각했다. 그런 일은 보통 남자가 관련되어 있다.

“그게 다야.”

마지막 단어를 불러 준 뒤 불스트로드 선생이 말했다. 그리고 한시름 놓았다는 듯 한숨을 쉬었다.

“지루한 일이 너무 많아. 부모들에게 편지를 쓰는 건 꼭 개한테 밥을 주는 거 같아. 쩍 벌린 입에 안심할 수 있는 상투적인 말을 물려 주는 거지.”

앤이 웃었다. 불스트로드 선생이 대견한 듯이 앤을 쳐다보았다.

“어떻게 비서 일을 하게 됐어?”

“저도 잘 모르겠어요. 특별한 재주가 없는 데다가 어떤 사람이든 할 수 있는 일이라서요.”

“단조롭단 생각은 들지 않아?”

“저는 운이 좋은 편이에요. 다양한 일을 했거든요. 처음엔 고고학자인 머빈 토드헌터 경이랑 1년간 일했고 그 다음엔 앤드류 피터스 경이랑 일했어요. 그리고 여우 모니카 로드 씨의 비서 일을 한동안 했죠. 정말 바빴어요!”

그녀는 당시를 떠올리며 미소 지었다.

“섀플랜드 양 세대 친구들에겐 그런 일이 많겠어. 뭐든지 그만두고 바꾸니까.”

불스트로드 선생이 말했다. 마음에 안 든다는 투였다.

“사실, 저는 뭐든 오래 하지 못해요. 엄마의 영향이에요. 엄마가 가끔씩 경제적으로 어려워지면 집에 가서 돌봐 드려야 했어요."

"그렇군."

"그렇지만 항상 일을 그만두고 변화할 수밖에 없었어요. 전 뭔가 꾸준히 하는 재주는 없거든요. 그 편이 훨씬 덜 지루하거든요."

"지루하다고……."

불스트로드 선생이 중얼거렸다. 운명처럼 느껴지는 단어에 또 부딪혔다. 앤은 놀라서 선생을 바라보았다.

"아, 아무것도 아니야. 가끔씩 특정한 단어를 계속해서 만나게 돼서 말이야. 앤은 만일 교장 직무를 한다면 어떨 거 같아?"

"죄송하지만 아주 싫었을 것 같아요."

앤이 솔직하게 말했다.

"왜?"

"너무 지루할 것 같아서요……. 아, 죄송해요."

그녀는 놀라서 말을 끊었다.

"가르치는 건 절대 지루하지 않아. 세상에서 가장 흥미로운 일이야. 은퇴하면 정말 그리울 거야."

불스트로드 선생은 확신에 차서 말했다.

앤이 선생을 쳐다보았다.

"물론 그렇겠지만……. 은퇴하실 생각이세요?"

"응, 결정했어. 아, 그래도 한 해 정도는 더할 생각이야. 어쩌면 2년 정도."

"하지만, 왜요?"

"왜냐하면 나는 학교에 최선을 다했으니까. 그리고 학교에서도 최상의 보상을 받았지. 난 차선은 원하지 않아."

"학교는 계속 운영되겠죠?"

"물론. 훌륭한 후임이 있으니까."

"밴시터트 선생님이겠죠?"

불스트로드 선생은 앤을 날카롭게 바라보았다.

"앤도 그렇게 생각해? 흥미로운 사실이야……."

"실은 저는 그런 생각을 해 보지 않았어요. 다른 선생님들이 이야기하는 걸 우연히 들은 거죠. 제 생각에도 밴시터트 선생님이 잘 받아서 하실 것 같아요. 선생님 방식 그대로요. 그리고 밴시터트 선생님은 외모도 멋있잖아요. 당당하고 존재감이 확실하시죠. 그런 점도 중요할 것 같은데, 그렇지 않나요?"

"그럼, 중요하지. 엘리노어 밴시터트는 그 일에 적격이야."

"선생님이 손 놓으시면 아마 밴시터트 선생님이 그대로 이어 가실 거예요."

앤은 자기 물건을 챙기면서 말했다.

하지만 내가 바라는 게 그럴까? 앤이 나간 뒤 불스트로드는 혼자 생각했다. 내가 손 놓은 그대로 이어 가는 것? 엘리노어는 분명 그렇게 할 것이다!

새로운 실험도 없고 혁신도 없을 것이다. 하지만 나는 메도우뱅크를 그런 식으로 지금까지 만들어 오지 않았다. 나는 모험도 했다. 많은 사람을 화나게 하고 못 살게 굴고, 강요했다. 다른 학교의 방식을 따라하지 않았다. 앞으로도 그렇게 하기를 바라는 게 아닐까? 학교에 새로운 생명을 불어넣을 사람. 무척 역동적인 성격의 에일린 리치처럼.

하지만 에일린은 아직 어려서 경험이 부족했다. 하지만 자극적이고 잘 가르쳤다. 새로운 아이디어도 많았다. 그녀는 절대 지루하지 않을 것이다. 바보 같은 생각이다. 지루하다는 단어를 빨리 잊어버려야 된다. 엘리노어 밴시터트도 지루한 사람은 아니니까…….

채드윅 선생이 들어왔다.

"아, 채디. 네가 와서 정말 다행이야!"

채드윅 선생은 좀 놀란 듯했다.

"왜? 무슨 문제라도 있어?"

"문제는 나야. 내 생각이 뭔지 모르겠어."

"그건 너답지 않은걸. 호노리아."

"그래, 그렇지? 이번 학기는 어때, 채디?"

"괜찮아. 내 생각엔."

채드윅 선생은 확신이 없는 듯했다.

불스트로드 선생은 얼굴을 찌푸렸다.

"자, 애매하게 굴지 말고. 뭐가 문제지?"

"아무것도 아니야. 실은 호노리아, 별거 아니야. 그냥."

채드윅 선생이 이마를 찌푸리자 어찌할 바를 모르는 박서(Boxer 종의 개 — 옮긴이)처럼 보였다.

"그냥 기분이 그래. 딱히 뭐가 문제라고 꼬집을 만한 건 없어. 신입생들은 다 마음에 들어. 블랑슈 선생님만 마음에 들지 않아. 하지만 뭐 쥬느비에브 드뤼도 맘에 들지 않았었지. 교활하단 말이야."

불스트로드 선생은 이런 비판에는 귀를 기울이지 않았다. 채디는 늘 불어 선생이 교활하다고 했다.

"블랑슈 선생님은 좋은 교사가 아니야. 놀랍게도 그게 사실이야. 추천서는 정말 좋았는데."

불스트로드 선생이 말했다.

"프랑스 인들은 잘 못 가르쳐. 원칙이 없어. 게다가 스프링거 선생은 지나친 것 같아! 여기저기 끼어들고. 이름값(스프링거는 '튀어 오르는 사람'이라는 뜻 — 옮긴이) 하느라 그런 걸까……."

채드윅 선생이 말했다.

"일은 잘하잖아."

"맞아, 최고지."

"새로 선생이 오면 항상 불쾌한 일이 있지."

불스트로드 선생의 말에 채드윅 선생도 동의했다.

"맞아. 그뿐일 테지. 그건 그렇고 새 정원사는 너무 젊어. 요즘에 드문 일이지. 젊은 정원사는 없는데. 너무 잘생겨서 유감이야. 항상 지켜봐야겠어."

두 선생은 동의하며 고개를 끄덕였다. 두 사람은 잘생긴 젊은 남자 때문에 사춘기 소녀들이 저지르는 잘못을 잘 알고 있었다.

"나쁘진 않구먼, 젊은 친구. 나쁘지 않아."

늙은 브리그스가 마지못해 말했다.

브리그스가 새로 온 젊은 조수가 파놓은 고랑을 보고 마음에 든다는 표현을 했다. 브리그스는 저 젊은 놈이 자기보다 더 인정을 받게 내버려 둘 수 없다는 생각이 들었다.

그리고 이어서 말했다.

"하지만 이건 알아 둬. 무슨 일이든 성급하게 해선 안 돼. 천천히, 꾸준히 해. 꾸준히 하는 게 가장 중요한 거야."

젊은이는 자신이 일하는 속도가 브리그스에 비해 너무 빠르다는 사실을 깨달았다.

"자, 그리고 여기 이것도 말이야."

브리그스가 계속했다.

"여기 멋진 개미취를 피게 할 작정이야. 그분은 개미취를 안 좋아하시네. 하지만 나는 전혀 상관없어. 여자들은 자기 맘대로지만 우리가 아무런 상관도 하지 않으면 열에 아홉은 눈치도 못 채거든. 그래도 그분은 눈치가 빠른 편이야. 이런 학교를 운영하려면 머릿속이 복잡하겠지만."

아담은 브리그스가 부쩍 신경을 쓰면서 말하는 그분이 불스트로드 선생이라는 것을 금방 알아차렸다.

"그리고 방금 자네랑 이야기한 사람이 누군가? 대나무를 화분에 담으려고 갔을 때 말이야."

브리그스는 의심스러운 듯이 말했다.

"아, 젊은 아씨들 중 한 분이었습니다."

아담이 대답했다.

"아, 이탈리아 아가씨 중 하나 말인가? 자네 조심해야 되네. 절대 그런 이탈리아 인들이랑 연관돼서는 안 돼. 내가 확실히 잘 알고 하는 말이야. 나도 한 명을 알고 있었네. 그랬지. 1차 세계 대전 중이었어. 만일 지금 알고 있는 것을 그때도 알았다면 좀 더 조심했을 텐데. 알겠나?"

"뭐 별다른 얘기도 아니었습니다. 몇 시인지 묻길래 대답해 주었죠. 그리고 한두 가지 식물의 이름을 물어보더군요."

아담이 퉁명스러운 척하면서 대답했다.

"하지만 무척 조심해야 돼. 젊은 아가씨들에게 말을 걸어서는 안 돼. 그분이 싫어하실 거야."

브리그스가 대답했다.

"저는 아무런 뜻도 없었습니다. 게다가 해서는 안 될 말을 한 것도 아닙니다."

"그랬다는 게 아니야, 젊은이. 하지만 많은 아가씨가 한꺼번에 이곳에 갇혀 있는 데다가 미술 선생 말고는 신경을 쓸 만한 데도 없거든. 그러니 자네도 조심해야 해. 그것뿐이야. 아, 저기 늙은 마녀가 오는구먼. 뭔가 어려운 일을 시킬 거야."

불스트로드 선생이 잰걸음으로 다가오고 있었다.

"좋은 아침이에요, 브리그스. 그리고 음……."

"아담입니다, 선생님."

"아, 맞다. 아담. 아담이 오늘 땅을 제대로 판 것 같네. 브리그스, 저 멀리 있는 테니스장을 둘러싼 철조망이 아래로 처졌어요. 손을 좀 보도록 해요."

"알겠습니다, 선생님. 금방 손보겠습니다."

"이 앞에는 뭘 심을 거죠?"

"글쎄요, 선생님. 제 생각엔……."

"개미취는 안 돼요."

불스트로드 선생이 브리그스가 말을 꺼낼 사이를 주지 않고 말을 이었다.

"폼폼달리아로 해요."

그러고는 잰걸음으로 그 자리를 떠났다.

"슬쩍 와서 명령이나 하고 말이야."

브리그스가 말했다.

“선생님은 예리해. 일을 제대로 끝내지 않으면 금방 알아차리지. 그리고 내가 조심하라던 건 꼭 기억해. 이탈리아 아가씨들 말이야.”

“만일 선생님이 제가 잘못하고 있는 것을 알아내면, 저도 금방 알 수 있을 테죠. 그나저나 하는 일이 많네요.”

아담이 퉁명스럽게 말했다.

“자네도 요즘 젊은이들이랑 똑같구먼. 다른 사람의 말은 절대 귀담아듣지 않는 걸 보니. 내가 말하고 싶은 건 조심하라는 거 하나뿐이야.”

아담은 계속 퉁명스럽게 굴었지만 몸을 굽혀 하던 일을 계속했다. 불스트로드 선생은 약간 얼굴을 찌푸린 채 다시 학교 쪽으로 걸어가고 있었다. 밴시터트 선생이 반대편에서 다가왔다.

“정말 더운 오후죠?”

밴시터트 선생이 말했다.

“그래요. 숨 막히고 불쾌한 오후네요.”

불스트로드 선생이 다시 얼굴을 찌푸렸다.

“혹시 저기 젊은 정원사를 본 적 있어요?”

“특별히 관심을 두고 본 적은 없는데요.”

“내가 보기엔…… 음…… 좀 특이한 타입인 것 같아요. 요즘 흔히 볼 수 있는 타입이 아닌 것 같아.”

불스트로드 선생이 생각에 잠겨 말했다.

“어쩌면 옥스포드에서 내려온 지 얼마 안 되어 돈을 벌어야 하는

지도 모르죠."

"아주 잘생겼어요. 아이들이 눈여겨보고 있죠."

"항상 있는 문제죠."

불스트로드가 미소를 지었다.

"아이들에게 자유를 주되 삼엄하게 감시해야겠지. 엘리노어, 당신이 하고 싶은 말이 그거죠?"

"예."

"우리가 관리할 수 있을 거예요."

"그래요. 우리 메도우뱅크에서 스캔들을 겪은 적은 한 번도 없었죠. 안 그래요?"

"한두 번 그럴 뻔하긴 했어요."

불스트로드 선생이 말하곤 웃음을 터뜨렸다.

"학교를 운영하는 건 한순간도 지루하지 않아요. 엘리노어 선생님은 여기서 사는 게 지루하다고 느껴요?"

"아니요. 전혀요. 이곳 일은 흥미롭고 만족스러워요. 호노리아 선생님은 자랑스럽고 행복하시겠어요. 이곳에서 대단한 성과를 거두셨잖아요."

불스트로드 선생이 생각에 잠겨서 말했다.

"그래. 내 생각에도 일을 제법 잘 해낸 것 같아요. 물론, 처음에 생각했던 것과 똑같은 건 하나도 없지만……."

그러더니 갑자기 질문을 던졌다.

"엘리노어 선생님, 말해 줘요. 만일 나 대신 이 학교를 운영한다면 어떻게 바꿀 건가요? 겁내지 말고 말해 봐요. 어떤 생각이든 듣고 싶어요."

"바꾸고 싶은 건 전혀 없어요. 이 학교와 교풍이 정말 완벽하게 느껴지는 걸요."

엘리노어 밴시터트가 말했다.

"그렇다면 지금 이대로 이어 가기만 할 거란 말이죠?"

"예, 그래요. 저는 지금보다 개선해야 할 점이 없다고 생각해요."

불스트로드는 잠시 동안 침묵하며 생각했다. 엘리노어는 나를 기쁘게 해 주려고 저렇게 말하는 걸까. 사람들이 무슨 생각인지는 알 수가 없다. 수년간 가까이 지냈더라도 마찬가지였다. 물론 꼭 그런 뜻은 아닐지도 모른다. 어떤 사람이든 창조적인 생각을 가진 사람이라면 변화를 일으키고 싶어 하기 마련이다. 하지만 그렇다고 말을 하는 것은 별로 현명한 수완이 아니다. 수완이란 것은 늘 중요했다. 학부형과 여자 아이들을 다루는 데에도 중요하고 선생들을 다루는 데에도 중요했다. 엘리노어는 분명히 수완이 좋았다.

그녀는 큰 소리로 말했다.

"하지만 어떤 곳이든 수정이 필요하죠. 그렇지 않아요? 일반적인 삶의 조건이나 변화하는 아이디어에 대해서 말이야."

밴시터트 선생이 말했다.

"그런 말씀이시군요. 사람들의 말처럼 시류에 맞춰서 흘러가는 것이 중요하죠. 하지만 여긴 선생님의 학교잖아요, 호노리아 선생님. 지금 이 상태를 이루셨고, 선생님이 세우신 전통이 이곳의 진수잖아요. 저는 전통이 매우 중요하다고 생각해요. 안 그런가요?"

불스트로드 선생은 대답하지 않았다. 중요한 말이 뱅뱅 돌고 있었다. 파트너십에 대한 제안이 두 사람 사이에 감돌았다. 멋진 외모의 밴시터트 선생은 눈치를 못 채고 있는 듯이 보였지만 실제로 분명 그런 낌새를 알고 있었다. 불스트로드 선생은 무엇 때문에 자신이 제안을 못하는지 명확히 이해할 수 없었다. 왜 이렇게까지 맡기기가 싫을까? 어쩌면 그녀가 망설이면서 인정했듯이 이곳의 지배력을 잃게 되는 것이 싫은지도 몰랐다. 물론 마음속 깊은 곳에서는 계속해서 남아 있고 싶었다. 남아서 학교를 운영하고 싶었다. 하지만 엘리노어보다 더 적합한 후임자가 언제 또 나타나겠는가? 그녀는 믿음직스럽고 든든했다. 물론 그런 점에서라면 채디도 그랬다. 처음부터 믿을 만했다. 하지만 채디가 훌륭한 학교 교장이 되어 있는 그림은 도무지 그려지지 않았다.

불스트로드 선생은 혼자서 생각했다.

'나는 뭘 바라는 걸까? 나도 참 피곤하게 구는구나! 우유부단으로 고생했던 적은 없는데.'

멀리서 종소리가 들렸다.

"아, 내 독일어 수업."

밴시터트 선생이 말했다.

"전 가 봐야겠어요."

그리고 그녀는 절도 있는 잰걸음으로 학교 건물을 향해 걸어갔다. 불스트로드는 그녀가 지나간 길을 천천히 따라가다가 옆길에서 튀어나온 에일린 리치와 부딪힐 뻔했다.

"아, 죄송합니다, 불스트로드 선생님. 오시는 걸 못 봤습니다."

에일린의 올린 머리에서 언제나처럼 머리카락이 빠져나오기 시작했다. 불스트로드는 무슨 일에든 열성적인 관심을 보이는 그녀의 못생기고 특이한 얼굴 골격을 새삼스레 바라보았다.

"수업이 있어요?"

"예, 영어 수업입니다."

"리치 선생님은 가르치는 걸 좋아하죠, 그렇죠?"

불스트로드가 물었다.

"무척 좋아합니다. 세상에서 가장 매력적인 일일 겁니다."

"왜 그렇죠?"

에일린은 잠시 멈추더니 손으로 머리카락을 쓰다듬었다. 생각하느라 애쓰면서 얼굴을 찌푸렸다.

"정말 신기하군요. 심각하게 그런 생각을 해 본 적이 없는 것 같네요. 왜 가르치는 게 좋을까요? 스스로 좀 더 크고 중요한 사람이라는 느낌이 들기 때문일까요? 그건 아닌 것 같아요. 그렇게 바람직하지 못한 이유는 아니예요. 제 생각엔 아이들을 가르치는 건 낚시와 같아요. 어떤 물고기를 잡게 될지 알 수 없고, 심지어 과연 물고기를 잡을 수 있을지조차 불확실하죠. 중요한 건 학생들이 보여 주는 반응이 어떤가에 있다고 봐요. 그런 때가 오면 너무너무 흥미롭지요. 하지만 항상 반응이 오는 건 아니죠."

불스트로드 선생은 동의한다는 듯 고개를 끄덕였다. 그녀가 옳았다! 이 여자는 보통이 아니다!

"언젠가는 리치 선생님도 자기 학교를 세워서 운영하겠죠?"

에일린 리치가 대답했다.

"그렇게 되길 바라고 있죠. 정말 그렇게 되길 바라고 있어요. 무엇보다도 그게 제일 큰 꿈이에요."

"그 학교를 어떻게 운영할지 아이디어들을 이미 생각해 두지는 않았어요?"

에일린 리치가 대답했다.

"누구든 아이디어는 낼 수 있죠. 감히 말씀드리자면 대부분의 아이디어들은 이상적이기 때문에 완전히 잘못될 수도 있죠. 물론 위험할 거예요. 하지만 시도는 해 봐야 하겠지요? 경험을 통해서 배워야 하는 거 아닐까요. 안타깝게도 다른 사람들의 경험은 자기 것으로 할 수 없으니까요. 안 그런가요?"

"꼭 그렇지는 않아요. 사람들은 살아가면서 자기 몫만큼의 실수를 해야 하는 법이죠."

불스트로드 선생이 대답했다.

"그런 정도는 괜찮아요. 살아가면서 실수를 해도 털고 일어나서 다시 시작하면 되니까요."

그녀는 이 말을 하면서 주먹을 움켜쥐었다. 엄숙하던 표정은 갑자기 웃음으로 풀어졌다.

"하지만 학교가 산산조각이 난다면 그걸 모아서 다시 시작할 순 없겠죠?"

"만일 메도우뱅크 같은 학교를 운영한다면 어떨 것 같아요? 바꿀 건가요? 실험적으로?"

불스트로드 선생이 질문을 던졌다.

에일린 리치는 당황한 듯 보였다.

"그건…… 그건 쉽게 대답할 문제는 아닌 것 같은데요."

"그렇다면 그렇게 하겠다는 뜻이네. 두려워하지 말고 말해 주지 않겠어요?"

불스트로드가 말했다.

"누구든 자기 아이디어를 적용시켜 보고 싶지 않겠어요? 뭐 제 아이디어가 제대로 적용이 될지는 모르지만 잘 될 수도 있죠."

"그런데 그럴 가치가 있을까요?"

"모험은 항상 해 볼 만한 가치가 있지 않을까요? 제 말씀은, 적어도 해 볼 만하다는 판단이 강하게 드는 아이디어에 대해서라면 말이에요."

"에일린 선생님은 위험한 삶을 사는 것에 반대하지 않는군요."

불스트로드 선생이 말했다.

"전 위험한 삶을 살아왔다고 생각해요."

잠시 리치 선생의 얼굴에는 어두운 그림자가 지나갔다.

"그만 가 봐야겠어요. 아이들이 기다리고 있을 거예요."

그녀는 서둘러 갔다. 불스트로드 선생은 가만히 서서 리치 선생의 뒷모습을 바라보았다. 채드윅 선생이 찾으러 올 때까지 그녀는 생각에 잠겨 아무것도 하지 않고 서 있었다.

“아, 여기 있었구나. 너를 찾으려고 온 학교를 뒤졌어. 앤더슨 교수가 방금 전화했었어. 이번 주말에 메로를 데리고 갈 수 있는지 알고 싶다던데. 교칙에 어긋나고 입학한 지 얼마 안 된 걸 잘 알지만 갑자기 떠나게 되었다고 하더라. 어디라더라……. 아주르 분지라는 것 같던데.”

“아제르바이잔.”

불스트로드 선생은 다른 생각에 집중하면서 대답했다. 불스트로드 선생은 혼자서 중얼거렸다.

“경험이 모자란다. 그게 모험이야. 방금 뭐랬지, 채디?”

채드윅이 방금 했던 말을 반복했다.

“새플랜드 양한테 우리가 다시 전화를 하겠다고 말씀 드리라고 한 뒤 널 찾으라고 했어.”

“괜찮다고 말해 줘. 이번 건은 난 미리 알고 있었고 예외적인 경우야.”

불스트로드 선생이 말했다.

채드윅 선생이 불스트로드 선생을 뚫어져라 바라보았다.

“호노리아, 걱정이 있구나.”

“그래. 내 생각을 잘 모르겠어. 별로 나답지 못한 일이지. 그래서 좀 화가 나. 난 항상 내가 뭘 원하는지 알고 있었는데…… 그런데 경험도 없는 사람에게 넘기려니 학교에 못할 짓이다 싶기도 하고.”

“난 네가 은퇴할 생각을 버렸으면 좋겠어. 여기가 네 자리야. 메도우뱅크에는 네가 필요해.”

"메도우뱅크는 너한테도 많은 의미가 있지, 채디, 안 그래?"

채드윅 선생이 말했다.

"영국에는 이런 학교가 또 없지. 너랑 나는 이런 학교를 처음 세웠다는 것만으로도 아주 자랑스러워할 만해."

불스트로드 선생은 다정하게 채드윅 선생의 어깨에 손을 얹었다.

"그래. 그럴 만해, 채디. 그리고 넌 내 인생에서 가장 편안한 사람이야. 메도우뱅크에 대해서 네가 모르는 건 아무것도 없어. 너도 나만큼이나 학교를 생각하잖아. 그리고 그건 커다란 의미가 있지."

채드윅은 기분이 좋아 얼굴이 붉어졌다. 호노리아 불스트로드가 마음속을 내보이는 건 매우 드문 일이었다.

"이 괴물 같은 물건으로 테니스를 칠 수는 없어. 이건 정말 형편없어."

제니퍼는 실망해서 라켓을 내동댕이쳤다.

"제니퍼, 너 정말 추하다."

"균형이 안 맞아."

제니퍼는 다시 라켓을 집어 들고 실험하듯이 휘둘러 보았다.

"균형이 잘 안 맞아."

줄리아가 자신의 라켓과 비교해 보았다.

"내 오래된 라켓보다는 좋은데. 내 건 스펀지 같아. 이 소리 좀 들어 봐. 다시 줄을 매려고 했는데 엄마가 잊어버렸어."

그녀는 라켓의 줄을 튕겼다.

"그렇다더라도 내 것보단 낫겠다."

제니퍼는 라켓을 받아 들고 한두 번 휘둘러 보았다.

"그래, 난 차라리 네 게 더 좋겠다. 공을 칠 수는 있을 것 같은데. 그럼 네가 좋다면 우리 라켓을 바꾸자."

"좋아, 바꾸자."

두 소녀들은 이름이 적힌 작은 스티커 쪼가리를 떼어 내고 라켓을 바꾸어 이름표를 다시 붙였다.

"난 다시 바꿔 주지 않을 거야. 그러니까 내 낡은 스펀지가 싫어도 이젠 소용없어."

줄리아가 경고하듯 말했다.

아담은 즐겁게 휘파람을 불면서 테니스장을 둘러싼 철조망의 철사를 조이고 있었다. 스포츠 파빌리언의 문이 열리고 작은 쥐 같은 불어 선생, 마드무아젤 블랑슈가 내다보았다. 그녀는 아담이 눈에 띄어 놀란 것 같았다. 그녀는 잠시 머뭇거리다가 다시 안으로 들어갔다.

"저 여자는 대체 뭘 하려는 건지 궁금하네."

아담이 혼잣말을 했다. 그녀의 행동이 이상하지 않았다면 무슨 의도가 있다는 것을 알아차리지 못했을 것이다. 그녀의 표정에 죄책감이 엿보였기 때문에 아담의 추측을 북돋았다. 이내 그녀가 다시 나와서 문을 닫고 그의 옆을 지나가면서 말을 걸었다.

"아, 철조망을 고치고 있군요."

"예, 선생님."

"여기 테니스장은 매우 훌륭하죠. 수영장이나 관람석도 마찬가지이고요. 오! 스포츠란! 영국에 있으면 스포츠에 대한 생각이 많이 들죠. 그렇지 않나요?"

"그런가 봅니다, 선생님."

"혹시 테니스를 치시나요?"

그녀는 여성적인 관심과 초대의 눈길로 그를 훑어보았다. 아담은 다시 한 번 의문이 들었다. 그가 보기에도 블랑슈 선생은 메도우뱅크의 프랑스 어 교사로는 적절하지 않은 느낌이었다.

"아니요. 테니스는 치지 않는데요. 그럴 시간이 있어야죠."

그는 거짓말을 했다.

"그러면 크리켓은 좀 하시나요?"

"뭐, 크리켓은 소싯적에 좀 했습니다. 남자들이 대부분 그렇죠."

블랑슈 선생이 말했다.

"저는 그동안 주변을 둘러볼 시간이 없었어요. 오늘까지는 그랬죠. 그런데 오늘은 화창해서 스포츠 파빌리언을 좀 둘러볼까 해서요. 프랑스에서 학교를 운영하는 친구들한테 편지를 쓰고 싶어서요."

아담은 또다시 의문이 떠올랐다. 블랑슈 선생은 불필요한 설명을 하고 있었다. 마치 블랑슈 선생은 자신이 스포츠 파빌리언에 온 이유를 둘러대는 것 같았다. 그렇지만 왜 그래야 할까? 그녀는 내키는 대로 학교 안을 돌아다닐 권리가 있는 사람이었다. 자신이 돌아다니고 있는 이유를 정원사의 조수에게 설명해야 할 필요는 전혀 없었다. 그래서 다시 의문이 들었다. 이 젊은 여자는 스포츠 파빌리언에서 뭘 하고 있었을까?

아담은 생각에 잠겨 블랑슈 선생을 바라보았다. 그녀에 대해 좀 더 알면 좋을 것 같았다. 그는 의도적으로 자신의 태도를 미묘하게 바꾸었다. 그는 여전히 예의 바르게 행동했지만 조금 전과는 달랐다. 일부러 그녀를 매력적으로 생각하는 듯한 시선을 보냈다.

"여학교에서 일하는 건 가끔 지루한 것 같군요, 선생님."

"예. 항상 즐거운 건 아니죠."

"그래도 가끔 시간을 내실 수는 있으시겠죠?"

두 사람 사이에 잠시 침묵이 흘렀다. 블랑슈는 마음속으로 논쟁을 벌이고 있는 것 같았다. 그러더니 약간은 아쉬운 듯 아담과 거리를 두었다.

"아, 물론이죠. 쉬는 날은 충분해요. 여기 근무 조건은 최고거든요."

그녀는 가볍게 목례를 했다.

"좋은 아침 되세요."

그녀는 기숙사가 있는 쪽으로 걸어갔다.

"뭔가 꾸미고 있군. 스포츠 파빌리언 안에서."

아담은 혼잣말을 했다. 아담은 그녀가 시야에서 사라질 때까지 기다렸다가 테니스장에서 나와 스포츠 파빌리언으로 걸어가서 안을 들여다보았다. 그러나 이상한 점은 하나도 없었다.

"눈에 띄는 건 없지만 저 여자는 뭔가 꾸미고 있어."

그는 일하던 데로 되돌아오다가 앤 섀플랜드와 마주쳤다.

"불스트로드 선생님이 어디 계신지 아세요?"

그녀가 물었다.

"아마 교실 건물로 가신 것 같은데요, 방금 전까지 브리그스 씨와 이야기하고 계셨는데."

앤은 얼굴을 찌푸렸다.

"스포츠 파빌리언에서는 뭘 하고 있었던 거죠?"

아담은 약간 놀랐다. '이 여자는 의심이 많은걸.' 하고 속으로 생각했다. 그는 약간 거만한 목소리로 대답했다.

"그냥 한번 보고 싶었습니다. 보는 게 나쁜 짓은 아니죠?"

"일을 계속 해야 하는 거 아닌가요?"

"방금 테니스 코트에 철조망을 고정시키는 일을 끝냈습니다."

아담은 몸을 돌려서 뒷건물을 쳐다보았다.

"이건 새 건물이죠, 그렇죠? 돈이 제법 많이 들었겠어요. 이곳 여학생들은 뭐든지 최고만 갖는군요, 안 그런가요?"

"그만큼 돈을 내니까요."

앤은 냉담하게 대답했다.

"바가지를 쓴다죠, 소문이 그렇던데요."

아담도 동의했다. 아담은 이 여자를 화나게 하거나 다치게 하고 싶은 이상한 욕구가 들었다. 앤은 항상 차분하고 침착했다. 그녀가 화가 난 모습을 보면 매우 즐거울 것 같았다. 그러나 앤은 그런 즐거움을 주지 않았다. 그녀는 이렇게 말했을 뿐이었다.

"철조망이나 마저 고정하는 게 좋을 거예요."

그리고 기숙사 쪽으로 걸어갔다. 반쯤 가다가 그녀는 걸음을 늦추고 뒤를 돌아보았다. 아담은 테니스장 철조망을 고치느라 바빴다. 그녀는 고개를 돌려 혼란스러운 표정으로 스포츠 파빌리언을 바라보았다.

살인

허스트 세인트 시프리언 경찰서의 야간 근무 중 그린 경사는 하품을 했다. 전화가 울리자 수화기를 들더니 잠시 후 태도가 180도 돌변했다. 그는 수첩에 끄적거리기 시작했다.

"그렇습니까? 메도우뱅크요? 예. 그리고 이름? 철자를 알려 주십시오. 에스, 피, 알, 아이, 엔, 지, 그린게이지(자두)할 때 '지' 말씀이죠? 이, 알. 스프링거. 예, 예. 아무것도 건드리지 마십시오. 곧 사람을 보내겠습니다."

경사는 재빨리, 그리고 조직적으로 여러 조치를 시작하려고 절차를 밟았다. 켈시 경감이 한마디 할 차례가 되자 말했다.

"메도우뱅크? 그건 여학교잖아? 살해당한 사람이 누구야?"

켈시는 생각에 잠겨 말했다.

"체육 선생의 죽음이라. 기차역 서점에서 파는 스릴러 소설의 제

목 같군."

경사가 말했다.

"그녀를 죽인 사람이 누굴까요? 아주 이상한데요."

켈시 경감이 말했다.

"체육 선생이더라도 연애는 할 수 있겠지. 사체는 어디서 발견되었다던가?"

"스포츠 파빌리언이라는 데래요. 아마도 체육관을 그렇게 부르나 봅니다."

"그럴 수도 있겠지. 체육관에서 체육 선생의 죽음이라. 아주 스포츠스러운 범죄같이 들리는군. 안 그런가? 총에 맞았다고 했지?"

"예."

"총은 찾았대?"

"아니요."

"흥미롭군."

켈시 경감은 수행원들을 모아서 임무를 완수하러 떠났다.

메도우뱅크의 정문은 열려 있었다. 문틈으로 빛이 흘러나왔는데, 그 안에서 불스트로드 선생이 켈시 경감을 맞이했다. 경감은 다른 사람들과 마찬가지로 선생과도 안면은 있었다. 이런 혼돈스럽고 불확실한 때에도 불스트로드 선생은 침착하게 상황과 부하 직원들을 통제하고 있었다.

"켈시 경감입니다, 선생님."

경감이 말했다.

"뭘 먼저 하시겠어요, 켈시 경감님? 스포츠 파빌리언으로 가시겠어요? 아니면 세부 사항을 자세히 듣고 싶으세요?"

"의사 선생님도 같이 오셨습니다. 의사 선생님과 제 부하 두 명을 시신이 있는 곳으로 안내해 주시겠습니까? 저는 선생님과 이야기를 좀 나누었으면 합니다."

켈시 경감이 말했다.

"그렇게 하시죠. 응접실로 오십시오. 로완 선생님, 의사 선생님과 다른 분들을 안내해 주겠어요?"

그녀는 말을 이었다.

"저희 직원 중 한 사람이 현장을 지키고 있습니다."

"감사합니다, 선생님."

켈시는 불스트로드 선생을 따라 응접실로 들어갔다.

"누가 시신을 발견했습니까?"

"사감인 존슨 선생님입니다. 학생 중 한 명이 귀가 아파서 존슨 선생님이 돌보고 있었습니다. 그러는 중에 커튼을 제대로 치려고 일어섰다가 스포츠 파빌리언에 불이 켜져 있는 걸 발견했답니다. 새벽 1시에는 불이 켜져 있어선 안 되지요."

불스트로드 선생은 냉담하게 말했다. 켈시가 대꾸했다.

"물론 그렇겠죠. 존슨 선생님은 어디 있습니까?"

"만나고 싶으시면 데리고 오겠습니다."

"좀 있다가요. 계속해서 말씀하십시오, 선생님."

"존슨 선생님은 다른 직원인 채드윅 선생님을 깨우러 갔습니다. 두 사람은 나가서 살펴보기로 했죠. 옆문을 나서면서 총성을 들었고, 그래서 스포츠 파빌리언으로 전속력으로 달려갔답니다. 그곳에 도착하니까……."

경감이 말을 끊었다.

"감사합니다, 불스트로드 선생님. 아까 말씀하신 대로 존슨 선생님을 만나게 해 주신다면 그 다음은 존슨 선생님에게서 듣겠습니다. 하지만 우선 살해당한 여성에 대해 말씀해 주시겠습니까?"

"이름은 그레이스 스프링거입니다."

"여기 오랫동안 근무했나요?"

"아니요. 이번 학기에 왔습니다. 예전 선생님은 호주로 자리를 옮겨서 말입니다."

"그럼 스프링거 선생님에 대해 뭘 알고 계시죠?"

"추천서는 훌륭했습니다."

"그럼 그 이전엔 개인적으로 모른단 말씀이시죠?"

"예."

"그럼 이번 비극을 불러온 이유가 뭔지 전혀 감도 없으신가요? 스프링거 선생님이 불행했었나요? 뭐 특별히 인간관계가 좋지 않았다던가……?"

불스트로드 선생은 고개를 저었다.

"제가 아는 한 없습니다. 아주 이상합니다. 그녀는 그런 부류의 사람이 아니었거든요."

"앞으로 놀라실 겁니다."

켈시 경감이 어둡게 말했다.

"존슨 선생님을 지금 데리고 올까요?"

"그렇게 해 주십시오. 존슨 선생님의 이야기를 들은 다음에 체육관…… 아니지…… 뭐라 부르시더라…… 스포츠 파빌리언으로 가 봐도 될까요?"

"거긴 올해 지은 건물입니다. 수영장 바로 옆이고 스쿼시 장을 비롯해서 여러 가지 시설이 있습니다. 라켓, 라크로스, 그리고 하키 스틱을 거기 보관하고 수영복을 말리는 건조실이 있습니다."

"스프링거 선생님이 밤에 스포츠 파빌리언에 갈 만한 이유가 있습니까?"

"절대 없습니다."

불스트로드 선생이 단호하게 말했다.

"좋습니다, 불스트로드 선생님. 존슨 선생님과 이야기를 나눠 보겠습니다."

불스트로드 선생은 응접실을 나간 뒤 존슨을 데리고 들어왔다. 존슨은 시신을 발견한 후 진정하기 위해서 브랜디를 상당히 마신 상태였고, 그 덕에 말수가 많았다.

불스트로드 선생이 말했다.

"이분은 켈시 경감님이셔요. 진정해요, 엘스페스, 그리고 무슨 일이 있었는지 정확하게 이분께 말씀드려요."

존슨 선생이 말했다.

"끔찍한 일이에요. 너무 끔찍해요. 제 평생에 이런 일은 처음이에요! 믿을 수가 없었죠. 정말이지 믿을 수가 없었어요. 스프링거 선생님 말이에요!"

켈시 경감은 매우 날카로운 사람이었다. 만일 누군가가 평범하지 않은 이야기를 하거나 추적해 볼 만하다는 판단이 들면 형식에서 벗어나는 것을 두려워하지 않았다.

"선생님께는 스프링거 선생님이 살해당한 것이 이상하게 생각되십니까?"

"예, 그래요, 경감님. 스프링거 선생님은 너무나…… 뭐랄까, 너무나 강했거든요. 아시겠어요? 아주 건강하고요. 마치 도둑놈 한두 명은 거뜬하게 때려눕힐 것 같은 여자였거든요."

"도둑요? 흠. 스포츠 파빌리언에 훔칠 만한 물건이 있었습니까?"

켈시 경감이 말했다.

"글쎄요. 아니요. 거기에 뭐가 있었을까요. 물론 수영복이 있죠. 스포츠 용품이랑."

켈시가 대꾸했다.

"지나가던 좀도둑이 훔쳐 갈 만한 물건이겠네요. 몰래 침입해서 가져갈 만한 물건은 아니군요. 그건 그렇고 침입자가 있었습니까?"

존슨 선생이 말했다.

"글쎄요, 아니요. 실은 전 그때 둘러볼 생각도 못했지 뭐예요. 제 말씀은, 저희가 거기 도착했을 때엔 문도 열려 있었고……."

"문을 부수고 들어간 흔적은 없었습니다."

불스트로드 선생이 말했다.

"그렇습니까. 열쇠로 열었군요."

그렇게 대답한 켈시는 존슨 선생을 쳐다보며 물었다.

"다른 사람들은 스프링거 선생님을 좋아했습니까?"

"글쎄요. 그건 뭐라 대답할 수 없네요. 결국 그 사람은 살해당했잖아요."

"그럼 안 좋아하셨단 말씀이군요."

켈시가 존슨 선생의 미세한 감정은 상관하지 않으면서 날카롭게 대꾸했다.

존슨 선생이 말했다.

"뭐, 아무도 그녀를 좋아할 수는 없었을 거예요. 스프링거 선생님은 긍정적인 자세를 가진 사람이었거든요. 무슨 말인지 아시죠. 다른 사람들의 의견을 정면에서 반박하는 것도 상관하지 않았어요. 퍽 효율적인 사람인데 일을 심각하게 받아들이는 편이었죠. 그렇지 않나요, 불스트로드 선생님?"

"그렇습니다."

불스트로드 선생이 대답했다.

켈시는 그동안 곁길로 빠진 질문의 방향을 되돌렸다.

"자, 존슨 선생님. 무슨 일이 있었는지 들어 봅시다."

"우리 학생 중 하나인 제인이 귀가 아팠어요. 밤중에 통증이 와서 잠에서 깨자 저를 찾아왔어요. 제게 약이 있었는데, 그 아이의 침실로 갔을 때, 창문 커튼이 펄럭거리는 게 눈에 띄었어요. 바람이 침대

쪽으로 불고 있었기 때문에 창문을 제대로 닫으면 좀 낫지 않을까 싶었죠. 물론 학생들은 창문을 열어 놓고 자지만요. 외국 아이들은 다루기 어려울 때가 있어요. 하지만 항상 지켜야 할…….”

불스트로드 선생이 끼어들었다.

“그런 건 별로 중요하지 않아요. 우리 학교의 위생에 대한 규칙들은 켈시 경감님께는 아무런 소용이 없어요.”

존슨 선생이 대답했다.

“아, 물론 그렇겠죠. 어, 아까 말씀드렸듯이 창문을 닫으러 갔는데 놀랍게도 스포츠 파빌리언에서 불빛이 보이는 거예요. 매우 뚜렷해서 제가 잘못 본 것은 아니었죠. 게다가 움직이는 것 같았어요.”

“전깃불이 켜진 게 아니고 손전등 불빛이 어른거리는 것 같았다는 말씀이시죠?”

“맞아요, 맞아. 바로 그거였어요. 저는 즉시 생각했죠. ‘이런 세상에. 누가 이런 시간에 저기서 뭘 하고 있는 거야?’ 물론 저는 도둑이 들었을 거란 생각은 못했죠. 그렇다면 좋았을 텐데요. 방금 말씀하신 것처럼요.”

“무슨 생각을 하셨습니까?”

켈시가 물었다.

존슨 선생은 불스트로드 선생을 힐끗 쳐다보고 대답했다.

“글쎄요. 뭐 특별히 어떤 일이 있을 거라고 생각하진 않았어요. 제 말씀은 글쎄요…… 글쎄요, 정말, 제 말씀은 저는 아무런…….”

불스트로드 선생이 말을 끊었다.

"존슨 선생님은 아마도 우리 학생 중 한 명이 누군가와 부적절하게 만나고 있다고 생각했을 겁니다. 그렇지 않아요, 엘스페스?"

존슨 선생이 한숨을 쉬었다.

"음, 예. 그런 생각이 잠시 들긴 했어요. 어쩌면 이탈리아에서 온 여학생인지도 모르겠다고요. 아무래도 외국 애들은 영국 애들보다 훨씬 조숙하니까."

불스트로드 선생이 말했다.

"너무 편협하게 굴지 마세요. 영국 여자 아이들도 얼마든지 부적절한 만남을 갖는 걸 봤잖아요. 그리고 그런 생각이 드는 건 당연해요. 내가 존슨 선생님이었더라도 그런 생각이 들었을 거예요."

"계속 말씀하세요."

켈시 경감이 말했다.

존슨 선생이 말을 이었다.

"그래서 채드윅 선생님에게 가서 저랑 같이 무슨 일이 있는지 알아보자고 하는 게 낫겠다고 생각했어요."

"왜 채드윅 선생님이죠? 꼭 그 선생님을 선택할 만한 특별한 이유라도 있습니까?"

켈시가 물었다.

"글쎄요. 불스트로드 선생님을 방해하긴 싫었거든요. 저희 모두 불스트로드 선생님을 귀찮게 하기 싫으면 채드윅 선생님께 가는 것이 일종의 관행이에요. 채드윅 선생님도 오랫동안 학교에 계셨고 경험이 많으시니까요."

"어쨌든 채드윅 선생에게 가서 그분을 깨웠다는 말씀이시죠. 그렇죠?"

"예. 채드윅 선생님도 즉시 나가 봐야 한다는 제 말에 동의하셨어요. 옷을 갈아입을 생각은 전혀 못했고 스웨터와 코트를 걸치고 옆문으로 나갔죠. 그리고 바로 그때, 우리가 길에 들어선 순간 스포츠 파빌리언에서 총소리가 들려왔어요. 그래서 가능한 한 빨리 뛰어갔습니다. 바보같이 손전등을 들고 오지 않은 바람에 길을 전혀 볼 수가 없었어요. 한두 번은 넘어졌지만 금세 도착했어요. 그리고 불을 켰는데……."

켈시가 끼어들었다.

"도착하셨을 때 불이 꺼져 있었나요? 손전등이나 뭐 다른 불빛도 없었습니까?"

"네. 아주 깜깜했어요. 불을 켰는데 스프링거 선생님이 있었죠. 스프링거 선생님은……."

켈시 경감이 친절하게 말했다.

"괜찮습니다. 설명 안 하셔도 괜찮습니다. 저도 거기 가서 직접 볼 겁니다. 그곳으로 가면서 아무도 보지 못했나요?"

"예."

"또는 누가 뛰어가는 소리를 듣지 못했나요?"

"네. 아무런 소리도 못 들었어요."

"학교 건물 안에서 누가 총성을 듣지 못했을까요?"

켈시가 불스트로드 선생을 바라보면서 말했다.

그녀가 고개를 저었다.

"아니요. 제가 아는 한 없어요. 아무도 들었다는 사람이 없어요. 스포츠 파빌리언은 제법 멀리 떨어져 있기 때문에 총성은 들리지 않았을 거예요."

"어쩌면 스포츠 파빌리언을 바라보고 있는 건물 끝에서도 못 들었을까요?"

"별로 그럴 것 같지 않네요. 그런 소리가 들릴 거라고 귀 기울이고 있지 않았다면 말이죠. 누군가를 깨울 정도로 큰 소리가 아니었을 거예요."

"좋습니다. 감사합니다. 저는 이제 스포츠 파빌리언으로 가 보겠습니다."

켈시 경감이 말했다.

"저도 같이 가겠습니다."

불스트로드 선생이 말하자 존슨 선생이 물었다.

"저도 같이 갈까요? 원하신다면 같이 가겠어요. 움츠러든다고 좋은 건 아니잖아요, 그렇죠? 저는 무슨 일이 닥치든, 맞서야 한다고 생각해서……."

"감사합니다. 하지만 그러실 필요는 없습니다. 존슨 선생님. 더 이상 스트레스를 드릴 생각은 없습니다."

켈시 경감의 대답에 존슨 선생이 말했다.

"너무 끔찍해요. 제가 그녀를 좋아하지 않았기 때문에 더 끔찍해요. 사실, 지난밤에 저희는 교무실에서 가벼운 언쟁을 했거든요. 저는 체육을 너무 많이 하면 여자 아이들에게 좋지 않다고 이야기했죠. 특별히 섬세한 여자 아이들은 말이죠. 스프링거 선생님은 말도 안 된다고, 걔들이야말로 체육 교육이 필요하다고 했죠. 몸매를 만들어 주고 여성스러워진다고요. 그래서 제가 그녀는 다 알고 있는 것 같지만 생각만큼 아는 게 많지 않다고 말해 주었죠. 어쨌든 저는 전문적인 교육을 받았고, 병약함과 질병에 관해서 훨씬 더 많이 알잖아요. 스프링거 선생님이 아는, 아니 알았던 것보다요. 스프링거 선생님이 평행봉이나 도마, 그리고 테니스 등에 해박했다는 건 저도 인정합니다. 하지만 이런, 지금 일어난 일을 되돌이켜 보니 그런 말은 괜히 한 것 같아요. 누구든 끔찍한 일이 일어난 뒤에야 이런 생각이 들겠죠. 죄책감이 심하게 들어요."

불스트로드 선생이 그녀를 소파에 앉히면서 말했다.

"자, 여기 앉아요. 여기 앉아서 쉬면서 예전에 벌였던 논쟁은 잊어 버려요. 만일 모든 사람들이 서로의 의견에 동의한다면 세상은 지루하기 짝이 없을 거예요."

존슨 선생은 고개를 저으면서 소파에 앉았다. 그러더니 하품을 했다. 불스트로드 선생은 켈시 경감을 따라 복도로 나갔다.

그녀가 미안한 듯이 말했다.

"브랜디를 너무 많이 줬나 봐요. 그러다보니 좀 말이 많아졌네요. 하지만 횡설수설 하지는 않았죠, 그렇지 않나요?"

"네. 존슨 선생님은 무슨 일이 일어났는지 잘 설명해 주셨습니다."

불스트로드 선생이 옆문으로 가는 길을 안내했다.

"이 길이 존슨 선생님과 채드윅 선생님이 갔다는 길입니까?"

"예. 이 길은 바로 진달래 화단 사이로 난 길과 연결되어 있고, 화단은 스포츠 파빌리언으로 연결되어 있습니다."

경감은 빛이 강한 손전등을 가지고 있어서 두 사람은 곧 조명이 쏟아지고 있는 건물에 도달했다.

"아주 멋진 건물입니다."

켈시가 건물을 바라보면서 말하자 불스트로드 선생이 대답했다.

"제법 돈이 많이 들었죠. 하지만 저희 학교에서 감당할 수 있을 만한 금액이었죠."

열린 문을 들어서자 제법 큰 방이었다. 거기에는 여학생들의 이름이 적힌 라커가 있었다. 방 끝에는 테니스 라켓 보관대와 라크로스 스틱을 세워 놓는 보관대가 하나 있었다. 옆문은 샤워실과 탈의실로 이어졌다. 켈시는 들어가기 전에 잠시 멈추어 섰다. 부하 두 명이 바쁘게 일하고 있었다. 사진사는 작업을 막 마쳤고, 지문을 검사하던 다른 한 사람이 고개를 들고 말했다.

"여기 바닥 위를 바로 걸어가셔도 상관없습니다. 이쪽 끝은 아직 작업이 끝나지 않았습니다."

켈시는 두 경관이 무릎 꿇고 있는 시체 옆으로 바로 걸어갔다. 한 경관이 켈시가 오자 올려다보았다. 그가 말했다.

"범인은 1미터 정도 떨어져서 쏘았습니다. 총알이 심장을 관통했습니다. 즉사한 게 분명합니다."

"그래. 얼마나 됐나?"

"대략 한 시간 정도 되었습니다."

켈시가 고개를 끄덕였다. 그는 주변을 돌아다니다가 키가 큰 채드윅 선생을 발견했다. 그녀는 마치 감시견처럼 한쪽 벽에 기대어 서서 어두운 표정을 짓고 있었다. 켈시가 보기에 나이는 대략 50대 중반 정도 되었을 것 같고, 이마가 넓고 입은 완강해 보였으며, 헝클어진 머리카락은 회색이었다. 히스테릭한 흔적은 없었다. 평상시에는 그리 눈에 띄지 않아도 어려움이 닥치면 믿을 수 있는 부류의 여성이라고 생각되었다.

"채드윅 선생님?"

그가 말했다.

"예."

"존슨 선생님과 같이 여기 와서 시체를 발견하셨다고요."

"예, 그 상태 그대로 보존해 두었습니다. 벌써 죽은 상태였고요."

"그때가 몇 시입니까?"

"존슨 선생님이 저를 깨웠을 때 시계를 봤는데, 그때가 12시 50분 전이었어요."

켈시가 고개를 끄덕였다. 스프링거 선생의 시신이 알려 주는 시간과 일치했다. 그는 깊은 생각에 잠겨 죽은 여인을 내려다보았다. 죽은 여인의 밝은 빨간색 머리는 짧았다. 얼굴에는 주근깨가 가득했고 강한 인상을 풍기는 턱은 앞으로 돌출되어 있었다. 홀쭉하지만 단련된 몸이었다. 트위드 스커트와 두껍고 무거운 스웨터를 입고 있었다. 양말은 신지 않은 채 단화를 신고 있었다.

"무기는?"

켈시가 물었다. 부하 중 하나가 고개를 저었다.

"흔적도 없습니다."

"손전등은?"

"저쪽 구석에 손전등이 있습니다."

"지문은 없나?"

"예. 죽은 여인의 지문입니다."

"그러면 손전등은 그녀의 것이군."

켈시가 생각하면서 대답했다.

"그녀가 손전등을 가지고 여기까지 왔다…… 왜일까?"

이 질문은 반쯤은 자신에게 던진 것이고 반쯤은 부하들, 그리고 불스트로드 선생과 채드윅 선생에게 던진 것이었다. 결국 그는 선생들에게서 답을 찾으려고 했다.

"뭐 떠오르는 거 없으십니까?"

채드윅 선생은 고개를 저었다.

"전혀 모르겠습니다. 뭔가를 여기 두고 간 것 아닐까요? 오후나 저녁에 놔두고 갔다가 나중에 찾으러 온 거지요. 하지만 한밤중에 오다니 이상하긴 합니다."

"만일 그랬다면 아주 중요한 물건이었겠지요."

켈시가 대답했다. 그는 주변을 둘러보았다. 맨 끝에 있는 라켓 거치대를 제외하고는 흐트러진 게 아무것도 없었다. 라켓 거치대는 거칠게 잡아당겨진 것 같았다. 라켓이 여러 개 바닥에 놓여 있었다.

채드윅이 끼어들어 말했다.

"물론 그녀도 존슨 선생님이 나중에 그랬듯이 이곳의 불빛을 발견했을지도 모릅니다. 그래서 뭔지 알아보려고 왔을 수도 있죠. 전 그게 더 가능성이 높을 것 같네요."

"선생님 말씀이 맞는 것 같습니다. 다만 거기엔 작은 문제점이 하나 있군요. 그녀는 그러면 혼자서 이곳에 왔던 걸까요?"

켈시의 말에 채드윅 선생은 망설이지 않고 대꾸했다.

"네."

"하지만 존슨 선생님은 채드윅 선생님을 깨우러 왔잖습니까."

켈시가 그녀에게 상기시키자 채드윅 선생이 말했다.

"알고 있어요. 아마 제가 불빛을 봤더라도 그랬을 겁니다. 저 같으면 불스트로드 선생님이나 밴시터트 선생님, 아니면 다른 누군가를 깨웠겠지요. 하지만 스프링거 선생님은 그런 사람이 아닙니다. 그녀는 자신감이 넘치는 사람이에요. 아마도 침입자를 혼자서 처리하려고 했을 겁니다."

"한 가지 더요. 선생님께서는 존슨 선생님과 같이 옆문으로 나오셨다고 했는데, 옆문은 열려 있었습니까?"

경감이 물었다.

"예. 그랬습니다."

"스프링거 선생님이 열어 두었을까요?"

"그게 가장 자연스러운 생각 같네요."

채드윅 선생이 대답했다.

"그러면 이렇게 가정할 수 있겠군요. 스프링거 선생님은 체육관, 아니 스포츠 파빌리언에서 불빛을 보았다. 그래서 그게 뭔지 알아보려고 나왔는데, 여기 있던 누군가가 그녀를 쏘았다고 말입니다."

켈시가 말을 끝내고 몸을 돌려 문가에 꼼짝도 않고 서 있는 불스트로드 선생을 바라보았다.

"수긍이 가는 가설입니까?"

불스트로드 선생이 말했다.

"아니요. 전혀 아닙니다. 앞부분은 장담할 수 있습니다. 스프링거 선생님이 불빛을 보고 알아보려고 혼자 왔다고 치면 그건 매우 가능성이 높습니다. 그렇지만 방해를 받은 침입자가 그녀를 쏘았다는 대목은 말도 안 됩니다. 만일 이곳에 볼일이 없는 사람이 왔다면 아마 도망갔겠죠. 이 밤중에 누가 총을 가지고 여길 오겠어요? 황당한 가설이에요. 바로 그겁니다. 황당! 이곳에는 훔칠 만큼 가치 있는 물건도 없고 살인을 하면서까지 노릴 만한 물건은 더더욱 없습니다."

"그러면 스프링거 선생님이 누군가의 만남을 방해했다고 생각하십니까?"

"아마도 그게 가장 자연스럽고 가능성이 높은 설명일 거예요. 하지만 그것도 살인의 원인이 되진 않죠. 안 그런가요? 우리 학교 여학생들은 총을 지닐 수 없고, 학생들이 몰래 만나는 젊은이들도 총을 가지고 있긴 힘들어요."

켈시 경감도 동의했다.

"기껏해야 조그만 주머니칼 정도겠죠. 또 다른 가설도 있습니다. 스프링거 선생님이 누군가를 만나려고 여길 왔다는 겁니다."

채드윅 선생이 갑자기 키득거렸다. 그녀가 말했다.

"절대 아니에요. 스프링거 선생님은 아니에요."

경감이 무뚝뚝하게 말했다.

"제가 말한 만남은 연애를 위한 밀회만은 아닙니다. 제 말씀은 누군가가 의도적으로 스프링거 선생님을 살해했다는 겁니다. 살해할 목적으로 그녀를 이곳으로 불러낸 후 총을 쏘았단 말입니다."

제니퍼 서트클리프가 어머니에게 보낸 편지:

엄마에게,

어제 저녁에 살인 사건이 일어났어요. 체육 담당인 스프링거 선생님이 살해당했어요. 한밤중에 일어난 일이고 오늘 아침에 경찰이 와서 모든 사람을 심문했어요.

채드윅 선생님은 아무에게도 말하지 말라고 하셨지만 엄마에게는 알려야 할 것 같아서요.

사랑하는 딸, 제니퍼

메도우뱅크는 제법 중요한 학교였던지라 경찰서장의 개인적 관심을 끌었다. 관례에 따라 수사가 진행되는 동안 불스트로드 선생도 손 놓고 있지는 않았다. 그녀는 언론계의 거물을 불러왔고 내무장관에게 연락했다. 둘 다 그녀의 친구였다. 그런 활동 덕분에 사건에 대한 기사는 거의 언론에 보도되지 않았다. 체육 선생 하나가 학교의 스포츠 파빌리언에서 시체로 발견되었다. 총을 맞고 죽었는데, 의도적 살인인지 우발적 사고인지 아직 밝혀지지 않았다. 대부분의 기사들은 유감이라는 투였다. 마치 요령이라고는 전혀 없는 젊은 체육 선생이 어쩌다가 총에 맞았다는 정도였다.

앤 섀플랜드는 학부형에게 보낼 불스트로드 선생의 편지를 받아 적느라 바빴다. 불스트로드 선생은 학생들에게 사건에 대해 말하지 말라고 당부하는 쓸데없는 짓은 하지 않았다. 그녀도 학생들이 절대 자기 말을 듣지 않을 것임을 알고 있었다. 언젠가는 으스스한 신문 기사가 부모들과 후원자들의 손에 들어갈 것을 알고 있었다. 그녀는 차라리 비극적인 이번 사건에 대한 객관적이고 이성적인 설명을 직접 보내리라 마음먹었다.

그날 오후 늦게 불스트로드 선생은 스톤 경찰서장과 켈시 경감과 함께 비밀회의를 가졌다. 경찰도 보도 내용을 최소화하는 데에 전적으로 동의했다. 언론이 관심을 쏟지 않으면 경찰도 방해받지 않고 조용하게 수사를 진행할 수 있기 때문이다.

경찰서장이 말했다.

"매우 유감스러운 일입니다, 불스트로드 선생님. 정말 유감입니다. 아마도 이번 사건은 선생님께도…… 음…… 좋지 않은 사건일 겁니다."

불스트로드 선생이 대답했다.

"살인은 어떤 학교에도 좋지 않은 일입니다. 하지만 살인이 일어난 사실에 계속 얽매여 봤자 좋을 게 없습니다. 물론 저희는 여태까지 다른 역경을 이겨 온 것처럼 이번 사건도 헤쳐 나갈 겁니다. 전 이번 일을 빨리 해결하길 바랍니다."

"당연히 빨리 끝나야 하겠죠."

스톤이 말했다. 그가 켈시를 쳐다보자 켈시도 한마디했다.

"그녀의 배경에 대해 알면 도움이 될 텐데요."

"정말 그렇게 생각하십니까?"

불스트로드 선생이 무뚝뚝하게 대꾸했다.

"누군가가 그녀를 미워했을 수도 있습니다."

켈시가 제안했다. 불스트로드 선생은 대답하지 않았다.

"그럼 이 학교와 관련이 있단 말인가?"

경찰서장이 묻자 불스트로드 선생이 말했다.

"켈시 경감님은 그렇다고 믿으시는 것 같습니다. 경감님은 제가 기분 나쁘지 않게 하려는 것 같군요."

경감이 천천히 말했다.

"저는 메도우뱅크와 관련이 있는 것 같습니다. 어쨌든 스프링거 선생님도 다른 선생님들과 마찬가지로 교직원 중 한 명이었으니까요. 그녀라면 어느 곳이든 언제든 보고 싶은 사람과 만날 수 있었을 텐데 왜 오밤중에 스포츠 파빌리언을 골랐을까요?"

"학교 안을 자세히 훑어보도록 허락해 주시겠습니까, 불스트로드 선생님?"

경찰서장이 말했다.

"예, 괜찮습니다. 경찰은 권총을 찾고 있는 거죠?"

"예, 외국산 작은 피스톨입니다."

"외국이라."

불스트로드 선생님이 골똘히 생각하면서 대꾸했다.

"혹시 교사들이나 학생들 중에 피스톨을 소유하고 있는 사람은 없습니까?"

"제가 아는 한 없습니다. 학생들에겐 절대 없다고 확신합니다. 학생들이 여기에 도착하면 짐은 일꾼들이 다 풀어 주기 때문에 만일 그런 물건이 있었다면 누군가가 보거나 눈치 챘을 테고, 그렇다면 저한테 보고했을 겁니다. 하지만 경감님, 하시고 싶은 대로 하세요. 오늘은 경찰들이 바닥을 수색하더군요."

경감은 고개를 끄덕였다.

"그렇습니다. 그리고 여기 선생님들을 모두 인터뷰하고 싶습니다. 선생님들 중에 우리에게 도움이 될 만한 말을 스프링거 선생님이 하는 것을 들었을지도 모릅니다. 또는 그녀가 이상한 행동을 하는 걸 보았을지도 모르죠."

그는 잠시 말을 끊었다가 다시 시작했다.

"그건 학생들도 마찬가지입니다."

불스트로드 선생이 말했다.

"오늘 저녁 기도가 끝난 뒤 학생들에게 짧게 이야기할 계획입니다. 스프링거 선생님의 죽음과 관련된 사실을 알고 있는 학생은 제게 오라고 할 생각입니다."

"좋은 생각이십니다."

경찰서장이 말했다.

"하지만 이건 유념하세요. 여학생 중에 한두 명이 중요한 인물이 되려고 사건을 과장하거나 지어낼 수도 있습니다. 여자 아이들은 이상한 행동을 많이 하니까요. 경감님께서는 그런 과시욕을 경험해 보셨을 겁니다."

켈시 경감이 대답했다.

"본 적은 있습니다. 자, 제게 이곳 선생님들과 일꾼들의 명단을 주십시오."

"파빌리언에 있는 라커는 모두 다 뒤졌습니다, 경감님."

"찾은 건 없나?"

켈시가 말했다.

"없습니다. 중요한 건 전혀 없었습니다. 재미있는 물건도 있었지만, 저희가 눈여겨볼 것은 없었습니다."

"잠겨 있는 것은 없었나?"

"없었습니다. 모두 잠글 수 있고, 안에 열쇠도 있었지만 잠긴 것은 하나도 없었습니다."

켈시는 아무것도 없는 맨바닥을 샅샅이 살펴보았다. 테니스 라켓과 라크로스 스틱은 거치대에 가지런히 놓여 있었다.

"좋아. 나는 이제 교사들을 만나러 학교 건물로 가겠네."

"설마 내부인의 소행이라고 생각하시는 겁니까?"

"가능성은 있지. 채드윅 선생님과 존슨 선생님, 귀가 아팠다는 제인을 제외하고는 모두 알리바이가 없어. 이론상으론 모두가 자고 있었겠지만 그건 아무도 장담할 수 없네. 학생들도 그렇고 교사들도 그렇고 모두 각자 방이 따로 있으니까. 불스트로드 선생님을 포함한 모든 사람들이 여기까지 나와서 스프링거 선생님과 부딪히거나 그녀를 따라왔을 가능성이 있어. 그리고 그녀를 쏜 다음, 몰래 덤불 사이를 지나 조용히 되돌아와서 경보가 울렸을 때는 침대에 들었던 거지. 어려운 부분은 동기가 뭐냐는 거지."

켈시 경감이 강조했다.

"동기가 어려운 거야. 우리가 모르는 뭔가가 이곳에서 일어나고 있었던 게 아니라면 아무런 동기가 없는 것 같아."

그는 파빌리언을 나서서 천천히 건물로 돌아갔다. 근무 시간은 이미 지났지만 정원사인 브리그스 노인은 화단에서 간단한 일을 하고 있다가 경감이 옆을 지나가자 허리를 폈다.

"늦게까지 일하시는군요."

켈시가 웃으면서 말을 걸었다.

"아, 젊은이들은 정원을 가꾸는 게 어떤 건지 전혀 몰라요. 아침 8시에 나와서 5시에 퇴근하는 그런 거라고 생각하죠. 날씨도 연구해야 하고 어떤 날은 정원에 아예 안 나와도 되죠. 그리고 어떤 날은 아침 7시에 시작해서 저녁 8시까지 일해야 할 때도 있고요. 물론 일하는 곳을 사랑하고 자기 정원에 자긍심을 가지고 있을 때 말이지만."

"이 정원은 정말 자랑스러우시겠어요. 최근 들어 이렇게 잘 관리한 정원은 본 적이 없습니다."

브리그스가 대답했다.

"요즘은 그렇죠. 하지만 저는 운이 좋은 편이거든요. 내 밑에 힘센 젊은이도 있고. 어린 것도 둘이나 있지만 걔들은 별 도움이 안 돼요. 요즘 젊은 것들은 이런 종류의 일을 하지 않죠. 대부분 공장으로 가든지, 아니면 사무실에서 일하는 화이트칼라가 되려고 하니까. 정직한 땅에서 흙 묻는 일은 하려고 하질 않아요. 하지만 전 운이 좋다니까요. 내 밑에 있는 좋은 젊은이도 자기 발로 찾아와서 일하겠다고 했으니까요."

"최근에 말입니까?"

켈시 경감이 말했다.

"이번 학기 초였어요. 그 친구 이름은 아담, 아담 굿맨이에요."

"저는 본 적이 없는 것 같습니다."

켈시의 말에 브리그스가 대답했다.

"휴가를 하루 달라고 하더군요. 그래서 줬죠. 당신네 경찰들이 온 장소를 들쑤시고 다녀서 할 일도 별로 없을 것 같아서요."

"누군가가 그 사람에 대해서 말해 줬어야 하는데."

켈시가 날카롭게 대답했다.

"무슨 말씀이세요? 말해 주다뇨?"

"그 사람은 명단에서 빠졌습니다. 이곳 고용인들의 명단에서 말입니다."

"상관없어요. 내일이면 만나실 수 있을 거예요. 그렇다고 그 친구가 뭔가 알려 줄 건 없을 겁니다."

"그건 모르는 일입니다."

경감이 말했다.

자기 발로 찾아온 젊고 힘이 센 남자라고? 켈시에게는 이것이 조금 비정상으로 보이는 첫 번째 현상이었다.

그날 저녁에도 여학생들은 평상시처럼 기도를 하기 위해서 강당에 모였다. 그리고 기도가 끝나자 불스트로드 선생이 손을 들어 학생들이 나가지 않도록 했다.

"여러분에게 전할 말이 있어요. 스프링거 선생님 일입니다. 모두 다 알겠지만 어젯밤, 스포츠 파빌리언에서 스프링거 선생님이 총에 맞았어요. 지난주 동안 스프링거 선생님과 관련해서 이상한 점을 듣거나 본 사람이 있다면, 또는 스프링거 선생님이 했던 말 중에 이상한 점이 있거나 누군가가 스프링거 선생님에 대해 이상한 말을 하는 걸 들었다면 제게 알려 주세요. 오늘 저녁 아무 때나 제 응접실로 오면 됩니다."

여학생들이 우르르 몰려 나가는 사이에 줄리아 업존은 한숨을 쉬었다.

"휴, 우리가 뭔가를 알고 있다면 얼마나 좋을까. 하지만 전혀 아는 바가 없네. 안 그래, 제니퍼?"

"그래. 당연히 우리가 알 수가 없겠지."

제니퍼가 대답했다.

"스프링거 선생님은 평범해 보였어. 이런 불가사의한 방법으로 살해당하기엔 너무 평범한 사람인데."

줄리아가 슬픈 듯 말했다.

"그렇게 불가사의한 방법이라고는 생각하지 않아. 그냥 도둑일 텐데."

제니퍼가 대답했다.

"테니스 라켓이라도 훔쳤대니?"

줄리아가 비꼬는 듯이 말했다.

"어쩌면 누군가가 협박을 하고 있었는지도 몰라."

다른 소녀들 중 하나가 희망 사항을 말했다.

"뭐에 대해서 말이야?"

제니퍼가 대꾸했다.

그리고 아무도 스프링거 선생을 협박할 만한 이유를 생각해 내지 못했다.

켈시 경감은 밴시터트 선생을 시작으로 교사들을 인터뷰하기 시작했다. 그는 밴시터트 선생을 훑어보면서 정말 잘생겼다는 생각을 했다. 대략 40대 초반 정도로 보이고, 키도 크고 풍채도 있고, 회색 머리카락은 단정했다. 그녀는 위엄 있고 침착했는데, 스스로가 중요한 인물이라고 느끼는 것 같았다. 그녀는 약간 불스트로드 선생과 닮았는데 전형적인 학교 선생님의 모습이었다. 하지만 경감의 눈에는 불스트로드 선생은 밴시터트 선생이 갖지 못한 무언가를 더 가진 듯했다. 불스트로드는 예측할 수 없는 성격이었다. 하지만 밴시터트 선생은 절대로 예측할 수 없는 행동은 하지 않을 것이다.

형식대로 질문과 답변이 이어졌다. 사실 밴시터트 선생은 아무것도 못 봤고, 눈치 챈 것도 들은 것도 없었다. 스프링거 선생은 일을 완벽하게 해냈었다. 그녀는 약간 무뚝뚝하게 행동했지만 그렇게 심하지는 않은 걸로 밴시터트는 기억하고 있었다. 스프링거가 그다지 매력적인 성격은 아니었지만 체육 선생에게는 매력적인 성격은 전혀 필요 없다. 실은 매력적이지 않은 체육 선생이 더 나았다. 학생들이 선생에게 감정적으로 대하도록 내버려 두면 절대 좋지 않다. 밴시터트 선생은 아무런 도움도 주지 못하고 방을 나갔다.

"악행은 보지도 듣지도 생각하지도 말아라. 원숭이 같네요."

켈시 경감을 도와 교사들을 인터뷰하던 퍼시 본드 경사가 말했다. 켈시가 미소 지었다.

"자네 말이 맞네, 퍼시."

본드 경사가 말했다.

"여선생님들은 뭔가 마음에 안 듭니다. 어려서부터 무서웠어요. 공포스러운 여선생님한테 걸린 적이 있거든요. 어찌나 거만하던지, 그 선생님이 도대체 뭘 가르치려는지 전혀 알 수가 없었습니다."

그다음에 나타난 교사는 에일린 리치였다. 켈시 경감은 대번에 그녀가 거의 범죄 수준으로 못생겼다고 생각했다. 그러고 나서 한

참 살펴본 다음에 그녀의 매력적인 면을 찾아냈다. 그는 형식에 따라 질문을 던졌지만 예상대로 답변은 평범하지 않았다. 그녀는 스프링거 선생에 대한 특별한 이야기도, 스프링거 선생이 하는 특별한 이야기도 들은 적이 없노라고 대답했다. 그런 다음 두 번째 질문에 대한 에일린 리치의 대답은 경감이 예상하던 것이 아니었다. 그가 던진 질문은 이랬다.

"그녀에게 개인적인 원한을 가진 사람은 없었습니까?"

에일린 리치가 재빨리 대답했다.

"네. 그럴 리가 없습니다. 그게 불행한 거죠. 그녀는 누군가가 미워할 만한 사람은 아니었습니다."

"그건 무슨 뜻입니까, 리치 선생님?"

"그녀는 누군가가 죽이고 싶다는 생각을 할 만한 사람이 아니었다는 거죠. 그녀의 모든 것은 그냥 표면적일 뿐이었습니다. 그녀는 사람들을 화나게 했습니다. 사람들은 그녀와 언쟁을 하곤 했지만 별 뜻은 없었습니다. 깊은 뜻이 있는 건 아니었어요. 그녀가 미움을 받아서 살해당했다고 생각하지 않습니다. 제 말 뜻을 아시겠죠."

"글쎄요. 잘 모르겠습니다. 리치 선생님."

"만일 은행 강도 같은 사건이 있었다고 하죠. 그녀는 총을 맞은 출납원 같은 사람입니다. 출납원으로서 총을 맞은 것이지, 그레이스 스프링거라서 맞은 건 아니란 말이죠. 누가 해코지를 할 정도로 미움을 사거나 사랑을 받는 사람이 아니었습니다. 그녀도 그 사실을 느끼고 있었기 때문에 유달리 참견을 하지 않았나 싶어요. 남의 잘

못을 들추어내고, 규칙을 강조하고, 금지된 일을 하는 사람들을 찾아내서 폭로하는 일도 말이죠."

"남의 뒤를 캤단 말입니까?"

켈시의 질문에 에일린 리치는 골똘히 생각했다.

"꼭 그렇다고 할 순 없겠죠. 운동화를 신고 까치발로 걸어 다니는 뭐 그런 종류의 행동은 안 했어요. 하지만 만일 자신이 이해할 수 없는 어떤 일을 찾아냈다면 그걸 끝까지 밝혀낼 의지가 강했죠. 그리고 끝까지 밝혀내는 사람이고요."

"그렇습니까."

켈시는 잠시 멈추었다.

"스프링거 선생님을 별로 안 좋아하셨나 봐요, 리치 선생님?"

"그다지 그녀에 대해 생각해 본 적이 없어요. 그녀는 그저 체육 선생님이었죠. 누군가에 대해 이렇게 말하다니 끔찍하군요! 그저 이렇다거나 저렇다거나! 하지만 그녀는 자신의 직업을 그렇게 받아들였죠. 그게 그녀의 직업이고 스스로 일을 잘한다고 자부했습니다. 일을 재미있어 하진 않았습니다. 테니스를 잘 치는 학생이 눈에 띄거나 특정 운동에 뛰어난 학생을 만나더라도 좋아하지 않았습니다. 그녀는 그런 것을 즐거워하거나 성취감을 느끼지 않았습니다."

켈시는 호기심에 차서 그녀를 바라보았다. 이 사람은 정말 특이한 여자였다. 그가 말했다.

"대부분의 일에 대해 의견이 굉장히 명확하신 것 같습니다, 리치 선생님."

"예. 그런 편이에요."

"메도우뱅크에는 얼마나 계셨습니까?"

"1년 반요."

"예전에는 문제가 없었나요?"

"메도우뱅크에서요?"

그녀는 약간 놀란 것 같았다.

"예."

"네, 없었어요. 이번 학기 전에는 아주 좋았습니다."

켈시는 그녀를 몰아세웠다.

"그럼 이번 학기에는 뭐가 잘못되었습니까? 살인을 말씀하는 게 아닌 것 같습니다, 안 그렇습니까? 선생님께선 뭔가 다른 것을 말씀하시는 거죠?"

"아. 저는……."

그녀는 말을 멈추었다.

"예. 어쩌면 그런지도 모르겠어요. 하지만 모두 모호하네요."

"계속해 보십시오."

에일린은 천천히 말했다.

"불스트로드 선생님은 최근 들어서 근심이 많았어요. 그게 그중 하나예요. 눈치 채긴 힘들었죠. 아마 대부분의 사람들이 눈치 채지 못했을 거예요. 그렇지만 저는 알고 있었죠. 하지만 근심이 많은 것은 선생님뿐만은 아니었어요. 그렇지만 그런 걸 물어보시는 건 아니시죠? 그건 그저 사람들의 느낌일 뿐인데. 많은 사람들이 한데 몰려 있을 때 드는 느낌이랄까. 한 가지를 너무 골똘히 생각하면 드는 느낌 같은 거요. 물어보신 건 혹시 이번 학기에만 정상적이지 못하다고 느꼈냐는 거지요? 그렇죠?"

켈시가 호기심 어린 눈으로 그녀를 바라보았다.

"예, 그렇습니다. 그 질문의 대답은 어떻습니까?"

에일린 리치는 천천히 대답했다.

"전 뭔가 잘못된 점이 있었다고 생각해요. 마치 우리들 사이에 어울리지 않는 누군가가 있었던 것 같아요."

그녀는 웃음을 터뜨릴 것처럼 미소 지으면서 켈시를 바라보며 말했다.

"비둘기 속의 고양이처럼 말이에요. 그런 느낌이었어요. 우리 모두는 비둘기인데 그 속에 고양이가 하나 있었던 거죠. 하지만 우린 고양이를 못 본 거죠."

"아주 애매한 대답이군요, 리치 선생님."

"그래요. 그렇죠? 바보 같은 말로 들리죠. 제가 생각해도 그래요. 하지만 뭔가가 있었는데 저도 눈치는 챘지만 아주 미묘해서 그게 뭐였는지 모를 정도라는 거죠."

"특별히 짚이는 인물이라도 있습니까?"

"아니요. 말씀 드린 게 전부입니다. 저도 누구인지 모릅니다. 제가 말씀 드릴 수 있는 건 누군가가 여기 있다는 사실 뿐입니다. 누가, 어떻게…… 그런 게 아닙니다! 누군가가 여기 있습니다. 누군지는 모르지만 저를 불편하게 만드는 사람이 있어요. 제가 보면서 불편한 사람이 아니라 그 사람이 저를 보고 있으면 불편해요. 왜냐하면 그녀가 저를 보고 있을 때만 드러나기 때문이에요. 그게 뭔지는 모르겠지만요. 전 이렇게 모순된 말을 한 적이 없는데. 어쨌든, 그건 모두 느낌일 뿐이에요. 경감님이 원하시는 증거는 아니죠."

"예. 이건 증거가 아니죠. 아직은 아닙니다. 하지만 흥미롭습니다. 만일 선생님의 느낌이 좀 더 구체화되면 말씀해 주십시오."

그녀도 고개를 끄덕이고는 대답했다.

"예. 왜냐하면 이건 심각한 일이기 때문이죠, 그렇죠? 살인이 일어났으니까요. 이유는 모르겠지만. 그리고 살인자가 수백 킬로미터 밖에 있을 수도 있지만 반면 아직도 여기 학교에 있을 가능성도 있잖아요. 만일 그렇다면 피스톨인지 리볼버인지도 아직 여기 있겠죠. 별로 기분 좋은 생각은 아니군요. 그렇죠?"

그녀는 살짝 고개를 끄덕이고 방을 나갔다.

본드 경사가 말했다.

"미친 거 아닙니까? 그렇게 보이지 않습니까?"

켈시가 대답했다.

"아니. 내 눈엔 그렇게 보이지 않아. 내 생각엔 그녀는 민감한 것 같네. 같은 방 안에 고양이가 있는 걸 보기도 전에 먼저 느끼는 사람들처럼 말이야. 만일 저 여자가 아프리카에 태어났다면 아마 주술사가 되었을 걸세."

"그 사람들은 악행의 냄새를 맡을 수 있다던데 맞습니까?"

본드 경사가 말했다.

"맞아, 퍼시. 그리고 내가 하려는 게 바로 그거지. 아무도 명확한 사실을 알려 주지 않으니 냄새를 맡으면서 돌아다닐 수밖에. 다음엔 프랑스 여자가 들어올 거야."

황당한 이야기

앙젤 블랑슈 선생은 대략 서른다섯 살 정도 되어 보였다. 화장도 하지 않았고 어두운 갈색 머리카락은 단정했지만 왠지 어울리지 않았다. 수수한 코트와 치마를 입고 있었다.

그녀의 설명에 따르면 이번 학기가 메도우뱅크에 온 첫 번째 학기였다. 다음 학기에도 남아 있을지 잘 모르겠다고 했다.

"살인 사건이 일어난 학교에 있는 건 좋지 않죠."

그녀는 마음에 안 든다는 듯이 말했다. 게다가 건물마다 경보기가 설치되어 위험해 보인다고 했다.

"블랑슈 선생님, 하지만 이곳에는 도둑을 끌어들일 만한 값비싼 물건이 없습니다."

블랑슈 선생은 어깨를 으쓱했다.

"어떻게 알겠어요? 여기 학생들 중에 몇 명은 아버지가 큰 부자거든요. 아이들이 비싼 물건을 가지고 있을지도 모르죠. 그런 걸 도둑들이 알아차리고 여긴 도둑질하기 수월할 거라고 생각해서 올 수도 있잖아요."

"만일 학생들이 값진 물건을 가졌대도 스포츠 파빌리언엔 없을 겁니다."

"어떻게 아세요? 거기도 라커가 있잖아요. 안 그런가요?"

블랑슈가 말했다.

"그건 스포츠 용품 등을 보관하기 위한 겁니다."

"아, 그래요. 원래 용도는 그렇겠죠. 하지만 체육용 신발 속에 뭘 숨길 수도 있고, 오래된 스웨터나 스카프에 둘둘 말아서 넣을 수도 있죠."

"어떤 물건을 말하시는 건가요, 블랑슈 선생님?"

하지만 블랑슈 양은 어떤 물건일지 전혀 감을 잡지 못했다.

"아무리 너그러운 아버지라도 딸이 학교에 가져갈 다이아몬드 목걸이를 주지는 않습니다."

경사가 말했다.

블랑슈 선생은 다시 한 번 어깨를 으쓱했다.

"어쩌면 다른 종류의 가치 있는 물건일 수도 있죠. 예를 들자면 스카라베(고대 이집트에서 사용된 장신구겸 부적 — 옮긴이) 같은, 수집가들이 많은 돈을 주고라도 사고 싶어 하는 물건이라도요. 한 학생은 아버지가 고고학자거든요."

켈시는 미소 지었다.

"별로 그럴 가능성은 없을 것 같습니다, 블랑슈 선생님."

그녀는 어깨를 으쓱했다.

"뭐, 저는 예를 들자면 그렇다는 말이죠."

"영국의 다른 학교에서도 교편을 잡은 적이 있었습니까, 블랑슈 선생님?"

"좀 됐는데, 영국 북쪽에서 한 번요. 저는 대부분 스위스나 프랑스에 있는 학교에서 일했어요. 그리고 독일도요. 저는 영어를 더 배우려고 영국으로 올 생각을 했죠. 여기에 친구가 한 명 있었어요. 그녀가 병에 걸려서 자기 대신 와서 일하면 불스트로드 선생님이 후임을 빨리 찾을 수 있어서 기뻐할 거라고 했죠. 그래서 왔어요. 그런데 별로 마음에 안 드네요. 말씀 드렸듯이 계속 있을지 말지 생각 중이에요."

"왜 마음에 안 드십니까?"

켈시가 집요하게 물어보았다.

"총질이 있는 곳은 싫어요. 그리고 아이들이 전혀 존경심이 없어요."

블랑슈 선생이 말했다.

"요즘 아이들은 별로 아이들답지 않잖습니까?"

"어떤 애들은 아기처럼 행동해요. 그리고 어떤 애들은 스물다섯 살짜리처럼 굴고요. 여기엔 다양한 종류의 아이들이 있어요. 아이들을 너무 자유롭게 해 주죠. 저는 좀 더 규칙이 엄한 학교가 좋아요."

"스프링거 선생님과는 잘 아는 편이었습니까?"

"거의 안다고 할 수 없죠. 그녀는 별로 예의가 없었어요. 그래서 가능한 한 이야기도 나누지 않으려고 했죠. 말라깽이에 주근깨가 가득하고 목소리도 크고 귀에 거슬렸죠. 마치 영국 여자의 전형 같은 사람이었어요. 가끔 저한테 무례하게 굴었는데 그게 싫었어요."

"무엇 때문에 무례하게 굴었습니까?"

"그녀는 제가 스포츠 파빌리언에 가는 걸 싫어했죠. 아무래도 그건 그녀가 그 건물을 어떻게 생각하는지, 아니 생각했는지가 반영된 거겠죠. 그 여자는 그게 자기 소유물인 것처럼 행동했다고요! 하루는 호기심에 거길 들렀어요. 그건 새 건물이라 전에는 가 본 적도 없었거든요. 아주 잘 지어진 데다가 설계도 좋은 건물이라 그저 둘러볼 심산이었죠. 그런데 스프링거 선생님이 와서 '여기서 뭘 하고 있는 거예요? 여기는 당신하고 아무런 상관이 없는 곳이에요.'라고 말하는 거예요. 글쎄, 저한테 그렇게 말했다니까요. 여기 교사인 저한테 말이에요! 도대체 저를 어떻게 본 거겠어요? 학생쯤으로 아는 거겠죠?"

"예, 예. 아주 화가 나셨겠군요."

켈시가 달래듯이 말했다.

"돼지 같이 무례하더라고요. 그 여자 말이죠. 그러고는 또 이러는 거 있죠. '열쇠는 두고 가세요.' 그 여자 때문에 화가 났거든요. 제가 문을 당겨서 열었을 때 열쇠가 떨어져서 주워 들었죠. 그녀 때문에 화가 나서 다시 되돌려 놓는 걸 잊어버린 거죠. 그랬더니 마치 제가 열쇠를 훔칠 요량이었다는 듯이 소리치는 거예요. 그녀의 열쇠겠죠. 그녀의 스포츠 파빌리언인 듯 굴었으니까요."

"그건 좀 이상하군요. 안 그렇습니까? 스포츠 파빌리언에 대해서 그런 식으로 생각하다니. 마치 자기 개인 소유인양, 아니면 마치 자신이 숨겨 놓은 뭔가를 사람들이 알게 될까 봐 두려워하는 것처럼 이상한 행동입니다."

켈시는 시험 삼아 그녀를 슬며시 떠보았지만 앙젤 블랑슈는 그저 웃음을 터뜨릴 뿐이었다.

"거기에 뭔가를 숨긴다고요…… 그런 장소에 뭘 숨길 수 있겠어요? 연애편지라도 숨겨 놓았다는 말씀이신가요? 장담컨대 그 여자는 연애편지 한 장도 받아 본 적이 없을 거예요! 다른 선생님들은 적어도 친절하기라도 하죠. 채드윅 선생님은 구식이고 소란스럽죠. 밴시터트 선생님은 점잖고 예절 바른 숙녀이고 인정 있는 스타일이고요. 리치 선생님은 약간 미친 것 같지만 친절하고요. 그리고 젊은 선생님들은 모두 함께 있으면 기분이 좋은 사람들이에요."

앙젤 블랑슈는 몇 가지 사소한 질문을 받은 뒤 돌아갔다.

본드가 말했다.

"까다롭군요. 프랑스 사람들은 모두 까다롭지만요."

켈시가 말했다.

"그렇지만 흥미롭지 않은가. 스프링거 선생님은 다른 사람들이 자신의 체육관…… 아니지. 스포츠 파빌리언에 들어오는 걸 싫어했단 말이지. 거길 뭐라고 불러야 할지 모르겠군. 왜 그랬을까?"

"어쩌면 그녀는 프랑스 여자가 자기 뒤를 캐고 있다고 생각했을지도 모르죠."

본드가 의견을 말했다.

"글쎄, 하지만 왜 그렇게 생각했을까? 내 말은, 앙젤 블랑슈가 찾아내면 안 될 뭔가가 없었다면 굳이 앙젤 블랑슈가 뒤를 캐든 뭘 하든 별로 상관이 없었을 텐데."

켈시가 한마디 더 했다.

"이제 누가 남았지?"

"두 젊은 선생님들, 블레이크 선생님과 로완 선생님, 그리고 불스트로드 선생님의 비서입니다."

성격이 매우 좋아 보이는 둥근 얼굴의 블레이크 선생은 젊고 진실했다. 그녀는 식물학과 물리학을 가르쳤다. 할 말이 별로 없다고 했다. 스프링거 선생과 만난 적이 거의 없었고 무엇 때문에 그녀가 죽었는지 전혀 모르겠다고 했다.

심리학을 전공한 로완 선생은 전공에 걸맞게 할 말이 많았다. 그녀의 말에 의하면 스프링거 선생은 자살했을 가능성이 높았다.

켈시 경감은 눈썹을 추켜세웠다.

"왜 그랬을까요? 그녀는 여기서 불행했었나요?"

로완 선생은 몸을 앞으로 숙이고 두꺼운 안경알 너머로 강렬한 눈빛을 쏘면서 말했다.

"그녀는 호전적이었어요. 아주 호전적이죠. 그게 중요하다고 생각해요. 그건 열등의식을 숨기기 위한 방어 기제거든요."

"여태까지 들은 바로는 스프링거 선생님은 자신감이 넘치는 사람이었다던데요."

켈시 경감의 말에 로완 선생이 어두운 목소리로 답했다.

"그게 과도한 거죠. 그녀가 했던 말 중에 제 생각을 뒷받쳐 주는 것들이 있어요."

"예를 들자면?"

"그녀는 사람들이 '겉보기와 다르다'고 얘기한 적이 있어요. 여기 오기 전에 일했던 학교 얘기를 하다가 그랬는데, 누군가의 '가면을 벗겼다'고 했죠. 하지만 교장 선생님이 편견이 강해서 그녀가 알아낸 사실을 듣고 싶어 하지 않았다더군요. 다른 여러 선생들도 그녀를 '반대했다'고 했어요. 제 말씀을 아시겠어요, 경감님?"

로완 선생은 흥분해서 몸을 앞으로 당겨 앉다가 의자에서 굴러 떨어질 뻔했다. 길고 부드러운 검은 머리카락 몇 가닥이 흘러내려 얼굴을 가렸다.

"그것은 피해망상의 시작이죠."

켈시 경감은 예의 바르게 로완 선생의 가정이 맞을지도 모르지만 스프링거 선생이 1.5미터나 되는 거리에서 스스로에게 총을 쏠 수 있는지, 그리고 자살한 뒤에 총이 어떻게 사라졌는지를 설명할 수 없다면 자살론은 받아들일 수 없다고 했다. 로완 선생은 날카롭게 대꾸하면서 경찰은 심리학에 대해서 안 좋은 편견을 가졌다고 말했다. 로완 선생의 인터뷰가 끝나고 앤 섀플랜드가 들어왔다.

"자, 섀플랜드 양. 이 문제에 대해 어떤 시각을 제시하실 건가요?"

켈시 경감이 말했다. 그녀의 깔끔하고 사무적인 외양은 호감이 갔다.

"유감스럽지만 제가 도울 수 있는 게 전혀 없어요. 저는 사무실이 따로 있기 때문에 선생님들과 부딪힐 일이 거의 없어요. 이번 일은 믿기 어렵네요."

"어떤 면에서 믿기 어렵다는 말씀이십니까?"

"글쎄요. 우선 스프링거 선생님이 총에 맞은 것도 그렇고요. 스포츠 파빌리언에 누군가가 침입해서 스프링거 선생님이 확인하러 갔다고 치죠. 하지만 누가 스포츠 파빌리언에 침입하겠어요?"

"남자애들일지도 모르죠. 이 근처의 어린 남자애들이 체육 도구나 시설을 마음대로 쓰려고 했다든가 아니면 장난으로 그랬을 수도 있죠."

"그랬다면 아마 스프링거 선생님이 아이들을 발견하고 이렇게 말했을 거라는 생각을 지울 수가 없네요. '자, 다들 여기서 무슨 짓들이지? 어서 썩 나가.' 그러면 아이들은 다 나갔겠죠."

"혹시 스프링거 선생님이 스포츠 파빌리언에 대해 특이하게 행동한다는 생각이 들진 않았습니까?"

앤 섀플랜드는 당황한 듯 보였다.

"특이한 행동이라고요?"

"마치 자신의 영역처럼 굴면서 다른 사람들이 오는 걸 꺼린다든가 하는 행동 말이오."

"제가 아는 한 없어요. 왜 그러겠어요? 그건 그냥 학교 건물 중 하나일 뿐인데요."

"아무것도 눈치 채지 못하셨습니까? 혹시 스포츠 파빌리언에 갔다가 스프링거 선생님이 화내는 걸 보았다든가 뭐 그런 일이 없었습니까?"

섀플랜드는 고개를 저였다.

"스포츠 파빌리언에는 두어 번밖에 안 갔어요. 전 바쁘거든요. 불스트로드 선생님이 아이들한테 메시지를 보내라고 하면 전달하러 갔을 뿐이에요."

"스프링거 선생님이 블랑슈 선생님이 오는 걸 싫어했다는 건 알고 계셨나요?"

"아뇨. 전혀 몰랐어요. 아, 맞다. 들은 적이 있네요. 언젠가 블랑슈 양이 몹시 화를 냈었어요. 하지만 그녀는 항상 좀 까다로운 편이잖아요. 한번은 미술실에 들어갔다가 미술 선생님한테 한마디 들었다고도 했어요. 물론 그녀는 한가한 편이지요. 블랑슈 양 말이에요. 한 과목만 가르치거든요. 그래서 시간이 좀 많죠. 제 생각엔……."

섀플랜드는 잠시 머뭇거렸다.

"제 생각엔 그녀가 호기심이 좀 많은 것 같아요."

"그러면 혹시 스포츠 파빌리언에 들어간 블랑슈 양이 라커를 뒤지고 있었을 가능성도 있나요?"

"아이들 라커요? 글쎄요. 아니라고는 못하겠어요. 그런 식의 오락을 즐길 수도 있겠죠."

"혹시 스프링거 선생님도 라커를 사용합니까?"

"예, 물론이죠."

"만일 블랑슈 양이 스프링거 선생님의 라커를 뒤지다가 들켰다면 스프링거 선생님이 물론 화를 냈겠죠?"

"물론 그랬겠죠!"

"스프링거 선생님의 사생활에 대해 아시는 바가 없으십니까?"

"아마 아무도 모를걸요. 하지만 사생활이라는 게 있기나 했는지 궁금하군요."

"이제 그럼 스포츠 파빌리언에 대해 아시는 건 모두, 하나도 남김 없이 말씀하신 거 맞습니까?"

"글쎄요……."

앤이 망설였다.

"예, 섀플랜드 양, 말씀해 주십시오."

앤은 말을 천천히 이어 갔다.

"별거 아니에요. 하지만 정원사 중 한 사람요. 브리그스 말고 젊은 사람요. 그 사람이 하루는 스포츠 파빌리언에서 나오는 걸 봤어요. 그는 거기에 아무런 볼일이 없는데도 말이죠. 아마도 그냥 호기심에서 들어가 본 것이겠죠. 어쩌면 농땡이를 좀 칠 생각이었을 수도 있어요. 그때 테니스 코트 철조망을 고치고 있었거든요. 그것만 보고 판단하기엔 너무 성급하죠."

켈시가 지적했다.

"그래도 지금까지 기억하고 계시군요. 이유가 뭘까요?"

그녀는 얼굴을 찌푸렸다.

"제 생각엔……. 예. 그 사람 행동이 좀 이상했어요. 반항적이랄까. 그리고…… 그 사람은 여기 온 여학생들이 내는 수업료에 대해

경멸하듯이 말했어요."

"그런 생각으로 하는 행동이라…… 알겠습니다."

"그게 무슨 큰 의미가 있을 것 같진 않아요."

"그럴지도 모릅니다. 하지만 기억해 두도록 하죠."

"엄청 말을 돌려서 하는군요."

앤 섀플랜드가 나가자 본드가 말했다.

"같은 말을 또 하고, 또 하고! 제발이지 하인들한테는 뭐라도 얻을 수 있으면 좋겠습니다."

그러나 하인들에게서도 마찬가지였다.

조리사인 기븐스 부인이 말했다.

"젊은이, 내게 또 물어봐도 아무 소용이 없어. 우선 나는 자네 말을 못 알아듣겠어. 게다가 난 아는 게 전혀 없단 말이야. 어젯밤에 잠자리에 들었고, 난 보통 잠을 깊이 자는 편이야. 지난밤에 일어난 소동에 대해선 아무것도 못 들었어. 아무도 나는 깨우지 않던데."

그녀는 기분이 나쁜 듯했다.

"난 오늘 아침에야 이야기를 들었어."

켈시는 소리를 지르다시피해서 질문 몇 개를 던지고 답을 들었지만 아무런 도움이 되지 않았다. 그녀의 말에 의하면 스프링거 선생은 이번 학기가 처음이었고 그전 체육 선생이었던 존스 선생만큼 인기가 없었다. 섀플랜드 양도 이번 학기가 처음이었지만 착하고 젊은 여성이었고, 블랑슈 양은 일반적인 프랑스 인 수준이었다. 그녀는 다른 선생들이 자신을 싫어한다고 생각했고 학생들이 자신을 우습게 본다는 피해 의식에 사로잡혀 있는 듯했다.

기븐스 부인은 인정했다.

"그래도 울거나 하는 유형은 아니야. 절대로. 전에 있었던 학교에서는 프랑스 선생들이 울음을 터뜨리기도 했거든!"

현지 직원들은 대부분 출퇴근을 하는 직원이었다. 하녀들 중 한 사람만 학교에서 숙식했는데, 그녀는 귀는 들렸지만 아무것도 모르기는 마찬가지였다. 스프링거 선생은 분명 날카로웠지만 스포츠 파빌리언에 선생이 무엇을 두었는지는 모르고, 어디서도 총기류는 본 적이 없다고 했다.

이런 이야기를 나누는 중에 불스트로드 선생이 들어왔다.

"켈시 경감님, 학생 중 하나가 경감님께 드릴 말씀이 있답니다."

켈시가 날카롭게 올려다보았다.

"그렇습니까? 뭔가를 알고 있다고 합니까?"

불스트로드 선생이 말했다

"그 점은 잘 모르겠습니다. 하지만 직접 이야기를 해 보시는 편이 좋겠습니다. 우리 학교에 다니는 외국인 학생 중 한 명입니다. 샤이스타 공주입니다. 에미르 이브라힘의 조카입니다. 그 아이는 자신을 중요한 인물로 여기는 데에 익숙한 아이입니다. 무슨 말인지 아시겠죠?"

켈시는 알겠다는 듯 고개를 끄덕였다. 그러자 불스트로드 선생이 나가서 중키에, 얼굴이 가무잡잡한 여자 아이를 데리고 왔다. 그녀는 사람들을 쳐다보았다. 그녀의 아몬드 형 눈은 얌전한 척하고 있었다.

"당신이 경찰이에요?"

켈시가 미소 지으며 대답했다.

"그렇단다. 우리가 경찰이란다. 여기 앉아서 스프링거 선생님에 대해 아는 대로 말해 주렴."

"예, 그럴게요."

그녀는 의자에 앉아 몸을 앞으로 기댄 채, 목소리를 갑자기 낮추었다.

"누군가가 이곳을 감시하고 있어요. 누군지 명확하게 드러나진 않지만, 감시하고 있어요!"

그녀는 의미심장하게 고개를 끄덕였다.

켈시 경감은 불스트로드 선생이 한 말뜻을 이해할 수 있었다. 샤이스타는 자신을 극적으로 만들었고 그걸 즐기고 있었다.

"그럼 그들은 왜 학교를 지켜보고 있는 걸까?"

"저 때문이에요! 그들은 절 납치하려고 해요."

켈시는 뭔가를 기대하고 있었지만, 이건 아니었다. 그는 눈썹을 추켜세웠다.

"그들이 너를 왜 납치하려는 걸까?"

"물론 몸값을 요구하려는 거죠. 제 친척들에게 많은 돈을 요구할 거예요."

켈시가 의심스러운 듯 말했다.

"음 글쎄, 그럴 수도 있겠지. 하지만 에, 만일 그렇다면 그게 스프링거 선생님의 죽음과 무슨 상관일까?"

샤이스타가 말했다.

"선생님이 그들의 존재를 깨달은 거죠. 어쩌면 그들에게 선생님께서 알아차렸다는 걸 알렸을지도 모르죠. 그래서 그들이 선생님께 입을 다무는 조건으로 돈을 주기로 했을지도 몰라요. 그래서 선생님이 그 말을 믿고 그들이 돈을 주기로 한 스포츠 파빌리언으로 간 거예요. 하지만 그들은 선생님을 쏜 거예요."

"하지만 스프링거 선생님이 그런 돈을 받으려고 했을까?"

샤이스타는 매우 경멸하는 투로 말했다.

"경감님은 학교 선생님 일이, 그것도 체육 선생님이란 일이 그렇게 즐거울 거라고 생각하세요? 교사로 일하는 대신 돈을 받아서 여행을 다니고 원하는 일을 하고 싶지 않았을까요? 특히 스프링거 선생님처럼 예쁘지도 않고 남자들이 신경 쓰지 않는 스타일의 여자라면요! 다른 사람들보다 스프링거 선생님한테 더 매력적인 제안이 아니었을까요?"

"글쎄. 뭐라고 대답해야 할지 모르겠구나."

켈시 경감이 대답했다. 그는 여태까지 그런 시각으로 사건을 바라보는 의견을 들어본 적이 없었다.

"이건 단지, 에…… 너 혼자 생각한 거니? 스프링거 선생님이 너한테 뭐라고 말했니?"

"스프링거 선생님은 '몸을 뻗은 다음 굽혀.'라든가 '더 빨리.' 혹은 '게으름 피우지 마.'라는 말 빼고는 한 적이 없어요."

그녀는 화난 듯이 말했다.

"그래, 그랬겠구나. 그럼 혹시 이 납치에 대한 생각이 네 상상일 뿐이라는 생각이 들진 않니?"

샤이스타는 곧바로 화를 냈다.

"전혀 이해를 못하시는군요! 제 사촌이 라마트의 알리 유스프 왕자라고요. 그는 얼마 전 혁명 때 죽음을 당했어요. 적어도 도망을 가야 했죠. 저는 자라면서 그분과 결혼해야 한다고 들었어요. 그러니까 전 중요한 사람이라고요. 어쩌면 공산주의자들이 여기에 왔을지도 몰라요. 납치를 하려는 것이 아닐지도 모른다고요. 저를 암살할 의도일지도 모른단 말이에요."

켈시 경감은 더 믿을 수 없다는 표정이었다.

"그건 너무 황당한 이야기가 아니냐?"

"그런 일이 일어날 수 없다고 생각하시는 건가요? 그렇지 않아요. 공산주의자들은 아주 사악하다고요! 모든 사람들이 그건 알고 있단 말이에요!"

켈시 경감이 아직도 의심스럽다는 표정이자 그녀는 계속 말했다.

"어쩌면 그들은 제가 보석의 소재를 알고 있다고 생각하는지도 몰라요!"

"무슨 보석?"

"제 사촌은 보석을 가지고 있었어요. 그의 아버지도 그랬고요. 우리 집안 사람들은 보석을 많이 가지고 다녀요. 비상시에 대비하는 거죠. 아시겠어요?"

그녀는 사실을 말하는 듯 들렸다.

"하지만 이 모든 게 너랑 무슨 상관이 있을까? 혹은 스프링거 선생님과는?"

"벌써 말씀 드렸잖아요! 그들은 어쩌면 제가 보석의 소재를 알고 있다고 생각하는지도 몰라요. 그래서 저를 잡아가서 말하도록 강요하려는 걸 거예요."

"보석이 어디 있는지 알고 있니?"

"물론 저는 몰라요. 혁명 중에 사라졌어요. 어쩌면 사악한 공산주의자들이 가져갔을지도 몰라요. 아닐 수도 있지만."

"그럼 그 보석의 주인은 누구인데?"

"사촌이 죽었으니까 그건 제 소유죠. 그에겐 가까운 친척이 없으니까요. 그의 엄마인 제 고모도 죽었어요. 사촌도 그걸 제가 갖길 바랄 거예요. 만일 그가 죽지 않았다면 저랑 결혼했을 테니까."

"그렇게 주선되어 있었던 거구나?"

"전 그와 결혼해야 했어요. 우린 사촌이니까요."

"그리고 결혼을 했다면 그 보석은 네 것이 되는 거였어?"

"아니요. 저에겐 새로운 보석이 생겼겠죠. 파리에 있는 까르띠에에서 샀을 거예요. 그 보석들은 비상시에 대비한 거라고요."

켈시 경감은 눈을 껌뻑거렸다. 중동인들의 보험 개념을 파악하려고 노력했다. 샤이스타는 흥분해서 빠르게 말했다.

"전 일이 이렇게 된 거라고 생각해요. 누군가가 라마트에서 보석을 가지고 나온 거죠. 어쩌면 좋은 사람일 수도 있고, 나쁜 사람일 수도 있어요. 좋은 사람이라면 그걸 저한테 가져와서 말하겠죠. '이건 당신 것입니다.'라고. 그럼 전 그 사람한테 상을 줄 거예요."

그녀는 왕처럼 연기하면서 고개를 끄덕였다.

켈시는 속으로 그녀가 제법 대단한 여배우라고 생각했다.

"그러나 만일 나쁜 사람이었다면 보석을 가지고 가서 팔아 버리겠죠. 아니면 저한테 와서 이렇게 말하겠죠. '내가 당신에게 보석을 주면 뭘 주겠나?'. 대가가 그럴싸하면 제게 주고 그렇지 않다면 자기가 갖겠죠!"

"하지만 실제로 아무도 너에게 그런 말을 하지 않았지?"

"예."

샤이스타가 인정하자 경감이 밝은 목소리로 말했다.

"너 스스로도 네 이야기가 좀 말이 안 된다는 사실을 알고 있는 것 같구나."

샤이스타는 그를 노려보면서 얼굴이 벌겋게 달아올랐다.

"제가 아는 걸 말한 것 뿐이에요."

그녀는 샐쭉하게 대답했다.

"아, 그래. 친절하게 이야기해 줘서 고마워. 기억해 두도록 할게."

켈시 경감은 일어나서 그녀가 나갈 수 있도록 문을 열어 주었다.

그는 책상으로 돌아오면서 말했다.

"아라비안나이트가 따로 없군. 납치에 보석이라니! 그 다음엔 뭐지?"

회의

켈시 경감이 경찰서로 돌아왔을 때 근무 중이던 경사가 말했다.

"아담 굿맨이라는 사람이 기다리고 있습니다."

"아담 굿맨? 아, 맞아. 그 정원사."

한 젊은이가 정중한 자세로 서 있었다. 키가 크고 거무스름한 피부의 잘생긴 젊은이였다. 얼룩진 헐렁한 코듀로이 바지와 앞이 트인 밝은 푸른색 셔츠를 입고 있었다.

"저를 만나고 싶어 하셨다고 들었습니다만."

그의 목소리는 거칠고 공격적인 편이었다. 요즘 젊은이들이 대부분 그렇듯이.

켈시는 짧게 말했다.

"그래요. 내 방으로 들어갑시다."

"저는 살인에 대해서 아는 게 전혀 없습니다."

그는 음침하게 말했다.

"저하고는 아무런 상관이 없는 일입니다. 저는 그 시간에 집에서 자고 있었고요."

켈시는 애매하게 고개를 끄덕일 뿐이었다.

켈시는 책상 앞에 앉아서 사내에게 맞은편 의자에 앉으라는 손짓을 해 보였다. 평복을 입은 젊은 경찰관이 공손하게 두 사람을 따라와서 약간 떨어진 곳에 놓인 의자에 앉았다.

켈시가 입을 열었다.

"자, 그럼. 당신이 굿맨이군요. 아담 굿맨."

그는 책상 위에 놓인 쪽지를 들여다보았다.

"맞습니다. 하지만 우선 이걸 먼저 보여 드리고 싶습니다."

아담의 행동거지가 바뀌었다. 거칠고 음산한 말투는 사라지고 없었다. 그는 조용하고 공손해져 주머니에서 뭔가를 꺼내서 책상 너머로 건네주었다. 그걸 들여다보는 켈시 경감의 눈썹이 약간 추켜올라갔다. 그러더니 고개를 들고 말했다.

"바바, 자네는 나가 봐."

공손한 젊은 경찰관은 자리에서 일어나 방을 나갔다. 그는 태연한 척 보였지만 실은 매우 놀라고 있었다.

켈시는 호기심 어린 눈으로 아담을 바라보았다.

"아! 당신의 정체는 이거였군요? 그럼 묻겠는데, 도대체……?"

"여학교에서 뭘 하고 있냐고요?"

젊은 남자가 그의 말을 가로챘다. 목소리는 여전히 공손하고 내키지 않는 듯 했지만 미소를 짓고 있었다.

"이런 임무를 받은 건 저도 처음입니다. 저도 제법 정원사처럼 보이지 않습니까?"

"이 부근에서는 그렇지 않죠. 정원사들은 대부분 노인네들이잖아요. 정원 가꾸는 일에 대해 잘 압니까?"

"제법 압니다. 어머니께서 전형적인 정원을 잘 꾸미는 분이시죠. 영국에선 흔하죠. 저를 제법 쓸 만한 조수로 만드셨습니다."

"그럼 메도우뱅크에선 도대체 무슨 일이 일어나고 있는 거죠? 무엇 때문에 당신이 여기까지 온 거죠?"

"사실은 저희도 아직 모릅니다, 메도우뱅크에서 무슨 일이 일어나고 있는지. 여기서 지켜보는 게 제 임무입니다. 여태까지는 그랬습니다. 어제 저녁까지는요. 체육 교사 살해 사건. 학교에서 자주 있는 일은 아니죠."

켈시 경감이 한숨을 쉬며 대답했다.

"일어날 수 없는 일도 아니죠. 어디서든 무슨 일이든 일어날 수 있는 법이니까. 나도 경험으로 배웠죠. 하지만 이번 일이 좀 특이하다는 건 나도 인정합니다. 이 뒤에서는 무슨 일이 있는 겁니까?"

아담은 모두 말해 주었다. 켈시는 흥미를 갖고 들었다.

켈시가 평했다.

"내가 그 소녀한테 너무했군요. 하지만 사실이라기엔 너무 허무맹랑하지 않은가 말입니다. 50만에서 100만 파운드짜리 보석이라니. 그럼 당신이 보기엔 그 보석이 누구의 소유일 것 같습니까?"

"아주 좋은 질문입니다. 정답을 찾으려면 국제 변호사 한 무리가 싸워야 할 것 같습니다. 절대 합의하지 않겠죠. 여러 가지 방향으로 논리를 세워 볼 수 있겠습니다만. 3개월 전에는 라마트의 알리 유스프 왕자 전하의 소유물이었습니다. 지금은요? 만일 그게 라마트 어딘가에서 발견되면 현 정부의 소유가 되겠지요. 현 정부에서 꼭 그렇게 만들 겁니다. 알리 유스프 왕자가 유언을 남겨 다른 사람에게 상속했을 수도 있습니다. 그렇다면 유언이 실행되었는지, 그걸 증명할 수 있는지가 중요해질 겁니다. 왕자의 친척들 소유일 수도 있죠. 하지만 이번 사건에서 정말 중요한 건 경감님이나 제가 그걸 길에서 줍는다면, 그래서 주머니에 넣는다면 이론이야 어떻든 간에 실제로 소유할 수 있다는 거죠. 그러니까 그 보석을 주운 사람에게서 빼앗을 법적 근거가 없다는 겁니다. 물론 시도는 할 수 있겠죠. 하지만 복잡한 국제법은 믿을 수가 없습니다."

"그렇다면 실질적으로 먼저 찾는 사람이 임자란 말인가요?"

켈시 경감이 물었다. 그는 믿을 수 없다는 듯 고개를 저었다. 경감은 점잔을 빼면서 말했다.

"그거 별로 좋지 않은 일이군요."

아담이 단호하게 말했다.

"그렇죠. 좋은 일이 아닙니다. 그 보석을 쫓는 사람들이 많습니다. 양심적인 사람은 하나도 없죠. 이미 소문은 퍼졌습니다. 소문일지도 모르지만 사실일 수도 있죠. 하지만 소문대로라면 보석은 난리가 나기 직전에 라마트에서 나왔다더군요. 어떻게 나왔는지는 열두 가지도 넘는 방법에 대한 소문이 나돌고 있습니다."

"그런데 왜 메도우뱅크죠? 그 꿈많은 새침데기 공주 때문에?"

"샤이스타 공주는 알리 유스프의 사촌입니다. 그렇습니다. 누군가가 보석을 공주에게 전달하거나 연락하려고 할 수도 있죠. 저희가 보기에는 주변에 좀 의심스러운 인물들이 있습니다. 그랜드 호텔에 묵고 있는 콜린스키 부인도 그렇습니다. 국제적인 협잡꾼 사회에서는 제법 잘 알려진 인물입니다. 범법자는 아니니까 경찰이 상관할 사람은 아니지요. 법적인 문제는 없지만 정보를 여기저기서 모으는 사람이고요. 그리고 라마트의 댄스 카바레에서 일하던 여자가 있습니다. 그녀는 외국 정부를 위해 일했다더군요. 지금 그녀가 어디 있는지는 우리도 모릅니다. 어떻게 생겼는지도 모르지만 이 근처에 있을 거라는 소문이 돌고 있습니다. 마치 모든 것이 메도우뱅크 주변으로 모여드는 것 같지 않습니까? 그리고 어젯밤에 스프링거 선생이 살해되었습니다."

켈시는 생각에 잠겨 고개를 끄덕였다.

"제대로 얽혀 있는 셈이군."

그는 관측에 대해 한마디하고 잠시 감정을 다스렸다.

"이런 종류의 일은 텔레비전에서 보는 것처럼 현실적이지 않아요. 실제로 일어날 수 없는 일이라고 생각하죠. 평상시라면 이런 일은 일어나지 않아요."

"비밀 요원, 도난, 폭력, 살인, 그리고 배신. 모두 터무니없는 일이죠. 하지만 그런 면도 존재합니다."

아담이 말했다.

"메도우뱅크에서는 아니죠!"

켈시 경감이 외쳤다.

"무슨 말씀이신지는 알겠습니다. 불경죄이죠."

아담이 말했다. 잠시 침묵이 흐른 뒤 켈시 경감이 물었다.

"지난밤에 무슨 일이 있었다고 생각합니까?"

아담은 잠시 생각하더니 천천히 대답했다.

"스프링거 선생님은 스포츠 파빌리언에 있었죠, 한밤중에. 왜일까요? 거기서부터 시작해야겠죠. 누가 살인자인가 하는 질문은 그녀가 왜, 그 시간에 거기 있었는지를 알아낼 때까지는 아무런 의미가 없습니다. 그녀는 흠잡을 데 없는 건전한 생활에도 불구하고 수면장애가 있었던 것 같고, 밤중에 일어나서 창밖을 내다보다가 스포츠 파빌리언의 불빛을 보았던 거죠. 그녀의 방 창문이 스포츠 파빌리언 쪽으로 나 있는 거 맞죠?"

켈시가 고개를 끄덕였다.

"강하고 겁없는 그녀는 조사하러 내려갔죠. 거기 있는 게 누구였든 간에 그녀가 방해를 한 거죠. 뭘 하고 있었을까요? 우리는 알 수 없습니다. 하지만 그자가 누구였든 간에 다른 사람을 죽일 만큼 절실했던 겁니다."

켈시는 다시 고개를 끄덕였다.

"지금껏 우리도 같은 생각입니다. 하지만 당신이 마지막에 한 말은 염려가 되는군요. 보통은 죽이려고 총을 쏘지는 않죠. 적어도 그럴 준비를 하고 오지는 않아요. 만일 그랬다면 그건…….”

“뭔가 큰 건수라는 말이죠? 저도 동의합니다! 하지만 여태까지 한 이야기가 불쌍한 스프링거 선생님이 근무 중에 총을 맞게 된 경위일 겁니다. 하지만 또 다른 가능성도 있습니다. 스프링거 선생님은 사설탐정이었고 메도우뱅크에 교사로 잠입하는 임무를 받은 거죠. 그녀는 그럴 정도의 자질을 갖추었습니다. 그녀는 적당한 날을 기다렸다가 스포츠 파빌리언에 숨어듭니다. 여기서 또 대답할 수 없는 의문이 생깁니다. 왜일까요? 누군가가 그녀를 따라오거나 거기서 기다리고 있었던 겁니다. 총을 가지고, 그것도 쏠 준비를 하고 말입니다. 하지만 왜, 무엇 때문일까요? 사실 스포츠 파빌리언에는 도대체 무엇이 있는 걸까요? 뭔가를 숨기기엔 적당하지 않은 장소인데 말입니다.”

“거기엔 숨겨진 것이 아무것도 없어요. 그거 하나는 확실해요. 우리가 샅샅이 뒤졌습니다. 여학생들 라커, 스프링거 선생님의 옷, 다양한 스포츠 용품이 있었지만 평범하고, 모두 주인이 분명한 것이었어요. 게다가 새 건물이지 않은가요! 그곳에는 보석 비슷한 건 아무것도 없었다고요.”

아담이 말했다.

“그게 무엇이었든 간에 살인자가 가지고 나갔을 수도 있죠. 또 다른 가능성은 스포츠 파빌리언은 단지 만남을 위한 장소였다는 거죠. 스프링거 선생님이 누군가를 만나는 곳일 수도 있고, 다른 사람이 사용한 곳일 수도 있고요. 그런 목적으로 사용하기에는 적당한 곳이지요. 기숙사에서 제법 떨어져 있지만 너무 멀지도 않고 말입니다. 그리고 만일 그곳에 가다가 들키면 간단한 핑계를 댈 수도 있죠. 불빛이 보인다든가 기타 등등. 스프링거 선생님이 누군가를 만나러 나갔다고 가정해 보죠. 혹은 다른 사람이 기숙사를 나서는 것을 발견하고 따라갔다고 합시다. 그리고 보고 들어선 안 되는 장면을 목격한 거라고 말입니다."

"나는 그녀를 만나 본 적이 없어요. 하지만 사람들의 말로는 그녀는 참견을 잘하는 여자였더군요."

켈시의 말에 아담도 동의했다.

"아마도 그게 제일 확률이 높은 설명 같습니다. 호기심 때문에 고양이가 죽는 법이죠. 예, 저는 그렇게 해서 스포츠 파빌리언에서 사건이 일어났다고 생각합니다."

"하지만 만일 누군가를 만나는 것이었다면……."

켈시가 말을 멈추었다. 아담도 크게 고개를 끄덕였다.

"그렇습니다. 우리가 가까이에서 지켜보는 게 누군가에게 득이 될 수도 있는 거죠. 비둘기 속의 고양이인 거죠."

켈시는 그 말에 신경이 쓰였다.

"비둘기 속의 고양이라. 선생님들 중 한 사람인 리치 선생님이 그와 비슷한 말을 오늘 했습니다."

그는 잠시 동안 생각했다.

"이번 학기에 새로 온 사람은 세 명입니다. 비서인 섀플랜드. 불어 선생님인 블랑슈, 그리고 물론 스프링거 선생님. 그녀는 죽었으니까

용의 선상에서 제외되죠. 만일 비둘기 사이에 고양이가 있다면 다른 두 명이 가장 확률이 높아요."

그는 아담을 바라보았다.

"두 사람 중 짚이는 데가 있는 사람은 없습니까?"

아담은 생각에 잠겼다.

"블랑슈 양이 스포츠 파빌리언에서 나오는 걸 본 적이 있습니다. 죄를 지은 듯한 표정이더군요, 마치 해서는 안 되는 짓을 하고 나오는 표정이었습니다. 그렇더라도 전반적으로 보면 저는 섀플랜드 쪽에 한 표를 던지겠습니다. 그녀는 차분하고 머리도 좋습니다. 제가 경감님이라면 그녀의 이력을 조심스레 알아보겠습니다. 왜 웃으시죠, 경감님?"

켈시는 미소 짓고 있었다.

"그녀는 당신을 수상하게 여기던데. 당신이 스포츠 파빌리언에서 나오는 걸 보았다고 말이죠. 당신 행동에 뭔가 이상한 점이 있었다고 하더군요!"

"이런, 제가 당했군요! 뻔뻔스럽군요!"

아담은 분개했다.

켈시 경감은 다시 권위적인 태도로 돌아왔다.

"요점은, 이 인근에서는 메도우뱅크를 매우 중요시한다는 점이죠. 아주 좋은 학교입니다. 그리고 불스트로드 선생님도 훌륭한 여성이고요. 우리가 빨리 이 일을 파헤쳐야 학교에 도움이 됩니다. 빨리 이 사건을 마무리 지어서 메도우뱅크의 오명을 씻어야 한다는 거죠."

그는 말을 멈추고 생각에 잠겨 아담을 쳐다보았다.

"내 생각에는 당신의 정체를 불스트로드 선생님께 알리는 게 좋겠습니다. 그녀는 비밀을 지켜 줄 겁니다. 그 점은 걱정 안 해도 돼요."

아담도 잠시 생각하더니 고개를 끄덕였다.

"예. 지금 상황을 생각하면 더 이상 피할 수 없을 것 같습니다."

새 램프와 낡은 램프를 바꾸다

불스트로드 선생은 직원에게 다른 사람들을 보살피게 하였다. 그래서 두 사람의 말을 들어 줄 수 있었다.

그녀는 잠자코 켈시 경감과 아담의 말을 들었다. 그녀는 눈썹도 꿈쩍하지 않았다. 그러더니 한마디했다.

"놀랍습니다."

아담은 '당신이야말로 놀라운 사람입니다.'라고 생각했지만 입 밖으로는 한마디도 꺼내지 않았다.

불스트로드가 버릇처럼 바로 결론으로 말을 끌고 갔다.

"그러면 제가 어떻게 해 드리면 되겠습니까?"

켈시가 헛기침을 했다. 그가 말을 꺼냈다.

"이렇습니다. 우리는 선생님께 모든 것을 다 알리는 게 좋겠다고 생각했습니다."

불스트로드 선생은 고개를 끄덕이며 대답했다.

"당연하지요. 제겐 학교가 가장 중요합니다. 그래야만 합니다. 저는 학생들의 안전을 책임지고 돌봐야 할 의무가 있습니다. 그리고 그보다 정도는 좀 약하지만 직원들에게도 의무가 있습니다. 한 가지 더 말씀드린다면 스프링거 선생님의 죽음에 대해서는 가능한 한 적게 보도될 겁니다. 적을수록 제겐 좋습니다. 이건 순전히 제 이기적인 생각입니다. 하지만 우리 학교는 존재 자체만으로도 매우 중요합니다. 제게만 중요한 게 아니죠. 그렇지만 만일 전격 보도가 필요하시다면 그렇게 하십시오. 하지만 그런가요?"

켈시 경감이 대답했다.

"아닙니다. 이번 경우에는 적게 보도될수록 저희도 좋습니다. 심리는 연기시키고 그저 지역에서 일어난 사건 정도로 정보를 흘리겠습니다. 깡패 혹은 요즘 말로 불량 청소년 중에 총을 지닌 녀석이 재미 삼아 한 짓으로 하죠. 그런 놈들은 대부분 주머니칼 정도를 들고 다니지만 요즘에는 총을 손에 넣기도 하니까 이상하진 않을 겁니다. 스프링거 선생님이 그들을 놀라게 한 거죠. 그래서 놈들이 선생님을 쏜 겁니다. 그 정도로 언론에 내보내도록 하죠. 그리고 저희는 조용히 수사를 진행하겠습니다. 언론에 노출되지 않는 게 가장 좋습니다. 하지만 물론 메도우뱅크는 유명하니까 뉴스가 될 겁니다. 게다가 메도우뱅크에서 일어난 살인이라면 큰 뉴스가 될 테죠."

불스트로드 선생이 명쾌하게 말했다.

"그건 제가 도와 드릴 수 있습니다. 저도 영향력 있는 높은 분을 제법 알고 있습니다."

그녀는 미소를 지으면서 몇몇 이름을 언급했다. 그 이름 중에는 내무부 장관도 있고 유력한 언론사주도 둘이나 있고, 교육부 장관도 있었다.

"저도 최선을 다하겠습니다."

그녀는 아담을 바라보면서 말했다.

"동의하시나요?"

아담은 재빨리 말했다.

"예, 물론입니다. 저희도 일을 조용히 진행하는 게 좋습니다."

"계속 정원사로 일하실 건가요?"

불스트로드 선생이 물었다.

"반대하지 않으신다면요. 제가 원하는 곳에 있을 수 있으니까요. 상황을 관찰할 수도 있고요."

이번에는 불스트로드 선생이 눈썹을 추켜세웠다.

"살인이 또 일어날 거라고 생각하시는 건 아니죠?"

"아닙니다."

"그건 반가운 대답이군요. 한 학기에 두 번이나 살인이 일어난다면 어떤 학교도 버티지 못할 겁니다."

그녀는 켈시에게 말했다.

"스포츠 파빌리언은 다 살펴보셨습니까? 사용을 금지하면 이상하게 여길 겁니다."

"수색은 끝냈습니다. 샅샅이 살펴보았고, 아무것도 없습니다. 저희 눈에는 말입니다. 살인 동기는 알 수 없지만 이제 그곳에 도움이 될 만한 것은 전혀 없습니다. 일상적인 도구밖에 없는 스포츠 파빌리언입니다."

"아이들의 라커에는 아무것도 없습니까?"

켈시 경감이 미소 지었다.

"글쎄요. 이런저런 것들이 있긴 합니다. 『캉디드』(프랑스의 철학자 볼테르의 대표작 — 옮긴이)라는 프랑스 책이 한 권 있었습니다. 아주 비싼 책이죠."

"아, 지젤 도브레가 그 책을 거기 두는군요."

불스트로드 선생이 말했다.

켈시는 불스트로드 선생이 존경스러워졌다. 그가 말했다.

"별로 놓치시는 게 없군요."

"『캉디드』가 그 아이에게 해가 되진 않겠죠. 고전이니까요. 제가 압수하는 건 외설적인 종류입니다. 그럼 다시 첫 질문으로 돌아가서 학교에 관한 언론 보도에 대해서는 안심입니다. 그러면 학교에서 도와 드릴 일은 없겠습니까? 제가 어떻게 도와 드리면 될까요?"

"지금으로서는 없습니다. 제가 여쭙고 싶은 한 가지는 이번 학기에 좀 불편한 게 없었나 하는 겁니다. 어떤 사건이나 특정 인물이라든가?"

불스트로드 선생은 잠시 동안 아무 말도 없었다. 그러더니 천천히 말을 시작했다.

"그 대답은, 말 그대로 모른다는 겁니다."

아담이 재빨리 말했다.

"뭔가 잘못되고 있는 건 느끼셨죠?"

"예. 바로 그겁니다. 명확하지가 않아요. 그 원인이 누구인지를 지적할 수가 없어요. 또는 어떤 사건이라든가 만일……."

그녀는 잠시 말을 끊었다가 다시 말을 이었다.

"제 느낌은 그 당시에는 그런 느낌이었습니다. 뭔가 중요한 것을 놓친 것 같은 느낌이요. 설명해 드릴게요."

그녀는 간략하게 업존 부인과 화가 난 베로니카 부인의 출현에 대해 이야기해 주었다.

아담이 흥미를 보였다.

"그럼 명확히 해 보죠, 선생님. 업존 부인은 학교로 들어오는 길이 내려다보이는 창문 밖을 바라보다가 누군가를 알아보았다는 말이죠. 거기까지는 특별한 건 없는 것 같습니다. 여기엔 100명도 넘는 학생들이 있으니 업존 부인은 학부형이나 친척 중에 아는 사람이 있었을 수도 있지요. 하지만 그 사람을 알아보고 업존 부인이 놀란 것이 확실했다는 말씀이시죠. 실은 그 사람을 메도우뱅크에서 만나게 될 거란 예상을 못했던 것으로 보였다는 거죠?"

"예, 바로 그런 느낌을 받았습니다."

"바로 그때 반대편 창문으로, 흥분한 한 학부형이 다가오는 것을 보고 업존 부인이 이야기하는 내용에 신경을 쓰지 못했다는 말씀이시죠?"

불스트로드 선생은 고개를 끄덕였다.

"몇 분 동안 계속 이야기를 했다고요?"

"그렇습니다."

"그리고 다시 업존 부인에게 신경을 썼을 때는 그녀가 결혼 전 전시에 스파이로 일하던 이야기를 했단 말씀이시죠?"

"예."

아담이 깊게 생각하면서 말했다.

"관련이 있을지도 모릅니다. 전시부터 알던 사람일 수도 있죠. 학부형이거나 학생의 친척이라든가 또는 선생님들 중 한 사람일 수도 있겠죠."

"직원들일 가능성은 거의 없습니다."

불스트로드 선생이 반대했다.

"가능성은 항상 있죠."

"업존 부인과 연락하는 게 좋겠습니다. 가능한 한 빨리요. 부인의 주소를 가지고 계시죠? 불스트로드 선생님?"

켈시 경감이 말했다.

"물론입니다. 하지만 부인은 지금 외국에 있는 걸로 압니다. 잠시 기다려 주십시오. 금방 알아낼 수 있습니다."

그녀는 책상 위에 있는 호출기를 두 번 눌렀다. 그리고 기다리지 않고 문으로 걸어가서 지나가던 여학생을 불렀다.

"줄리아 업존을 찾아서 보내 주겠니, 폴라?"

"예, 선생님."

"저는 학생이 오기 전에 가는 게 좋겠습니다. 경감님이 질문을 하시는데 제가 도와 드리는 모습은 자연스럽지 않습니다. 외면적으로 저는 경감님한테 불려 와서 수사를 받은 겁니다. 그래서 제가 아무런 도움이 못 된다는 사실을 알고는 돌려보내는 겁니다."

아담의 말에 켈시 경감이 미소 지으며 말했다.

"자, 그럼 이제 나가 봐요. 그리고 내가 지켜보고 있다는 사실을 기억하고!"

아담은 나가려다 말고 문 앞에 서서 불스트로드 선생을 바라보며 말했다.

"참, 제가 여기서 제 위치를 조금 악용해도 괜찮겠습니까? 예를 들자면 직원 중 특정 인물과 좀 가까워지게 된다면 말입니다."

"누구 말입니까?"

"글쎄요. 예를 들자면 블랑슈 양이라든가요."

"블랑슈 양? 그럼 당신은 그녀가……?"

"제 생각엔 그녀는 매우 지겨워하는 것 같습니다."

불스트로드 선생은 갑자기 엄격해 보였다.

"아! 그 말이 맞을 겁니다. 다른 사람은요?"

아담이 활기차게 말했다.

"제가 잘 살펴보죠. 만일 제가 여학생들 중 누군가와 바보짓을 하거나 정원에서 약속을 하거나 하면 그건 단지 수사를 위한 것이라는 점을 알아 주세요."

"학생들이 뭔가를 알까요?"

아담이 대답했다.

"모든 사람은 뭔가를 알고 있기 마련입니다. 스스로 안다고 인식하지 못하는 것일지라도요."

"당신 말이 맞을지도요."

문을 두드리는 소리가 나자 불스트로드 선생이 들어오라고 대답했다.

줄리아 업존이 나타났다. 숨이 매우 찬 상태였다.

"들어오렴, 줄리아."

켈시 경감이 으르렁거리듯 말했다.

"굿맨, 이제 가도 좋습니다. 어서 나가서 하던 일이나 계속 하시죠."

"저는 아는 바가 전혀 없다고 말씀드렸잖아요."

아담이 뿌루퉁해서 대답했다. 그는 나가면서 투덜거렸다.

"지독한 게슈타포 같으니라고."

줄리아가 사과했다.

"숨이 차서 죄송해요, 선생님. 테니스 코트에서부터 뛰어왔어요."

"괜찮아. 난 너희 어머니 주소를 알고 싶단다. 어머니랑 연락하려면 어디로 해야 하니?"

"아! 그럼 이자벨 이모한테 편지를 쓰시면 돼요. 엄마는 외국에 계세요."

"이모님의 주소는 가지고 있단다. 하지만 이번 일은 개인적으로 어머니께 연락 드려야 한단다."

"방법이 없는데요. 엄마는 버스를 타고 아나톨리아로 가셨어요."

줄리아가 얼굴을 찌푸리면서 말했다.

"버스를 타고?"

불스트로드 선생이 놀라서 말했다.

줄리아가 크게 고개를 끄덕이고는 해명했다.

"엄마는 그런 걸 좋아하시거든요. 게다가 버스를 타고 가면 가격도 엄청 싸거든요. 좀 불편하긴 해도 엄마는 그런 건 상관 안 하세요. 아마도 3주 동안 버스 안에서 토하실 거예요."

"그렇구나. 그럼 말해 보렴. 혹시 어머니께서 여기서 전시에 알던 사람을 봤다는 말은 너한테 안 하셨니?"

"네, 선생님. 그런 것 같지 않은데요. 아니, 확실히 그런 말은 하신 적이 없어요."

"어머니께서 정보부 일을 하신 건 맞지, 그렇지?"

"예, 그럼요. 엄마는 그 일을 아주 좋아하셨어요. 별로 흥미로운 일이었던 것 같진 않지만요. 뭔가를 폭파한 적은 없으시대요. 게슈타포한테 잡혔던 것도 아니고요. 발톱을 뽑힌 적도 없어요. 그 비슷한 일도 없었대요. 엄만 스위스에서 일하셨다고 했어요. 포르투갈이었던가?"

줄리아는 사과하듯이 덧붙였다.

"옛날에 있었던 전쟁 얘기는 들으면 지겹거든요. 사실 저는 엄마 말씀을 귀담아들은 적이 없어요."

"그래. 고맙다, 줄리아. 이제 됐다."

불스트로드 선생은 줄리아가 나가자 말했다.

"정말이지! 아나톨리아로 버스를 타고 가다니! 저 아이는 엄마가

73번 버스를 타고 마샬이나 스넬그로브로 간 것처럼 아무렇지도 않게 말하는군요."

제니퍼는 우울한 듯 라켓을 휘저으면서 테니스 코트에서 걸어 나왔다. 오늘 아침에 서브를 넣으면서 더블 폴트를 많이 해서였다. 제니퍼는 속으로 '이 라켓으로 강력한 서브를 넣긴 힘들다.'고 생각했다. 사실 최근 들어 서브의 컨트롤이 없어지긴 했지만 백핸드는 눈에 띄게 좋아졌다. 스프링거 선생의 지도가 도움이 된 것이다. 이래저래 스프링거 선생이 죽은 건 안타까운 일이었다.

제니퍼는 테니스를 심각하게 받아들였다. 그녀가 진지하게 생각하는 것들 중 한 가지였다.

"실례합니다."

제니퍼는 놀라서 고개를 들어 올려다보았다. 옷을 잘 차려입은 금발의 여인이 길고 납작한 꾸러미를 들고 제니퍼에게서 1~2미터 정도 떨어진 곳에 서 있었다. 제니퍼는 어째서 자신을 향해 걸어오는 여인의 기척을 느끼지 못했는지 의아했다. 여인이 나무나 관목 덤불 뒤에 숨어 있다가 자신 앞에 나타났을 거란 생각은 하지 못했다. 누군가가 나무나 관목 덤불 뒤에 숨어 있을 이유가 없다고 생각했기 때문에 의심을 하지 않았다.

여인이 미국식 악센트가 약간 섞인 말투로 종잇조각을 들여다보면서 말했다.

"혹시 뭐 좀 물어봐도 되겠니? 제니퍼 서트클리프라는 아이를 어디 가면 만날 수 있을까?"

제니퍼는 놀랐다.

"제가 제니퍼 서트클리프인데요."

"어머나! 이런 놀라운 일이! 정말 우연이구나. 여기처럼 큰 학교에서 마침 찾고 있던 학생에게 말을 걸다니. 이런 일이 일어나지 않는다고 누가 그랬을까."

"뭐 가끔씩은 이런 일도 일어나나 보죠."

제니퍼는 흥미 없다는 투로 대답했다.

여인이 말했다.

"난 이 근처에 사는 친구들이랑 오늘 점심 식사 약속이 있어서 왔는데. 어제 칵테일 파티에서 여기 올 예정이라고 말했더니 네 이모가, 대모이던가? 내가 기억력이 나빠서 말이야. 하여튼 이름을 들었는데, 그것도 잊어버렸네. 어쨌든 그분이 가능하면 학교에 들러서 너에게 새 테니스 라켓을 전해 달라고 했단다. 네가 갖고 싶어 했다면서."

제니퍼의 얼굴이 밝아졌다. 마치 기적 같았다. 바로 그랬다.

"저의 대모님인 캠벨 부인일 것 같네요. 저는 지나 이모님이라고 불러요. 로자문드 이모는 절대 아닐 거예요. 그 이모는 인색하게도 크리스마스 때만 10실링을 주는 외에는 뭔가를 절대로 주신 적이 없거든요."

"그래, 이제 기억이 좀 나는구나. 이름이 캠벨이 맞았어."

부인이 꾸러미를 내밀었다. 제니퍼는 빨리 펴 보고 싶었다. 포장이 느슨했다. 포장을 벗기고 라켓이 모습을 드러내자 제니퍼는 감탄사를 내뱉었다.

"정말 멋진데요! 정말 좋은 라켓이에요. 전 라켓을 갖고 싶었거든요. 라켓이 나쁘면 잘 칠 수 없거든요."

"아마 그렇겠지."

"갖다 주셔서 감사합니다."

제니퍼가 감사함을 가득 담아 인사했다.

"별로 어려운 일도 아닌걸. 한 가지 불편했던 것은 쑥스러웠다는 것뿐이야. 학교에 오면 여학생들이 많아 쑥스럽거든. 아. 그건 그렇고 네 예전 라켓을 갖다 달라고 했는데."

그녀는 제니퍼가 내던진 라켓을 주워 들었다.

"너의 이모, 아니지, 대모님이 새로 줄을 맬 거라고 하시던데. 지금 줄은 엉망이라며. 그렇지 않니?"

"별로 그럴 만한 가치가 없을 텐데요."

제니퍼가 대수롭지 않다는 듯 말했다. 제니퍼는 새로운 보물을 휘둘러 보고 중심을 잡느라 여념이 없었다.

"하지만 라켓이 하나 더 있으면 좋을 거야."

그녀의 새로운 친구가 말했다. 여인은 손목시계를 흘끗 보았다.

"아, 이런. 생각보다 시간이 많이 되었구나. 난 가 봐야겠다."

"혹시…… 택시가 기다리나요? 아니면 전화를 해서……."

"아니야. 고맙다, 얘야. 문밖에 차를 세워 두었단다. 좁은 데에서 차를 돌리기 싫어서 밖에다 세워 두었지. 자, 잘 있어라. 널 만나서 반가웠어. 라켓이 네 맘에 들었으면 좋겠다."

그리고 그녀는 문으로 난 오솔길로 달려가다시피 사라졌다. 제니퍼는 떠나는 그녀의 뒤통수에 대고 소리쳤다.

"정말 감사합니다."

그리고 흐뭇해하며 줄리아를 찾아 나섰다.

"이거 봐!"

제니퍼는 흥분된 동작으로 라켓을 내보였다.

"와! 그거 어디서 났어?"

"대모님이 보내 주셨어. 지나 이모. 진짜 이모는 아니지만 그렇게 불러. 돈이 엄청 많은 분이셔. 아마 내가 라켓 때문에 투덜댄다고 엄마가 말하셨나 봐. 이거 굉장하지 않아? 꼭 감사 편지를 써야지."

"당연히 그래야지!"

줄리아가 설교조로 말했다.

"뭐 그래도 잘 잊어버리게 되잖아. 그럴 의도는 아닌데 말이야. 이거 봐, 샤이스타."

제니퍼는 그들에게 다가오는 소녀들 중 한 사람에게 말했다.

"나, 새 라켓 생겼어. 멋지지 않니?"

샤이스타가 조심스럽게 라켓을 살펴보면서 말했다.

"제법 비싸 보이네. 나도 테니스를 잘 치면 좋을 텐데."

"넌 항상 공이랑 부딪히잖아."

"난 공이 어디로 올지 전혀 모르겠어."

샤이스타가 우물거리면서 말했다.

"집에 돌아가기 전에 런던에서 예쁜 반바지를 만들어 가야겠어. 아니면 미국 챔피언 루스 앨런이 입는 테니스 원피스를 만들어야지. 아주 멋있어 보이거든. 어쩌면 둘 다 만들어야겠다."

그녀는 기대에 부풀어 기분이 좋아졌다.

샤이스타와 친구가 사라지자 줄리아가 비꼬는 투로 말했다.

"샤이스타는 옷 생각밖에 안 하는 거 같아. 우리도 나중에 저렇게 될까?"

제니퍼는 우울하게 말했다.

"그럴지도 몰라. 정말 지겨워질 텐데."

두 사람은 스포츠 파빌리언으로 들어갔다. 이제 경찰들은 모두 철수하고 없었다. 제니퍼는 자기 라커 안에 조심스럽게 라켓을 내려놓았다.

"정말 멋있지 않니?"

제니퍼가 애정 어린 손길로 라켓을 쓰다듬으면서 말했다.

"그런데 그 전 것은 어떻게 했어?"

"아, 그 아줌마가 가져갔어."

"누구?"

"이거 갖다 준 아줌마. 그 아줌마가 칵테일 파티에서 지나 이모를 만났는데 여기 올 일이 있다고 했더니 지나 이모가 나한테 갖다 주라고 했대. 또 옛날 건 줄을 다시 갈아 준다고 가져오라고 하셨대."

"그렇구나……."

줄리아는 얼굴을 찌푸렸다.

"그런데 불리가 널 왜 불렀대?"

제니퍼가 물었다.

"불리? 아, 별거 아니었어. 엄마 주소를 물어봤어. 엄마는 버스 여행 중이라 주소가 없거든. 엄마는 터키 어딘가에 계실 거야. 제니퍼, 이것 봐. 네 라켓은 줄을 다시 갈 필요가 없어."

"아니야, 필요했어. 스펀지 같았다고."

"알아. 하지만 그건 내 라켓이었잖아. 내 말은, 우리 둘이 바꿨잖아. 다시 줄을 갈아야 했던 것은 내 라켓이었어. 지금 내가 쓰고 있는 네 것은 이미 줄을 바꾸었잖아. 너도 그렇게 말했잖아. 외국에 나가기 전에 엄마가 줄을 갈게 해 주셨다고."

제니퍼도 약간 당황스러워했다.

"그러네. 뭐, 그래도 그 아줌마…… 누군지는 모르겠지만…… 이름을 물어봤어야 했나. 하지만 아까는 너무 기뻐서 아무런 생각도 안 났어. 아무튼 그 아줌마가 딱 보고 줄을 갈아야 한다는 걸 알아차렸을 수도 있지."

"하지만 아까 지나 이모님이 줄을 갈아 주겠다고 하셨다며. 지나 이모님이 어떻게 알았을까?"

제니퍼는 조급해 보였다.

"글쎄. 아마도……, 아마도……."

"아마도 뭐?"

"어쩌면 지나 이모는 내가 줄을 갈아야 하기 때문에 새 라켓을 원한다고 생각했을지도 모르지. 그런 게 무슨 상관이야?"

"별로 상관은 없겠지."

줄리아가 천천히 말했다.

"그래도 제니퍼, 뭔가 이상해. 마치, 마치 알라딘의 램프 같아. 낡은 램프랑 새 램프를 바꾸는 거. 너도 알지?"

제니퍼가 키득거렸다.

"내 옛날 라켓을 문지른단 말이지. 내 말은, 네 옛날 라켓 말이야. 그러면 지니가 펑 하고 나타나겠지! 만일 램프를 문질러서 지니가 정말 나타난다면 뭘 해 달라고 할 거야, 줄리아?"

줄리아는 황홀경에 빠진 듯 숨을 내쉬었다.

"여러 가지. 우선은 녹음기. 그리고 셰퍼드…… 어쩌면 그레이트데인 한 마리. 또 10만 파운드. 검은 파티 드레스. 아! 정말 많은데……. 넌 어때?"

"난 잘 모르겠어."

제니퍼가 말했다.

"이 멋진 라켓을 가지게 되었으니 다른 건 필요 없어."

재앙

학기가 시작된 후 세 번째 주말은 평상시 계획대로 흘러갔다. 이번 주는 학부모들이 학생들을 데리고 나갈 수 있는 첫 번째 주말이었다. 그렇기 때문에 메도우뱅크는 거의 텅 비었다.

이번 일요일에는 점심시간에 스무 명 정도만 학교 안에 남게 되었다. 직원들도 주말에는 쉬는 경우가 있어, 일요일 저녁 늦게나 월요일 아침에 돌아올 예정이었다. 이번 주에는 불스트로드 선생도 주말 동안 자리를 비울 예정이었다. 학기 중에 불스트로드 선생은 학교를 떠나지 않는 것이 관례였기 때문에 이번 외출은 매우 특이한 상황이었다. 하지만 그녀에겐 나름대로 이유가 있었다. 그녀는 웰셤 공작부인과 함께 웰싱턴 애비에 머물 예정이었다. 공작부인이 그녀에게 꼭 오라고 했고, 또 국무총리인 헨리 뱅크스도 올 예정이었다. 그는 주요한 기업가로 학교 초창기 때부터의 후원자였다. 그렇기 때문에 이번 초대는 권유가 아닌 의무에 가까웠다. 그렇다고 불스트로드 선생이 내키지 않는 명령을 따를 사람은 아니었지만, 이번에는 상황도 상황인지라 그녀도 기꺼이 받아들였다. 공작부인도 불스트로드가 무시할 수 있는 사람이 아니고, 웰섬 공작부인의 딸도 메도우뱅크에 다녔던 학생이었다. 학교의 미래에 대해 헨리 뱅크스와 이야기를 나눌 기회가 필요했고, 최근에 일어난 비극적 사건에 대해 설명할 기회도 될 수 있었다.

메도우뱅크는 영향력 있는 인사들과 관련이 많아서 스프링거 선생의 살인 사건은 언론 보도가 극히 제한되어 있었다. 그것은 미해결 사건이라기보다 일종의 불미스런 사건으로 받아들여졌다. 젊은 불량배들이 스포츠 파빌리언에 숨어들었고, 사고로 스프링거 선생이 희생되었다는 것이다. 분명하게 언급되지 않았지만 청년들 여럿이 '수사를 돕도록' 경찰서로 출두 명령을 받았다고도 했다. 불스트로드 선생은 영향력이 큰 두 후원자가 받았을지 모를 불쾌한 인상을 풀어 주고 싶은 욕구가 강했다. 두 사람은 그동안 불스트로드가 희미하게 흘리던 은퇴 얘기도 궁금해 하고 있었다. 공작부인과 헨리 뱅크스, 두 사람 모두 그녀가 계속 남아 있도록 설득하려 들 것이다. 지금이야말로 엘리노어 밴시터트가 얼마나 훌륭한 선생이며 메도우뱅크의 전통을 이어 갈 적임자인지를 강조할 적기였다.

토요일 아침, 불스트로드 선생이 앤 섀플랜드와 이야기를 끝낼 무렵 전화가 왔다. 앤이 전화를 받았다.

"불스트로드 선생님, 에미르 이브라힘인데요. 클래리지에 와 있으니 내일 샤이스타를 데리고 가고 싶답니다."

불스트로드 선생은 앤에게서 수화기를 받아 들고 짧은 대화를 나누었다. 샤이스타는 일요일 오전 11시 30분 이후에 나갈 수 있도록 준비되어 있을 것이라 했다. 그리고 오후 8시 이전에 학교에 돌아와야 했다.

그녀는 전화를 끊으면서 말했다.

"중동 사람들은 시간 관념이 희미해. 샤이스타는 내일 지젤 도브레와 함께 외출하기로 되어 있었는데. 그걸 취소해야겠네. 편지는 다 끝냈지?"

"예, 선생님."

"좋아, 그럼 난 가벼운 마음으로 다녀올 수 있겠네. 타자를 쳐서 편지를 모두 발송해 줘. 그러고 나면 앤도 주말에 푹 쉴 수 있을 거야. 월요일 점심시간 전에는 앤을 찾을 일이 없을 테니까."

"감사합니다. 선생님."

"즐거운 주말 보내고."

"그럴 예정이에요."

"남자와 데이트?"

앤의 얼굴이 붉어졌다.

"아, 예. 아직 심각한 사이는 아니에요."

"그럼 그렇게 되도록 만들어야지. 결혼할 생각이면 너무 늦게까지 미루지 마."

"이, 이 사람은 그냥 오래된 친구에요. 연애 감정은 없어요."

불스트로드가 훈계하듯 말했다.

"연애 감정이라. 그런 게 결혼 생활의 바탕이 되는 건 아니야. 채드윅 선생을 찾아서 내게 보내 줘."

채드윅 선생이 부산을 떨며 들어왔다.

"샤이스타의 삼촌, 에미르 이브라힘이라는 사람이 내일 그 아일 데려갈 거야, 채디. 그 사람에게 샤이스타는 잘 적응하고 있다고 전해 줘."

"그 아인 별로 잘하고 있지 않은데."

채드윅 선생의 말에 불스트로드 선생이 대꾸했다.

"지능이 좀 떨어지는 건 사실이야. 하지만 마음은 성숙한 아이야. 아마도 여태 살아온 삶이 복잡했기 때문일 거야. 가끔 그 애와 이야기를 나눠 보면 스물다섯 살 된 아가씨같이 느껴져. 파리, 테헤란, 카이로, 이스탄불……. 그렇게 돌아다녔으니까. 영국에선 아이들을 너무 나약하게 키우는 거야. '아이가 아직 어려서요.'라고 말하면 칭찬으로 알지. 하지만 그렇지 않아. 삶에서 아주 큰 단점으로 작용한다고."

"난 그렇게 생각하지 않아. 어쨌든 가서 샤이스타에게 삼촌 이야기를 전해야겠어. 주말 동안 외출하면 학교에 대해서는 아무 걱정도 하지 마."

채드윅 선생이 말했다.

"그래, 그럴 작정이야. 엘리노어 밴시터트에게 맡겨 놓고 어떻게 하는지 살펴볼 좋은 기회니까. 너랑 밴시터트가 책임을 지면 잘못

될 일이 없을 거야."

불스트로드 선생이 말했다.

"그래, 나도 그러길 바라. 난 가서 샤이스타를 찾아봐야지."

샤이스타는 삼촌이 런던에 있다는 말에 무척 놀랐지만 전혀 기뻐하지 않았다. 그녀가 투덜거렸다.

"내일 저를 데리고 나가신다고요? 하지만 채드윅 선생님, 저는 지젤 도브레와 걔네 어머니랑 나가기로 했잖아요."

"미안하지만 그건 다음 기회로 미뤄야겠다."

"하지만 저는 지젤이랑 가고 싶어요. 삼촌은 전혀 재미가 없단 말이에요. 계속 먹고 투덜거리기만 해요. 정말 지루하죠."

샤이스타가 화난 듯 말했다.

"그렇게 말하면 못쓴단다. 무례한 거야. 삼촌은 영국에 일주일밖에 안 계실 거야. 그러니 당연히 네가 보고 싶으신 거지."

샤이스타가 표정이 밝아지면서 말했다.

"어쩌면 제 결혼을 주선해 주실지도 몰라요. 그렇다면 재미있을텐데요."

"만일 그렇다면 분명히 너한테 알려 주실 거야. 하지만 넌 아직 결혼하기엔 이르단다. 먼저 학교부터 졸업해야지."

"학교는 너무 재미없어요."

샤이스타가 말했다.

화창하고 고요한 일요일 아침이 밝았다. 불스트로드 선생이 토요

일에 떠나자마자 새플랜드 양도 떠났다. 존슨 선생, 리치 선생 그리고 블레이크 선생은 일요일 아침에 외출했다.

밴시터트 선생, 채드윅 선생, 로완 선생과 블랑슈 양이 남아서 학교를 돌보고 있었다.

채드윅 선생이 불안한 듯 말했다.

"아이들이 말을 많이 안 했으면 좋겠네요. 불쌍한 스프링거 선생님에 대해서 말이에요."

앨리노어 밴시터트가 말했다.

"어서 그 일 자체가 잊혀지길 비는 수밖에요. 만일 학부모들이 제게 물어보면 얘기하지 말라고 할 거예요. 단호하게 잘라 버리는 게 좋을 것 같아요."

여학생들은 밴시터트 선생과 채드윅 선생과 함께 10시쯤 교회에 갔다. 가톨릭교도인 여학생 넷은 앙젤 블랑슈를 따라 성당으로 갔다. 그리고 11시 30분이 되자 학생들을 데리고 갈 차들이 도착하기 시작했다. 밴시터트 선생은 우아하고 위엄 있는 자세로 현관에 서 있었다. 그녀는 미소 지으며 어머니들과 인사를 나누었고 아이들을 내보내면서 최근의 비극에 대한 부적절한 언급은 적당히 피했다.

"끔찍합니다."

"예, 끔찍한 일이지요. 이해해 주시겠지만 그 이야기는 해서는 안 됩니다. 어린 학생들이 그 생각에 사로잡히는 건 비극이지요."

채디도 학부모 중에 예전부터 알고 지낸 사람들을 맞이했다. 그리고 아이들에 대해 애정 어린 이야기를 나누거나 방학 계획에 대해 잡담을 나누었다.

"어쩌면 이자벨 이모가 와서 나를 데리고 갈지도 몰라."

줄리아가 제니퍼에게 말했다. 제니퍼는 교실 유리창에 얼굴을 딱 붙여 코가 눌린 채로 드나드는 차를 바라보며 말했다.

"엄마가 다음 주에 데리러 오신대. 이번 주에는 아빠의 중요한 손님들이 오셔서 오늘 못 오신대."

줄리아가 말했다.

"저기 샤이스타가 나간다. 런던에 가려고 잘 차려입었네. 우아! 저 높은 신발 좀 봐. 존슨 할머니는 저런 신발 싫어할 거야."

제복 입은 운전수가 커다란 캐딜락의 문을 열어 주었다. 샤이스타가 올라타자 차가 떠났다.

"너만 괜찮다면 다음 주에 나랑 같이 나가자. 엄마한테 데려가고 싶은 친구가 있다고 말했어."

제니퍼가 말했다.

"그럼 정말 좋겠다. 밴시터트 선생님이 일하는 거 좀 봐."

줄리아가 말했다.

"지나치게 우아하지 않냐?"

제니퍼가 말했다.

"왜 그런지는 모르겠는데 쳐다보고 있으면 웃음이 날 것 같아. 불스트로드 선생님의 복제품 같잖아. 안 그래? 제법 괜찮은 복제품이지. 그래도 조이스 그린펠이나 다른 사람이 흉내 내는 것 같아."

줄리아가 말했다.

"저기 팸네 엄마다. 꼬맹이 사내애들도 다 데리고 왔네. 어떻게 저 많은 식구들이 조그만 모리스 마이너(주행 성능이 뛰어난 영국제 소형차 — 옮긴이) 안에 다 들어가는지 모르겠어."

제니퍼가 말했다.

"쟤네 식구들 피크닉 갈 건가 봐. 저 많은 바구니를 봐."

줄리아가 말했다.

"넌 오늘 오후에 뭘 할 거야? 이번 주에 엄마한테 편지 쓸 필요는 없을 것 같은데. 다음 주에 만날 거잖아?"

제니퍼가 물었다.

"넌 항상 편지 쓰는데 인색해, 제니퍼."

"별로 쓸 말이 없어."

"난 많은데. 난 항상 엄마한테 할 말이 많아."

그녀는 서글픈 듯 덧붙였다.

"그런데 현재로선 편지를 쓸 대상이 없어."

"너희 엄마는 어쩌고?"

"버스를 타고 아나톨리아로 가셨다고 했잖아. 아나톨리아에 버스를 타고 가는 사람한테는 편지를 쓸 수가 없어. 적어도 아무 때나 쓸 수는 없다고."

"그럼 편지를 꼭 보내야 할 땐 누구한테 써?"

"여기저기 영사관으로 써. 엄마가 나한테 연락처를 주고 가셨어. 처음엔 스탬불, 그다음엔 앙카라. 또 그다음엔 웃기는 이름의 도시로 보내 두면 돼."

그녀가 한마디 더 했다.

"왜 불리가 그렇게 엄마랑 연락하고 싶어 했을까? 엄마가 안 계시다니까 퍽 실망한 표정이었는데."

"너 때문일 리는 없어. 넌 나쁜 짓 한 거 없잖아, 안 그래?"

제니퍼가 말했다.

"내가 아는 한 없기야 없지. 어쩌면 스프링거 선생님 건에 대해 이야기해 줄 생각이었는지도 모르겠어."

"왜 그럴 거라고 생각하는데? 스프링거 선생님 사건을 모르는 엄마가 한 명이라도 있다면 불스트로드 선생님한테는 반가운 소식 아닌가?"

"네 말은 엄마들이 다른 학생들도 살해당할 가능성이 있다고 생각할 수 있다는 거야?"

"우리 엄마는 그 정도로 나쁘게 보시진 않을 거 같긴 해. 하지만 좀 난리를 부리긴 했어."

제니퍼가 대답했다.

줄리아가 명상에 잠긴 듯이 말했다.

"내 생각엔 말이야. 선생님들이 스프링거 선생님 사건에 대해 숨기는 게 있는 것 같아."

"어떤 거?"

"글쎄, 어이없는 일들이 일어나고 있잖아. 네 새 테니스 라켓 같은 사건 말이야."

제니퍼가 말했다.

"아, 그거 말인데, 지나 이모한테 감사 편지를 썼거든. 오늘 아침에 답장을 받았는데, 내게 새 라켓이 생긴 건 기쁜 일이지만 이모는 보낸 적이 없다는 거야."

줄리아가 승리감에 젖어 말했다.

"라켓 건은 이상하다고 내가 말했잖아. 게다가 너희 집에 도둑이 들었다고 했지. 안 그래?"

"응. 그런데 아무것도 훔쳐 가지 않았어."

"그러니까 더 재미있단 말이야."

줄리아가 말했다. 그리고 깊이 생각하면서 덧붙였다.

"내 생각에는 머지않아 두 번째 살인이 일어날 거야."

"정말이야, 줄리아? 왜 살인이 또 일어날 거 같은데?"

"글쎄, 책에서 보면 항상 두 번째 살인이 일어나잖아."

줄리아가 대답했다.

"그리고 제니퍼, 너는 무척 조심해야 할 거야. 다음 살인의 피해자가 되지 않으려면 말이야."

제니퍼가 놀라서 대답했다.

"나? 누가 나를, 왜 죽이려고 할까?"

"왜냐하면 어떻게든 너도 관련이 있는 것 같아."

줄리아가 대답했다. 그녀는 계속 사려 깊게 말했다.

"다음 주에 너희 어머니한테 더 많은 걸 물어봐야겠어. 어쩌면 라마트에서 누군가가 너희 어머니한테 비밀이 담긴 쪽지라도 준 거 아닐까."

"무슨 비밀?"

"그거야 나도 모르지. 새로운 핵폭탄을 만드는 계획이나 공식 같은 것일지도. 뭐 그런 종류 말이야."

줄리아가 말했다.

제니퍼는 믿을 수 없다는 표정이었다.

로완 선생은 밴시터트와 채드윅 선생이 있는 교무실에 들어서면서 이렇게 말했다.

"샤이스타는 어디 갔어요? 어디서도 찾을 수가 없어요. 에미르의 차가 방금 도착해서 찾고 있는데."

"뭐?"

채드윅 선생은 놀라서 로완 선생을 올려다보았다.

"뭔가 잘못된 모양인데. 에미르의 차는 45분 전에 와서 그 아일 데리고 갔어. 차에 타고 떠나는 모습을 내가 봤는걸. 샤이스타는 꽤 일찍 떠났어."

엘리노어 밴시터트가 어깨를 으쓱했다.

"아무래도 자동차를 두 번 주문했다든가 그랬겠지."

그녀는 나가서 운전수에게 이야기했다.

"뭔가 실수가 있었나 봅니다. 어린 아가씨는 45분 전에 런던으로 떠났어요."

운전수는 놀란 듯했다.

"그렇게 말씀하시니 실수가 있었던 모양입니다, 부인. 저는 분명 메도우뱅크에 어린 아가씨를 태우러 가라는 지시를 받았습니다."

"중간에 어딘가에서 실수가 있었던 것 같습니다."

밴시터트가 대답했다. 운전수는 당황하거나 놀라지는 않았다.

"이런 일이 자주 일어나요. 전화로 주문을 받아 적어 뒀다가 잊어버린 거죠. 다 그런 일이에요. 하지만 우리 회사는 실수를 하지 않는다는 데에 자부심이 있죠. 하지만 물론 꼭 원인을 따지자면 중동 신사분들의 경우는 잘 모릅니다. 측근들이 워낙 많다보니까요. 아마 이번 경우에는 그런 것 같습니다."

그는 큰 차를 유연하게 돌려서 몰고 나갔다.

밴시터트 선생은 잠시 동안 의심에 찬 눈초리로 바라보다가 걱정할 필요가 없다는 결론을 내리고 평화로운 오후를 기대했다.

점심 식사가 끝나자 남아 있는 몇몇 여학생들은 편지를 쓰거나 마당을 거닐었다. 테니스를 치는 학생들도 제법 있었고 수영장에도 학생들이 많았다. 밴시터트 선생은 만년필과 노트북을 가지고 삼나무 그늘로 갔다. 4시 30분에 전화벨이 울렸을 때 전화를 받은 것은 채드윅 선생이었다.

예의 바른 젊은 영국인이 말했다.

"메도우뱅크 학교입니까? 불스트로드 선생님 계십니까?"

"불스트로드 선생님은 오늘 안 계십니다. 저는 채드윅입니다."

"그쪽 학생 중 한 명에 관한 이야기입니다. 저는 클래리지의 에미르 이브라힘 씨 밑에 있는 사람입니다만."

"그렇습니까? 샤이스타 말씀이시죠?"

"예. 에미르 씨께서는 아무런 메시지를 받지 못해서 화가 나셨습니다."

"메시지라뇨? 왜 메시지를 보내 드려야 하죠?"

"샤이스타 양이 오지 못한다든가 하는 내용의 메시지 말입니다."

"오지 않다뇨! 그럼 아직 그 애가 도착하지 않았다는 겁니까?"

"예. 오지 않으셨습니다. 그러면 메도우뱅크에서 떠났다는 말씀이십니까?"

"예. 오늘 오전에 샤이스타를 데리러 차가 왔어요. 11시 30분쯤이었습니다만. 그 차를 타고 갔습니다."

"그건 이상하군요. 아직 오지 않았는데요. 에미르 씨의 차를 대 주는 회사에 전화해서 확인해 보겠습니다."

채드윅 선생이 말했다.

"이런, 사고가 난 게 아니면 좋겠어요."

젊은이가 활기차게 말했다.

"너무 극단적으로 생각하지 마십시오. 만일 사고가 있었다면 벌써 학교로 소식이 들어갔겠죠. 아니면 저희에게 연락이 왔을 겁니다. 제가 선생님이라면 크게 걱정은 하지 않겠습니다."

하지만 채드윅 선생은 걱정이 되었다.

"제가 보기엔 무척 이상한 일 같습니다."

그녀가 말했다.

"어쩌면……."

젊은이가 망설이면서 말했다.

"예?"

채드윅 선생이 대답했다.

"이건 에미르 씨에게 말하기는 좀 곤란한 얘기이므로 선생님과 저만 알고 있는 걸로 하죠. 혹시 샤이스타 양에게 남자 친구가 있습니까?"

"절대로 아닙니다."

채드윅 선생이 위엄 있게 대답했다.

"예. 그건 아닐 거라 생각했습니다만 여학생인지라 알 수 없는 거죠. 제가 여태까지 본 여학생들과 관련된 사건을 아시면 깜짝 놀라실 겁니다."

"제가 확신할 수 있습니다. 그런 일은 불가능합니다."

채드윅 선생이 위엄 있게 말했다.

하지만 정말 불가능한 것이었을까? 여학생들이 무얼 하는지 모두 다 알 수 있을까?

그녀는 수화기를 내려놓고 내키지 않았지만 밴시터트 선생을 찾아 나섰다. 밴시터트 선생이 자신보다 이 상황에 잘 대처하리라는 법은 없었지만 누군가와 의논을 해야 할 것만 같았다. 밴시터트 선생이 곧바로 대답했다.

"두 번째 차라고요?"

두 사람의 시선이 마주쳤다. 채드윅 선생이 천천히 말했다.

"이 사실을 경찰에 알려야 할까요?"

"경찰은 안 됩니다."

엘리노어 밴시터트가 충격을 받은 목소리로 말했다.

채디가 말했다.

"잘 알겠지만, 샤이스타는 누군가가 자신을 납치하려 한다고 말한 적이 있어요."

"납치요? 말도 안 돼요!"

밴시터트 선생이 날카롭게 말했다.

"선생님은 설마……."

채드윅 선생은 의견을 굽히지 않으려 했다.

그때 엘리노어 밴시터트가 말했다.

"불스트로드 선생님이 자리를 비우신 지금 책임을 맡고 있는 것은 접니다. 그러니 제가 모든 결정을 내리겠어요. 더 이상 경찰이 이곳에 오는 건 허락할 수 없습니다."

채드윅 선생은 싸늘한 눈으로 밴시터트를 쳐다보았다. 그녀는 밴시터트가 근시안적인 바보처럼 생각되었다. 그녀는 다시 건물 안으로 들어가 웰셤 공작부인 집으로 전화를 걸었다. 불행히도 아무도 전화를 받지 않았다.

잠 못 드는 채드윅 선생

채드윅 선생은 불안했다. 침대 위에서 몸을 자꾸 뒤척이면서 양을 세거나 잠들려고 온갖 방법을 동원해 보았지만 실패했다.

8시가 되어도 샤이스타가 돌아오지 않고 소식이 없자, 채드윅 선생은 스스로 문제를 해결해 보려고 켈시 경감에게 전화를 걸었다. 경감이 별로 문제를 심각하게 받아들이지 않자 마음이 약간 놓였다. 그는 모두 자신에게 맡겨 달라고 말했다. 사고가 났다면 확인하기 쉬울 것이라고 했다. 사고 확인을 해 본 다음 런던에 연락을 하겠다며 필요한 조치는 모두 취하겠다고 했다. 어쩌면 샤이스타가 연극을 하는 것일 수도 있다. 그는 채드윅 선생에게 학교에는 가능한 한 알리지 말라고 충고하면서 샤이스타가 클래리지에 삼촌과 함께 머무는 것으로 해 두자고 했다.

켈시 경감이 말했다.

"불스트로드 선생님도 원하지 않을 테고, 더 많은 사람들에게 알려지는 일은 절대로 있어서는 안 되지요. 그 아이가 납치당했을 확률은 낮습니다. 그러니 걱정하지 마십시오, 채드윅 선생님. 저희에게 맡겨 주십시오."

하지만 채드윅 선생은 걱정이 되었다.

침대에 누워 잠들지 못하면서 그녀의 생각은 납치와 살인에 계속해서 머물렀다.

메도우뱅크에서 살인이라니. 끔찍했다! 믿을 수 없었다! 메도우뱅크에서. 채드윅 선생은 메도우뱅크를 사랑했다. 어쩌면 불스트로드 선생보다 더 많이, 약간은 다른 방식으로 메도우뱅크는 그동안 매우 실험적이고 화려한 행보를 걸어왔다. 불스트로드 선생이 위험한 모험을 감행할 때마다 채드윅 선생은 여러 번 당황했다. 이것이 실패하면 어떡하나. 학교에는 자본이 그다지 많지 않았다. 만일 성공하지 못한다면, 만일 지원금이 들어오지 않는다면 어떡할까? 채드윅 선생은 걱정이 많은 편이었고 잘못될 여러 가지 경우를 생각하고 있었다. 불스트로드 선생은 모험을 즐겼지만, 채디는 달랐다. 가끔은 괴롭지만 이해를 하면서도 메도우뱅크를 전통적인 방식으로 운영하자고 애원하곤 했다. 그녀는 항상 그 편이 더 안전하다고 말했다. 하지만 불스트로드 선생은 안전에는 관심이 없었다. 불스트로드 선생은 자신의 학교가 어떤 방식으로 운영되어야 할지 비전이 뚜렷했고 두려움 없이 그 방향으로 밀고 나갔다. 그녀의 대범함은 항상 정당화되었다. 학교의 성공이 확실해지자 채디는 마음을 놓을 수 있었다. 메도우뱅크는 자리를 잡았고, 영국에서는 훌륭한 학교로 확고하게 위치를 굳혔다. 그제서야 채드윅 선생은 메도우뱅크에 대한 애정이 자라났다. 의심, 두려움, 불안함 등이 사라졌다. 평화로움과 번영이 자리 잡았다. 그녀는 만족스러운 한 마리 고양이처럼 메도우뱅크의 번영을 만끽했다.

불스트로드 선생이 처음 은퇴 이야기를 했을 때 채드윅 선생은 몹시 화가 났다. 지금 은퇴하다니! 모든 것이 완벽하게 모양새를 갖춘 지금? 미친 짓이었다! 불스트로드 선생은 여행과 세상에서 구경하고 싶은 것들에 대해 이야기했다. 채디는 마음에 들지 않았다. 그 어떤 것도, 그 어떤 장소도 메도우뱅크에 비교할 수 없었다! 메도우뱅크의 존립을 그 어떤 것도 위협할 순 없었다. 그렇지만 지금…… 살인이라니!

정말 끔찍하고 폭력적인 단어였다. 마치 외부에서 불어오는 태풍 같았다. 살인. 주머니칼을 들고 다니는 불량배나 악한 마음을 품은 의사가 부인을 독살할 때나 적용되는 단어였다. 하지만 이곳 학교에서, 그것도 다른 학교도 아니고 메도우뱅크에서의 살인은 믿을 수 없었다.

스프링거 선생은 불쌍하지만, 마치 그녀의 잘못인 것만 같았다. 비논리적인 감정이었지만 채드윅 선생은 그것이 스프링거 선생의 잘못인 것처럼 느껴졌다. 그녀는 메도우뱅크의 전통을 제대로 이해하지 못했다. 요령 없는 여자. 어떻게 된 건지 알 수 없지만 살인을 당할 만한 일을 한 것 같았다. 채드윅 선생은 다시 몸을 뒤척이고

베개를 뒤집으면서 말했다.

"이런 생각은 그만 해야겠어. 어쩌면 일어나서 아스피린이라도 좀 먹어야지. 그리고 50까지만 숫자를 세 보는 거야……."

하지만 50까지 세기도 전에 의식은 다시 원점으로 돌아왔다. 이 모든 일이, 어쩌면 납치까지도, 신문에 날까? 기사를 읽은 학부형들이 학생들을 데리고 간다면…….

이런, 정말 진정하고 잠들어야 할 텐데. 지금 몇 시일까? 그녀는 불을 켜고 손목시계를 보았다. 12시 45분. 바로 불쌍한 스프링거 선생이 살해당한 시간……. 아니야. 이제 그 생각은 그만 해야 해. 그리고 스프링거 선생은 정말 바보야. 아무도 깨우지 않고 혼자서 갈 생각을 하다니.

"이런. 아스피린을 먹어야겠어."

채드윅 선생이 말했다.

그녀는 침대에서 일어나서 세면대 쪽으로 갔다. 물과 함께 아스피린 두 알을 먹었다. 그리고 침대로 돌아오면서 창문에 드리워진 커튼을 걷고 밖을 내다보았다. 한밤중에 스포츠 파빌리언에 불빛이 없는 것을 확인하고 싶었다.

하지만 불빛이 있었다.

순간 채디는 행동을 취했다. 그녀는 단단한 신발에 발을 쑤셔 넣고 두꺼운 코트를 덮어쓰고 손전등을 주워 들었다. 그리고 급하게 방을 나와 계단으로 내려갔다. 방금 스프링거 선생이 다른 사람을 부르지 않고 혼자서 살펴보러 나간 것을 바보 같다고 했지만, 자신도 그런 생각을 하지 못했다. 그녀는 파빌리언에 나가서 누가 침입했는지 알아내는 것에만 집중했다. 잠시 무기가 될 만한 것을 집어 드느라 멈추기는 했다. 별로 위협적이지 않을 수도 있지만 무기가 될 만한 물건이었다. 그러고는 옆문으로 빠져나가 관목 사이로 난 오솔길을 따라 걸음을 재촉했다. 숨이 찼지만 상관하지 않았다. 문에 다다라서야 그녀는 속도를 늦추고 조심스럽게 움직였다. 문이 살짝 열려 있었다. 문을 밀고 안을 들여다보았다…….

채드윅 선생이 침대에서 일어나 아스피린을 가지러 간 시각. 앤 새플랜드는 매혹적인 검은 드레스 차림으로 르 니드 소베지에 있는 탁자에 앉아 치킨 수프림을 먹으면서 맞은편의 남자에게 미소 짓고 있었다. 친절한 데니스. 그녀는 생각했다. 언제나 한결같은 사람. 그래서 이 사람이랑 결혼하면 견딜 수 없을 거야. 데니스는 애완동물 같았다. 그녀는 말했다.

"정말 재미있어, 데니스. 대단한 변화야."

"새 직장은 어때?"

데니스가 물었다.

"글쎄. 일이 매우 즐거워."

"내가 보기엔 너한테 어울리는 일은 아닌 것 같은데."

앤이 웃었다.

"나한테 어울리는 일이 어떤 건데? 난 다양한 걸 좋아해, 데니스."

"네가 왜 머빈 토드헌터 경의 비서 일을 그만뒀는지 이해할 수가 없어."

"제일 큰 이유는 머빈 토드헌터 경 때문이야. 나한테 쏟는 관심이 부인을 자극하기 시작했거든. 나는 절대 부인들을 화나게 하지 않는다는 주의이고. 부인들이 정말 무섭거든."

"질투하는 고양이 같네."

데니스가 말했다.

"아냐. 그런 게 아냐. 나는 남편이 아니라 부인 편이야. 특히 토드헌터 부인은 머빈 노인네보다 훨씬 좋았어. 그런데 왜 이번 직장에 대해 놀라는 거야?"

"아, 학교라서. 넌 학자적인 생각이 전혀 없다고나 할까."

"내가 가르쳐야 한다면 싫어하겠지. 난 한곳에 틀어박히는 게 싫거든. 여자들만 득실거리는 곳에서 지내는 것 말이야. 하지만 메도우뱅크 같은 학교에서 비서로 일하는 건 재미있어. 아주 독특한 곳이거든. 그리고 불스트로드 선생님도 독특한 분이야. 정말 대단한 분이셔, 그건 확실하게 말할 수 있어. 금속처럼 차가운 회색 눈동자로 쳐다보면 마음속 깊이 숨겨 둔 비밀까지 다 꿰뚫어 보는 것 같거든. 그래서 항상 조심스레 발끝으로 걷게 돼. 내가 받아 적는 편지에는 작은 오타도 만들기 싫어져. 그래, 그분은 대단해."

데니스가 말했다.

"난 네가 일에 지쳤으면 좋겠어. 앤, 너도 알겠지만 여기저기 옮겨 다니며 직장을 다닐 때는 이제 지났어. 정착할 때가 됐잖아."

"데니스, 넌 정말 귀여워."

앤이 애매한 태도로 대답했다.

"우리도 재미있게 살 수 있어."

데니스가 말했다.

"내 생각엔 있잖아. 난 아직 준비가 안 되었어. 그리고 무엇보다도 너도 알다시피 난 엄마가 있잖아."

"그래, 나도 그 얘길 하려고 했었어."

"우리 엄마? 무슨 이야기를 하려고?"

"앤, 내가 널 얼마나 대단하게 여기는지 잘 알 거야. 매번 흥미로운 직장을 구하는 능력이나 그걸 다 내버리고 어머니에게로 돌아가는 것도 말이야."

"그거야 가끔씩 엄마는 심한 발작이 와서 내가 가 봐야 하기 때문이지."

"알아. 방금 말했듯이 난 널 대단하다고 생각해. 하지만 그렇더라도 요즘에는 좋은 곳이 많아. 너의 어머니 같은 분을 잘 돌봐 주는 그런 곳. 정신 병원이 아니고 말이야."

"그리고 아주 비싸지."

앤이 말했다.

"아니야. 꼭 그렇지만은 않아. 보건안만 하더라도……."

앤의 목소리에 씁쓸한 느낌이 깃들어 있었다.

"그래. 언젠가는 그렇게 될지도 몰라. 하지만 지금은 엄마와 살고 있는 나이 든 간병인이 잘 대처하고 있어. 엄마는 평상시에는 괜찮아. 만일 발작을 일으키면 내가 가서 도우면 돼."

"어머니는…… 혹시……. 절대로……?"

"폭력적이냐고 묻고 싶은 거야, 데니스? 정신 나간 상상 하지 마. 아니야. 우리 엄마는 절대 폭력적이지 않아. 정신이 온전하지 않을 뿐이야. 어디에 있는지, 자기가 누구인지를 잊어버리지. 그리고 오랜 산책을 가고 싶어 하다가 갑자기 기차나 버스를 타고 다른 곳으로 가 버리기도 해. 그리고…… 모든 게 어려워. 가끔은 혼자서 감당하기에 힘들기도 해. 하지만 엄마는 행복하셔. 혼란스러울 때조차도. 그리고 가끔은 그 사실을 재미있게 말씀하셔. 전에 이런 말을 하신 적이 있어. '앤, 정말 창피한 일이지 뭐니. 난 티베트에 가는 중이라고 생각했는데 도버에 있는 호텔에 앉아서 어떻게 가야 할지도 모르겠더라. 그러고 보니 내가 왜 티베트에 가고 싶어 했던 것일까? 그래서 집으로 가야겠다고 생각했어. 그랬는데 언제 집에서 나왔는지 기억이 안 나는 거야. 그래서 아주 창피했어. 기억이 제대로 안 나면 정말 창피하단다.' 엄마는 오히려 그 일을 재미있게 생각하고 넘기신 거야. 심각하게 생각하지 않고 재미있게 생각하시는 거지."

"난 직접 뵌 적이 없으니……."

데니스가 말을 시작했다.

"나는 다른 사람들이 엄마를 만나게 하지 않아."

앤이 대답했다.

"아마도 그게 자기 가족에 대한 배려야. 가족들을…… 뭐랄까, 호기심과 동정으로부터 보호하는 거."

"호기심은 아니야, 앤."

"그래, 넌 그런 게 아니겠지. 아마도 동정일 거야. 그리고 나는 그런 게 싫어."

"무슨 뜻인지 알겠어."

"만일 내가 직장을 내팽개치고 가끔씩 집에 오랫동안 가 있는 걸 싫어한다고 생각한다면 그건 아니야. 난 한 가지 일에 깊이 얽매이는 걸 싫어해. 비서 일을 시작한 처음부터 그랬어. 정말 중요한 건 좋은 직장을 잡는 거야. 그리고 일을 잘하면 어디든 선택해서 갈 수 있잖아. 다양한 장소에 가고 다양한 삶을 볼 수 있어. 지금 나는 학교생활을 경험 중이지. 영국 최고의 명문 학교를 내부에서 볼 수 있는 기회라고! 내 생각엔 한 1년 반 정도 그곳에서 일할 것 같아."

"넌 뭐든지 깊이 빠져들지 않는구나, 앤?"

앤은 생각에 잠긴 채 이야기했다.

"그래. 그렇지 않은 것 같아. 난 타고난 관찰자야. 라디오에 나오는 논평자 같은 사람 말이야."

데니스가 우울하게 말했다.

"넌 너무 객관적이야. 무슨 일이든 어떤 사람이든 깊게 관여하지 않잖아."

"언젠가는 그렇게 되겠지."

앤이 격려하듯이 말했다.

"나도 앤 네가 어떻게 생각하고 느끼는지 대충 알긴 알거든."

"글쎄."

앤이 말했다.

"어쨌든 넌 1년씩이나 거기서 일하지 않을 것 같아. 여자가 그렇게 많은데 금세 질릴 거야."

데니스가 말했다.

"아주 잘생긴 정원사도 있어."

앤이 말했다. 그녀는 데니스의 표정을 살피면서 웃었다.

"장난이야. 그냥 네가 질투하는 모습을 보고 싶었어."

"거기서 선생님 하나가 죽었다는데 그건 뭐야?"

앤의 얼굴은 금방 진지하고 심각해졌다.

"아, 그건 이상한 일이었어, 데니스. 정말 이상했어. 체육 교사였는데. 나도 그런 부류를 잘 알아. 그냥 평범한 체육 교사일 뿐이었어. 지금까지 밝혀진 것보다 아직 훨씬 많은 게 있을 거야."

"너는 절대 그런 불쾌한 일에 꼬여 들지 마."

"말하긴 쉽지. 난 여태까지 타고난 탐정 자질을 발휘할 기회가 없었어. 내 생각엔 난 그거 정말 잘할 거 같아."

"아니, 앤."

"자기야, 난 위험한 범죄자를 뒤쫓진 않아. 그저 몇 가지 논리적인 추론을 할 뿐이야. 왜인지, 누구인지, 무엇 때문인지 그런 거 말이야. 아주 흥미로운 정보를 하나 얻었거든."

"앤!"

"너무 괴로워하지 마. 아직 그 정보가 다른 것들과 연관이 안 될 뿐이야."

앤은 생각에 잠겨 말했다.

“모든 게 딱 들어맞을 것 같았는데 갑자기 그렇지가 않은 거야.”

그러고는 쾌활하게 말을 이었다.

“어쩌면 두 번째 살인이 일어날지도 모르겠어. 그럼 좀 더 명확해질 거야.”

바로 그 순간에 채드윅 선생은 스포츠 파빌리언의 문을 열고 있었다.

또다시 살인이 일어나다

켈시 경감이 어두운 얼굴로 방에 들어서면서 말했다.

"자, 가죠. 또 일어났다는군요."

"뭐가 말입니까?"

아담이 날카롭게 올려다보면서 말했다.

"또 살인이 일어났다는군요."

켈시 경감이 말했다. 그가 방문을 나서자 아담이 따라왔다. 둘은 아담의 방에서 맥주를 마시며 여러 가지 가능성에 대해 이야기하고 있었다. 그런데 켈시에게 그를 부르는 전화가 온 것이다.

"누구인가요?"

아담이 켈시를 따라 계단을 내려오면서 물었다.

"다른 선생님이래요. 밴시터트 선생님."

"어디서요?"

"스포츠 파빌리언이라는데."

"또 스포츠 파빌리언이군요. 스포츠 파빌리언엔 도대체 뭐가 있는 걸까요?"

아담이 말했다.

"이번에는 당신 쪽에서 조사를 하는 게 좋겠습니다. 어쩌면 당신 쪽 수색 기술이 우리보다 나을 수도 있으니까요. 분명히 스포츠 파빌리언에 뭔가가 있을 거예요. 아니면 왜 거기서 살인이 일어나겠어."

그와 아담은 차에 올랐다.

"우리보다 의사가 먼저 와 있을 겁니다. 그는 가까운 곳에 있으니까요."

불이 환하게 켜진 스포츠 파빌리언에 다시 들어가려니 켈시는 마치 악몽이 반복되는 것 같은 생각이 들었다. 또다시 그곳에는 시체와 그 옆에 무릎을 꿇고 앉은 의사가 있었다. 이번에도 의사가 일어섰다.

"30분 전에 죽었습니다. 길어 봤자 40분입니다."

그가 말했다.

"누가 발견했나?"

켈시가 물었다. 부하 한 명이 대답했다.

"채드윅 선생님입니다."

"나이 많은 선생님 말인가?"

"예. 불빛이 보여서 여기 나왔다가 발견했답니다. 다시 기숙사로 비틀거리며 걸어갔는데 거의 히스테리 상태였던 것 같습니다. 전화를 준 것은 사감인 존슨 선생님입니다."

"좋아. 어떻게 죽었죠? 총인가요?"

켈시의 말에 의사가 고개를 저었다.

"이번에는 머리 뒤를 세게 맞았습니다. 곤봉이나 모래 부대 같습니다. 그 비슷한 종류입니다."

문 근처 바닥에 헤드가 금속으로 된 골프채가 놓여 있었다. 유일하게 잘못 놓여진 물건이었다.

켈시가 손가락으로 가리키면서 물었다.

"저건 어때요? 저걸로 맞은 건 아닙니까?"

의사가 고개를 저었다.

"불가능합니다. 흔적이 없습니다. 흉기는 분명히 고무로 쌓인 곤봉이거나 샌드백과 비슷한 종류입니다."

"뭔가……, 전문적인 건가요?"

"그럴 수도 있습니다. 범인이 누구였든 간에 이번에는 소음을 내지 않으려고 한 거죠. 그녀의 뒤에서 다가가 뒤통수를 내리쳤습니다. 피해자는 앞으로 쓰러졌으니 누가 자신을 때렸는지도 몰랐을 겁니다."

"뭘 하고 있었나요?"

"무릎을 꿇고 있었던 것 같습니다. 아마도 이 라커 앞에 무릎을 꿇고 있었던 것 같아요."

의사가 말했다.

경감은 라커로 다가가서 살펴보았다.

"저것이 라커 주인의 이름 같은데. 샤이스타라. 잠깐만, 그건 그 이집트 여학생의 이름 아닌가? 샤이스타 공주."

그는 아담을 향해 몸을 돌렸다.

"뭔가 연결이 되지 않습니까? 잠깐, 그 학생이 저녁 때 실종 신고가 들어온 학생 아닌가?"

"맞습니다."

경위가 말했다.

"그녀를 데리러 런던의 클래리지에 있는 삼촌이 보냈다는 차가 왔었습니다. 그녀가 탄 차는 이미 떠났죠."

"아무런 보고도 들어오지 않았나?"

"아직요. 지금 수색 중입니다. 이제 경시청에서도 조사 중입니다."

"아주 쉽고 깔끔한 납치 방법이군요. 몸싸움도 없고 비명 소리도 나지 않고. 필요한 정보는 그 여학생이 자신을 데리러 올 차를 기다리고 있다는 정도군요. 고급스러운 운전수처럼 차려입고 원래 데리러 오기로 한 차보다 일찍 나타나면 되는군요. 여학생은 별 생각 없이 올라탈 테고, 무슨 일이 벌어지고 있는지 눈치 채지도 못한 여학생을 태우고 그냥 차를 몰면 되니까요."

아담이 말했다.

"혹시 어디든 버려진 차는 없었나?"

켈시가 물었다.

"발견된 것은 없습니다. 이미 말씀 드렸듯이 경시청에서 조사 중입니다."

경위가 말했다. 그리고 덧붙였다.

"특별 수사팀이랍니다."

"정치적인 싸움이 있을 수도 있다는 말로 들리는군. 적어도 그녀를 국외로 데려가는 건 당장은 불가능하겠군."

켈시 경감이 말했다.

"그건 그렇고, 도대체 무엇 때문에 그 여학생을 납치한 겁니까?"

의사가 묻자 켈시가 우울하게 대답했다.

"누가 알겠습니까. 그 학생은 납치될까 봐 두렵다고 했는데 나는 부끄럽게도 자신을 과시하기 위해 그런다고 생각했습니다."

아담이 거들었다.

"그 말씀을 해 주셨을 때 저도 그렇게 생각했습니다. 문제는 우리가 모든 정보를 가지지 않았다는 겁니다."

켈시가 계속했다.

"연결되지 않는 고리가 너무 많아."

그는 주변을 둘러보았다.

"자, 여기엔 더 이상 내가 할 일은 없는 것 같군. 그럼 계속해서 평상시대로 하게. 사진도 찍고 지문도 검사해 보고 말이야. 나는 기숙사로 가 봐야겠어."

기숙사에서 그를 맞이한 것은 존슨 선생이었다. 그녀는 매우 충격을 받았지만 그런 대로 자신을 잘 제어하고 있었다.

그녀가 말했다.

"끔찍한 일입니다, 경감님. 선생님이 둘이나 살해당하다니요. 불쌍한 채드윅 선생님은 상태가 안 좋아요."

"가능하면 빨리 만나 보고 싶습니다."

"의사가 뭘 줬는데 지금 많이 진정되었어요. 모셔다 드릴까요?"

"예, 잠시 후에요. 우선 밴시터트 선생님을 마지막으로 보았을 때 이야기를 해 주십시오."

존슨 선생이 대답했다.

"저는 오늘 하루 동안 밴시터트 선생님을 못 봤어요. 저는 나갔다 왔거든요. 다시 학교에 돌아온 시간은 11시쯤이고 곧바로 방으로 올라가서 침대에 들었죠."

"스포츠 파빌리언 쪽 창을 내다보신 적이 있습니까?"

"아니요, 아니요. 생각도 못했어요. 저는 하루 종일 오랜만에 만난 동생이랑 같이 있었기 때문에 집안일에 대해서만 생각했습니다. 목욕을 하고 침대에 들어서 책을 읽다가 불을 끄고 잤습니다. 그 다음엔 채드윅 선생님이 문을 벌컥 열고 들어왔는데, 백지장처럼 하얀 얼굴로 떨고 있었습니다."

"밴시터트 선생님은 오늘 외출했었습니까?"

"아니요. 선생님은 오늘 학교에 계셨습니다. 학교를 책임지고 계셨죠. 불스트로드 선생님이 외출하셨으니까요."

"또 누가 있었죠? 선생님들 중에 말입니다."

존슨 선생은 잠시 동안 생각했다.

"밴시터트 선생님, 채드윅 선생님, 그리고 불어 교사인 블랑슈 선생님. 또 로완 선생님요."

"잘 알겠습니다. 자, 이제 채드윅 선생님께로 안내해 주시죠."

채드윅 선생은 자기 방 의자에 앉아 있었다. 그날 밤은 따뜻했지만 전기난로를 켜고 무릎엔 덮개를 덮고 있었다. 그녀가 파랗게 질린 얼굴을 켈시 경감에게로 돌렸다.

"죽었죠? 죽은 거 맞죠? 다시 깨어날…… 가능성은 없는 거죠?"

켈시가 천천히 고개를 끄덕였다.

채드윅 선생이 말했다.

"너무 끔찍해요. 불스트로드 선생님도 없는데."

그리고 울음을 터뜨렸다.

"이제 학교는 망했어요. 메도우뱅크는 끝났다고요. 참을 수 없어요. 전 정말 참을 수 없어요."

켈시는 그녀 옆에 앉았다. 그는 동정적으로 말했다.

"잘 압니다. 저도 잘 압니다. 선생님께 커다란 충격이었을 겁니다. 하지만 선생님이 용기를 내셔야 합니다. 제게 모든 걸 말해 주세요. 누가 그랬는지 빨리 알아낼수록 문제도 줄이고 구설수도 줄일 수 있습니다."

"예, 예. 잘 알겠습니다. 저는 일찍 침대에 들었습니다. 오랜만에 푹 자는 것도 좋을 것 같아서요. 하지만 잠을 이룰 수가 없었어요. 걱정이 되어서요."

"학교에 대해 걱정하셨습니까?"

"예. 그리고 샤이스타가 실종된 것도요. 그러곤 스프링거 선생님 생각을 했어요. 또 그녀의 살인 사건으로 인해 학부형들이 영향을 받을 것도요. 그래서 다음 학기엔 학생들을 보내지 않을지도 모르잖아요. 저는 불스트로드 선생님이 걱정되었어요. 사실 그녀가 이 학교를 만든 사람이니까요. 정말 대단한 성과였는데."

"잘 알겠습니다. 자 이제 계속해서 말씀해 보세요. 걱정이 돼서 잠을 이룰 수가 없었다고요?"

"예. 양도 세어 보고 별것 다했어요. 그러다가 침대에서 일어나 아스피린을 먹었죠. 약을 먹고 나서 무심코 창문에서 커튼을 걷어 보았어요. 왜 그랬는지는 잘 모르겠어요. 아마도 스프링거 선생님 생각을 하고 있었기 때문이겠죠. 그런데 거기서…… 거기서 불빛이 보였어요."

"어떤 불빛이었나요?"

"춤추는 듯한 불빛이었어요. 제 말은…… 아마도 손전등 같아요. 예전에 존슨 선생님과 제가 보았던 불과 똑같은 거예요."

"그때 보았던 불빛과 똑같았다는 말씀이시죠?"

"예, 예. 그랬던 것 같아요. 어쩌면 좀 더 흐렸던 것도 같고. 잘 모르겠어요."

"예, 그러고 나서요?"

채드윅 선생의 목소리가 떨리기 시작했다.

"그러고 나서……. 이번에는 누구인지, 무슨 일을 하고 있는지 꼭 알아내겠다는 생각이 들었죠. 그래서 일어나서 코트를 입고 신발을 신은 다음 서둘러 나갔죠."

"누군가를 부를 생각은 안 하셨나요?"

"아니요, 아니요. 못했어요. 그곳에 빨리 가려는 생각뿐이었어요. 거기 있는 사람이 도망갈까 조바심이 났거든요."

"예. 계속해 보십시오, 채드윅 선생님."

"그래서 저는 최대한 빨리 달려갔어요. 문으로 달려가서 들어가기 직전부터 발끝으로 걸었죠. 그래야 들여다봐도 제가 오는 소리를 듣지 못할 테니까요. 저는 거기에 도착했어요. 문이 닫혔지만 약간 열려 있어서 조금 밀어 보았죠. 주변을 둘러보았는데…… 거기에 그녀가 있었어요. 앞으로 쓰러져 있었어요. 죽은 채……."

그녀는 다시 떨기 시작했다.

"예, 예. 채드윅 선생님. 괜찮습니다. 그건 그렇고 거기 골프채가 하나 있던데 선생님이 가지고 가셨습니까? 아니면 밴시터트 선생님이 들고 가셨습니까?"

채드윅 선생이 투미하게 말했다.

"골프채요? 기억이 안 나는데요…… 아, 예. 제가 현관에서 집어 들고 나간 거예요. 만일의 경우에 대비해서 가지고 갔어요. 위험할 때 사용해야 할지도 모르니까요. 하지만 엘리노어를 보고는 떨어뜨려 버렸어요. 그리고 어떻게 왔는지 기억나지 않지만 기숙사로 돌아와서 존슨 선생님을 깨웠어요…… 아, 정말! 견딜 수가 없네요. 견디기가 힘들어요. 이게 메도우뱅크의 마지막일 거예요……."

채드윅 선생의 목소리가 미친 듯이 높아졌다. 존슨 선생이 다가왔다. 존슨 선생이 말했다.

"살인 현장을 두 번이나 발견했으니 누구라도 스트레스를 많이 받았을 거예요. 특히 채드윅 선생님의 연령대라면 말이죠. 더 이상 하실 질문 없죠, 그렇죠?"

켈시 경감은 고개를 끄덕였다. 그는 계단을 내려가면서 벽장에서 양동이와 같이 놓여 있는 구식 모래 부대를 발견했다. 어쩌면 전쟁 때 사용하던 것일지도 모른다. 그리고 갑자기 살인자가 곤봉으로 밴시터트 선생을 때린 게 아닐지도 모른다는 불편한 생각이 들었다. 이 건물 안에 있던 누군가가, 두 번째로 총성을 내는 모험을 감행할 수 없었던 누군가가, 지난번 살인에 썼던 총을 버리고 전혀 혐의가 없어 보이는, 그러나 치명적인 무기를 사용했을지도 모른다. 그리고 사용 후에는 깔끔하게 제자리에 되돌려 놓았을 것이다!

스포츠 파빌리언의 수수께끼

'내 머리에선 피가 흐르지만 숙이지는 않겠어요.'

아담은 마음속으로 생각했다. 그는 불스트로드 선생을 보고 있었다. 이전에는 여자에게 존경심을 느껴 본 적이 없었다. 그녀는 차분하게 꼼짝 않고 앉아서 평생의 업적이 눈앞에서 무너져 내리는 걸 지켜보고 있었다. 가끔씩 또 다른 학생이 학교를 그만둔다는 전화가 왔다.

결국 불스트로드 선생은 결정을 내렸다. 경찰들에게 잠시 실례한다고 말하고 그녀는 앤 섀플랜드를 불렀다. 그리고 간결한 결정을 받아 적게 했다. 학기가 끝날 때까지 학교를 폐쇄한다는 내용이었다. 아이들을 데려가는 것이 힘든 학부형들은 학생들을 그녀에게 맡길 수 있으며, 남아 있는 학생들은 교육을 계속할 것이다.

"학부모들의 이름과 주소를 가지고 있지, 앤? 그리고 모두의 전화번호도?"

"예, 불스트로드 선생님."

앤 섀플랜드는 나가면서 문 앞에서 멈추어 섰다.

"죄송하지만, 선생님. 제가 참견할 건 아닌데요, 하지만 너무 성급하신 게 아닐까요? 제 말은…… 첫 번째 사건 이후에 사람들은 충분히 생각할 시간이 있었고…… 분명 아이들을 데려가고 싶어 하진 않을 텐데요. 그래도 학부모들은 지각 있는 사람들이니까요."

불스트로드 선생은 날카롭게 그녀를 쳐다보았다.

"내가 패배를 너무 쉽게 인정하는 걸로 보여서?"

앤은 얼굴이 붉어졌다.

"저도 알아요. 선생님께선 확실히 하고 싶으신 거지만, 그렇지만…… 예, 그렇게 생각해요."

"앤, 당신은 전사 기질이 있는걸. 그런 모습을 보니 반가운데. 하지만 당신이 틀렸어. 난 패배를 인정하는 게 아니야. 내가 아는 인간 본성을 이용하는 것뿐이야. 아이들을 데려가라고 강요하고 힘을 가하면 학부형들은 아이들을 많이 데려가진 않을 거야. 아이들이 남아야 할 이유를 어떻게든 둘러대겠지. 최악의 경우에는 데리고 가더라도 다음 학기에 학교로 돌려보낼 거야. 만일 다음 학기가 있다면 말이지만."

그녀는 엄하게 말했다. 그리고 켈시 경감을 보았다.

"그건 경감님께 달려 있습니다. 살인 사건을 해결해 주십시오. 살인범을 어서 잡아 주세요. 그렇다면 우린 괜찮을 겁니다."

켈시 경감은 반기지 않는 얼굴이었다. 그가 말했다.

"우리도 최선을 다하고 있습니다."

앤 섀플랜드가 방에서 나갔다.

"매우 능력 있는 친구죠."

불스트로드 선생이 말했다.

"게다가 충직하고요."

이것은 괄호를 친 대사 같았다. 그녀는 다시 경감을 공격했다.

"스포츠 파빌리언에서 두 선생님을 살해한 게 누구인지 전혀 짐작도 안 가시나요? 지금쯤이면 알고 계셔야 하는 것 아닌가요? 그리고 무엇보다도 납치에 대해서도 말이죠. 그건 저도 책임이 있습니다. 그 아이가 누군가가 자신을 납치하려 한다고 했는데. 그런데 저는…… 하느님 저를 용서하소서…… 관심을 끌고 싶어서 그런다고 생각했죠. 이제 보니 밖으로 드러나지 않는 것들이 제법 많습니다. 누군가는 힌트를 주든지 경고를 했을 텐데. 어느 쪽인지는 저도 모르겠어요."

그녀는 잠시 말을 끊었다가 한마디 더 했다.

"아무런 소식도 없나요?"

"아직은 없습니다. 하지만 더 이상 걱정 안 하셔도 됩니다. 그 건은 범죄 수사대에 넘어갔습니다. 특수 수사대도 그 건을 맡았습니다. 24시간 내에 찾아내야 합니다. 아무리 늦어도 36시간을 넘겨선 안 되지요. 영국이 섬나라인 것이 장점이 될 때도 있습니다. 모든 항구, 공항 등을 경계하고 있습니다. 누군가를 납치하는 건 어렵지 않지만 납치한 인질을 데리고 있는 것은 문제가 됩니다. 분명히 찾아낼 겁니다."

불스트로드 선생이 엄하게 말했다.

"살아 있는 상태로 찾았으면 좋겠습니다. 우리가 상대하고 있는 사람은 별로 망설이지 않고 살인을 하는 것 같으니까요."

"만일 그녀를 죽일 생각이었다면 납치하지 않았겠죠. 여기서 살인을 하는 편이 훨씬 더 쉬웠을 겁니다."

아담이 말했다. 그는 마지막 말은 심했다고 생각했다. 불스트로드 선생이 그를 노려보았다.

"그런 것 같군요."

그녀가 딱딱하게 말했다. 전화벨이 울렸다. 불스트로드 선생이 수화기를 들었다.

"예?"

그녀는 켈시 경감에게 손짓했다.

"경감님, 전화입니다."

아담과 불스트로드 선생은 켈시가 전화를 받는 모습을 쳐다보았다. 그는 투덜대면서 쪽지에 뭐라고 적었다. 그리고 마지막으로 말했다.

"알았어. 알더튼 프라이어스. 그건 월셔군. 그래, 우리도 협조하지. 좋아. 잘됐어. 그럼 나는 여기서 계속하지."

그는 수화기를 내려놓고 생각에 잠겼다. 그러더니 고개를 들었다.

"각하께서 오늘 아침에 몸값을 요구하는 편지를 받았다는군요.

코로나 사의 신모델로 타자를 쳤대요. 포트머스의 소인이랍니다. 아마도 속임수겠죠."

"어디로? 어떻게?"

아담이 물었다.

"알더튼 프라이어스에서 북쪽으로 3킬로미터 지점에 있는 교차로. 그 근처는 거의 황무지이거든요. 내일 새벽 2시까지 돈을 봉투에 넣어 전화 부스 밑에 넣어 놓으라는군요."

"얼마나요?"

"2만. 내가 보기엔 미숙해요."

그는 고개를 저었다.

"어떻게 하실 겁니까?"

불스트로드 선생이 물었다. 켈시 경감이 그녀를 바라보았다. 그는 완전히 다른 사람 같았다. 경찰답게 과묵해져 있었다.

"제 마음대로 할 수 있는 건 없습니다, 선생님. 납치에 대응하는 방법이 정해져 있습니다."

그가 대답했다.

"성공했으면 좋겠습니다."

불스트로드 선생이 말했다.

"어렵지 않을 겁니다."

아담이었다.

"미숙하다고요? 그게 무슨……?"

불스트로드 선생이 두 사람이 주고받았던 말 중에 한 단어를 십

어냈다. 그러더니 날카롭게 말했다.

"우리 직원들은 어떻게 해야 하나요? 남아 있는 사람들 말입니다. 그들을 믿을 수 있나요? 아니면 믿지 말아야 하나요?"

켈시 경감이 머뭇거리자 그녀가 말을 계속했다.

"만일 누가 의심스러운지 말씀해 주시면 제 행동에서 그게 드러날까 봐 걱정하시는 거 압니다. 하지만 틀렸습니다. 저는 절대 티를 내지 않습니다."

켈시가 대답했다.

"그러실 거라 생각하지는 않습니다. 하지만 모험을 할 수는 없습니다. 표면적으로는 학교 직원 중에 범인이 있을 것 같진 않습니다. 여태까지 확인해 온 바에 의하면 말입니다. 이번 학기에 새로 온 직원들에게 특별히 더 관심을 쏟고 있습니다. 마드모아젤 블랑슈, 스프링거 선생님, 그리고 선생님 비서. 세 사람이죠. 새플랜드 양의 과거는 완벽하게 확인되었습니다. 그녀는 퇴임한 장군의 딸로, 그녀가 말한 대로 근무지를 옮겨 왔고 기존 고용주들이 확인해 주었습니다. 게다가 그녀는 어제 저녁 알리바이가 있습니다. 밴시터트 선생님이 죽은 시간에 말입니다. 새플랜드 양은 데니스 래트본 씨와 함께 나이트클럽에 있었습니다. 두 사람 다 그곳에서 잘 아는 손님이고 래트본 씨도 훌륭한 성격이었습니다. 마드모아젤 블랑슈의 이력도 확인하였습니다. 영국 북부의 학교에서 학생들을 가르쳤었고 독일의 학교 두 군데에서 일했으며 훌륭한 선생님이라는 평이었습니다. 일류 선생님이라고요."

"저희 기준에는 그렇지 않더군요."

불스트로드 선생이 콧방귀를 뀌었다.

"프랑스에 있는 배경도 조사했습니다. 스프링거 선생님에 대해서는 모두 명확하지는 않습니다. 그녀의 말대로 교육받은 장소는 확인되었지만 직장을 옮기는 중간 중간에 거취가 불문명합니다."

경감이 덧붙였다.

"그렇지만 그녀는 이미 죽었습니다. 그러니 그녀는 제외될 수밖에 없지요."

불스트로드 선생이 딱딱하게 말했다.

"동의합니다. 스프링거 선생님과 밴시터트 선생님은 이미 용의자가 아닙니다. 상식적으로 얘기해 보죠. 블랑슈 선생님이 그녀의 배경에도 불구하고 살아 있기 때문에 용의자로 지목되는 겁니까?"

"그녀가 두 번의 살인을 저질렀을 가능성이 있습니다. 어제 저녁에도 이곳 건물 안에 있었으니까요."

켈시가 말했다.

"어제 일찍 잠자리에 들었고, 곧 잠들어서 경보가 울릴 때까지 아무것도 못 들었다고 했습니다. 그러지 않았을 수도 있다는 걸 증명할 길은 없습니다. 그러니 그녀가 범죄를 저질렀다는 증거가 없습니다. 하지만 채드윅 선생님은 그녀가 매우 교활하다더군요."

불스트로드 선생이 조바심을 내면서 그 주장을 묵살했다.

"채드윅 선생님은 항상 프랑스 어 선생님들을 교활하다고 말합니다. 편견이 있기 때문이지요."

그녀는 아담을 바라보면서 말했다.

"당신 생각은 어떻습니까?"

아담이 천천히 말했다.

"제 생각엔 그녀는 사람들을 엿보고 다니는 것 같습니다. 아마도 천성이 호기심이 많은 것 같습니다. 하지만 뭔가가 있을 수도 있죠. 저도 결론은 못 내리겠습니다. 살인자로 보이진 않지만 그런 건 드러나지 않잖습니까?"

켈시가 말했다.

"바로 그렇죠. 하지만 여기엔 살인자가 있습니다. 두 번이나 살인을 저지른 무자비한 살인자이죠. 하지만 직원 중에 한 사람이라고 보긴 힘듭니다. 존슨 선생님은 지난밤 바닷가인 라임스톤에서 동생이랑 있었다고 하고 더구나 학교에 7년이나 근무했습니다. 채드윅 선생님은 학교를 세울 때부터 같이 해 왔고요. 두 사람 모두 스프링거 선생님의 죽음과는 아무런 관련이 없습니다. 리치 선생님은 1년 넘도록 근무했고 어제 저녁에는 30킬로미터나 떨어진 알턴 그레인지 호텔에 있었습니다. 블레이크 선생님은 리틀포트에 친구와 함께 있었고, 로완 선생님은 1년 동안 학교에 근무했고 배경이 훌륭합니다. 하인들은 사실 모두 살인자로 보기엔 힘들 것 같습니다. 모두 이 지역 사람들이기도 하고요……."

불스트로드 선생은 기쁜 듯이 고개를 끄덕였다.

"경감님의 논리에 동의합니다. 그러면 남는 게 별로 없죠? 그래서……."

그녀는 말을 멈추고 의혹의 눈길로 아담을 쳐다보았다.

"그렇게 되면 이제 남는 사람은 당신 뿐입니다."

아담은 놀라서 입이 벌어졌다.

그녀는 생각에 잠긴 채 혼잣말을 했다.

"현장을 고려하면, 마음대로 드나들 수 있고……. 이곳에 있는 이유도 충분하고, 배경은 괜찮지만 당신이 배신자일 가능성이 있군요."

아담은 정신을 차렸다. 그는 존경 어린 목소리로 말했다.

"정말이지, 불스트로드 선생님. 존경스럽습니다. 모든 것을 생각하시는군요!"

서트클리프 부인이 아침 식사를 하다가 외쳤다.

"이런 세상에! 헨리!"

그녀는 신문을 접었다. 그녀와 남편은 식탁을 사이에 두고 떨어져 앉아 있었고 주말의 손님들은 아직 식당에 오지 않았다.

헨리 서트클리프 씨는 신문의 경제면을 펼쳐 특정 주식의 값이 예상과 달리 움직이고 있다는 사실에 몰두해 있었기 때문에 대답하지 않았다.

"헨리!"

그도 낭랑한 목소리를 들었다. 놀란 얼굴로 고개를 들었다.

"무슨 일이야, 조앤?"

"무슨 일? 또 살인이 일어났어! 메도우뱅크에서! 제니퍼네 학교 말이야!"

"뭐라고? 줘 봐. 나도 보여 줘!"

그의 손에 있던 신문에도 났을 거라는 부인의 말을 무시한 채 서트클리프 씨는 테이블 너머로 부인의 손에 들려 있던 신문을 낚아챘다.

"엘리노어 밴시터트 선생…… 스포츠 파빌리언…… 체육을 가르치던 스프링거 선생과 같은 장소에서…… 흠…… 흠……."

서트클리프 부인은 한탄하며 말했다.

"믿을 수가 없어! 메도우뱅크, 정말 훌륭한 학교인데. 왕족들도 다니고 있고……."

서트클리프 씨는 신문을 구겨서 식탁 위에 던졌다.

"우리가 할 일은 하나뿐이야. 당신이 지금 당장 그곳에 가서 제니퍼를 데리고 와야겠어."

"그럼 아주 데리고 나오란 말이야?"

"그래."

"너무 조급한 결정 아닐까? 로자문드가 친절하게도 아이를 학교에 넣어 주었는데?"

"아이를 데리고 오는 건 당신뿐이 아닐 거야! 잘나가는 메도우뱅크에도 빈자리가 많이 생길걸."

"헨리, 정말 그럴까?"

"그래. 거기 뭔가 크게 잘못되어 있어. 오늘 당장 제니퍼를 데리고 와."

"그래, 물론 당신이 옳겠지. 그럼 제니퍼는 어떻게 해?"

“어디 가까운 곳에 최신 중학교를 찾아서 보내. 그런 데는 살인은 없을 거 아냐.”

“하지만 헨리, 거기도 있어. 기억 안 나? 과학 선생을 총으로 쏜 아이도 있었어. 지난주 세계 뉴스에 났었다고.”

“영국이 어떻게 되려고 이러는지 모르겠군.”

서트클리프 씨가 말했다.

입맛을 잃은 그는 냅킨을 식탁 위에 집어던지고 방으로 성큼성큼 걸어 들어갔다.

아담은 스포츠 파빌리언에 혼자 있었다. 솜씨 있어 보이는 손놀림으로 라커 안에 들어 있는 물건들을 뒤적이고 있었다. 경찰이 아무것도 찾아내지 못했는데 그가 뭔가를 찾아낼 가능성은 거의 없지만 확신할 수는 없었다. 켈시가 말했듯이 부서마다 기술들이 약간씩 차이가 있었다.

이렇게 값비싼 최신 건물과 갑작스럽고 폭력적인 죽음 사이에 무슨 연관이 있을까? 만남의 장소로 이용했다는 생각은 이미 설득력을 잃었다. 살인이 일어난 장소에서 다시 만난다는 것은 말이 안 된다. 그러면 이곳에 뭔가 사람들이 찾는 물건이 있다는 가설이 맞을 것 같았다. 보석이 숨겨져 있을 것 같지는 않았다. 그럼 그것도 제외. 여기에는 비밀스런 은신처라든가 가짜 서랍, 스프링이 장치된 손잡이 따위는 없었다. 라커 안에 있는 물건들은 유감스럽게도 너무 난순했다. 거기에도 학교생활의 비밀이 있긴 했다. 아이돌 스타의 포스터, 담배, 어울리지 않는 싸구려 소설. 그는 샤이스타의 라커로 돌아왔다. 밴시터트 선생은 이 앞에 쭈그려 있다가 살인을 당했다. 밴시터트 선생은 여기서 뭘 찾고 있었을까? 그걸 찾았을까? 살인자가 죽은 그녀의 손에서 그걸 빼앗아 채드윅 선생이 들어오기 전에 나간 걸까? 만일 그렇다면 여기서 찾는 건 의미가 없다. 그게 무엇이었든 간에 이미 사라지고 없었다.

밖에서 들리는 발소리 때문에 그는 생각에서 깨어났다. 줄리아 업존이 약간 머뭇거리며 문가에 나타났을 때 그는 마루 중앙에 서서 담뱃불을 붙이고 있었다.

"뭘 도와 드릴까요?"

아담이 물었다.

"제 테니스 라켓을 가져갈 수 있을까 해서요."

"안 될 이유가 없지요."

아담이 대답했다.

"경찰관이 이곳을 제게 맡기고 갔습니다. 다시 경찰서에 가 봐야 한다면서요. 그가 없는 동안 저보고 지키라고 했습니다."

그는 거짓말로 둘러댔다.

"그가 돌아오는지 살펴야겠죠, 아마도."

줄리아가 말했다.

"경찰관 말인가요?"

"아니요. 제 말은 살인자가요. 살인자는 그러지 않나요? 살인 현장에 다시 돌아오는 거요. 돌아오고 말고요! 그건 심리적인 충동이잖아요."

"그 말이 맞을지도 모르죠."

아담이 말했다. 그는 빽빽하게 걸린 테니스 라켓을 올려다보았다.

"아가씨 라켓은 어디 있나요?"

"유(U) 아래에 있어요. 오른쪽 끝에요. 라켓 위에 이름이 씌어 있어요."

라켓을 건네받으면서 테이프 위에 씌어 있는 이름을 가리키고는 그녀가 설명했다.

"제법 많이 썼군요. 하지만 꽤 좋은 라켓이겠는걸요."

아담이 말했다.

"제니퍼 서트클리프 것도 가져갈 수 있을까요?"

"새 거네요."

아담이 라켓을 건네주면서 감정하듯 말했다.

"아주 새 거예요. 요 얼마 전에 걔 이모가 보내 주신 거래요."

"운이 좋군요."

"걘 좋은 라켓이 필요할 거예요. 테니스를 잘 치거든요. 백핸드가 이번 학기에 엄청 좋아졌어요."

그녀는 주변을 둘러보았다.

"그런데 그가 돌아올 거라고 생각하세요?"

아담은 그녀의 말을 알아듣는데 약간 시간이 걸렸다.

"아, 살인자요? 아니요. 별로 그럴 것 같지 않아요. 너무 위험하지 않겠어요?"

"살인자들은 그렇게 해야만 하는 충동을 느끼지 않아요?"

"뭔가를 남겨 두었다면 모를까."

"증거 말씀이시죠? 저도 증거를 찾았으면 좋겠어요. 경찰에서는 뭐 찾은 게 있나요?"

"저한테는 말을 안 해 주죠."

"맞아요. 그러겠네요……. 혹시 범죄에 관심이 있으세요?"

줄리아는 호기심이 가득한 얼굴로 그를 바라보았다. 그도 줄리아를 바라보았다. 아직 그 아이는 전혀 여성스러운 면이 없었다. 그녀는 샤이스타와 비슷한 나이겠지만 눈에는 호기심만 가득했다.

"글쎄요…… 아마도…… 어느 정도는…… 우리 모두 그렇지 않을까요?"

줄리아는 고개를 끄덕이며 동의했다.

"그래요. 저도 그렇게 생각해요……. 저도 여러 가지 해결책을 생각해 낼 수 있지만……. 하지만 대부분은 현실과 동떨어져 있어요. 하지만 재미있어요."

"밴시터트 선생님을 좋아하지 않았나요?"

"별로 생각해 보지 않았어요. 괜찮은 편이었죠. 불리랑, 아니 불스트로드 선생님이랑 비슷한데, 저는 별로 좋아하지 않았어요. 연극의 대역 같았어요. 그분이 돌아가신 게 좋다는 뜻은 아니고요. 그건 유감스럽게 생각하고 있어요."

그녀는 라켓 두 개를 들고 나갔다.

아담은 남아서 파빌리언을 둘러보았다.

"도대체 여기에 뭐가 있었던 걸까?"

그는 혼잣말을 중얼거렸다.

줄리아가 친 공이 바로 앞을 지나치는데 제니퍼가 말했다.

"이런, 엄마다."

두 소녀는 몸을 돌려 흥분한 서트클리프 부인을 바라보았다. 리치 선생의 안내를 받으며 부인은 빠른 걸음으로 손짓을 하면서 걸어오고 있었다.

제니퍼가 단념한 목소리로 말했다.

"난리 났네. 살인 때문이야. 줄리아, 넌 엄마가 코카서스에서 버스 여행 중이니 좋겠다."

"그래도 이자벨 이모가 있잖아."

"이모들은 엄마랑 다르지. 오셨어요, 엄마."

그녀는 서트클리프 부인이 다가오자 말했다.

"가서 짐을 싸렴, 제니퍼. 너를 데리고 갈 거야."

"집으로요?"

"그래."

"하지만…… 완전히 돌아가는 건 아니죠? 영영?"

"돌아가는 거야."

"하지만 그럼 안 돼요. 제 테니스 실력이 얼마나 좋아졌는데. 단식에서 우승할 확률이 높단 말이에요. 그리고 줄리아랑 같이 나가면 복식에서 우승할지도 모르는데. 좀 힘들 것 같지만."

"넌 나랑 오늘 당장 집으로 돌아가는 거야."

"왜요?"

"질문은 하지 마라."

"스프링거 선생님이랑 밴시터트 선생님이 살해되어서 그런 거죠? 하지만 학생들은 죽지 않았어요. 그리고 3주만 있으면 체육 대회란 말이에요. 멀리뛰기도 제가 우승할 거고, 허들도 우승할 수 있단 말이에요."

"엄마랑 말싸움하지 말자, 제니퍼. 오늘 나랑 돌아가는 거야. 아빠가 그렇게 하랬어."

"하지만 엄마……."

제니퍼는 계속 실랑이를 하면서 엄마와 나란히 건물로 들어갔다. 갑자기 그녀가 다시 테니스 코트로 뛰어왔다.

"잘 있어, 줄리아. 엄마가 마음을 확실히 정하고 온 것 같아. 아빠도 마찬가지고. 짜증나지, 안 그래? 잘 있어. 편지 쓸게."

"나도 편지 쓸게. 여기서 일어나는 건 모두 알려 줄게."

"다음 번에 채디 선생님을 죽이지는 않았으면 좋겠는데. 난 차라리 블랑슈 선생님이었으면 좋겠어, 안 그래?"

"그래. 없어도 크게 상관없는 건 블랑슈 선생님이야. 너, 그런데 리치 선생님이 얼마나 화났는지 봤어?"

"한마디도 안 하시더라. 엄마가 나를 데리러 와서 화가 많이 나신 것 같은데."

"어쩌면 리치 선생님이 너희 엄마를 말려 줄지도 몰라. 리치 선생님도 강요를 잘하는 편이잖아. 다른 사람이랑은 다르지."

"리치 선생님을 보면 예전에 본 누군가가 생각나."

"평범한 얼굴은 아닌데. 좀 특이하게 생기지 않았어?"

"그래 맞아. 좀 특이해. 외모 말이야. 하지만 내가 아는 사람은 제법 뚱뚱했어."

"리치 선생님이 뚱뚱한 건 상상도 못하겠다."

"제니퍼……."

서트클리프 부인이 불렀다.

제니퍼가 화를 내면서 말했다.

"내 생각엔 부모님들이 의욕이 지나친 것 같아. 호들갑, 호들갑, 호들갑. 절대 멈추질 않아. 난 정말 네가 부러워……."

"알아. 벌써 말했잖아. 그렇지만 나도 지금은 엄마가 버스를 타고 아나톨리아에 간 게 아니라 가까운 곳에 있었으면 좋겠어."

"제니퍼……."

"가요……."

줄리아는 천천히 스포츠 파빌리언 쪽으로 걸어갔다. 걸음이 자꾸 느려지더니 결국 멈추어 섰다. 생각에 잠겨서 얼굴을 찌푸린 채 서 있었다.

점심 종소리가 들려왔지만 그녀는 듣지 못했다. 손에 들린 라켓을 내려다보았다. 길을 따라 한두 걸음 움직이다가 주변을 둘러보고 결심한 듯 기숙사로 걸어갔다. 그 시간에는 들어갈 수 없었지만 그녀는 앞문으로 들어갔다. 그렇게 하면 다른 여자 아이들과 마주

칠 일이 없었다. 현관은 텅 비어 있었다. 그녀는 자신의 작은 침실로 달려 올라갔다. 급하게 주변을 둘러보더니 침대 매트리스를 들어 올리고 라켓을 그 밑에 놓았다. 그리고 머리카락을 쓰다듬어 정리하고 태연한 척 내려가서 식당으로 향했다.

알라딘의 동굴

그날 밤, 여학생들은 평상시보다 더 조용하게 침대에 들었다. 학생들의 숫자가 훨씬 적었기 때문이었다. 적어도 30명 정도가 집으로 돌아갔다. 나머지들은 여러 가지 규칙에 따라 행동했다. 흥분, 공포 그리고 불안함으로 인한 약간의 깔깔거림도 있었고, 조용하고 생각에 잠긴 학생들도 있었다.

줄리아 업존은 앞서서 조용히 침실로 올라갔다. 방에 들어선 후 조용히 문을 닫았다. 가만히 서서 속삭임, 키득거림, 발걸음 소리와 밤 인사를 엿들었다. 그러고는 조용해졌다. 거의 고요에 가까웠다. 멀리서 작은 목소리가 희미하게 울렸고 화장실로 오가는 발자국 소리가 들렸다.

문에는 잠금장치가 없었다. 줄리아는 의자를 빼서 등받이가 손잡이 밑에 오도록 기대어 놓았다. 만일 누군가가 들어오려 한다면 먼저 알 수 있을 것이다. 하지만 누군가가 들어올 확률은 적었다. 학생들은 다른 사람의 방에 들어가는 것이 금지되어 있었고 학생들 방에 들어가는 선생님은 존슨 선생뿐이었다. 그것도 학생이 아플 경우에만 가능했다.

줄리아는 침대로 다가가 매트리스를 들어 올리고 그 밑을 더듬었다. 테니스 라켓을 집어 들고 잠시 동안 그것을 붙잡고 서 있었다. 그녀는 지금 바로 그것을 살펴보리라 결정을 내렸다. 만일 늦은 시간까지 기다린다면, 불이 모두 꺼진 상태에서 문 밑으로 새어 나가는 불빛이 의심을 살 수 있을 것이다. 옷을 갈아입고 침대에서 책을 읽는 아이들이 있기 때문에 불이 켜져 있는 10시 30분까지의 시간이야말로 라켓을 살펴보기 좋은 때였다.

그녀는 라켓을 내려다보면서 서 있었다. 테니스 라켓에 어떻게 뭔가를 숨길 수 있을까?

줄리아는 혼잣말을 했다.

"하지만 뭔가 숨겨져 있는 게 틀림없어. 반드시 그럴 거야. 제니퍼의 집에 든 도둑, 새 라켓을 들고 바보 같은 말을 해 대던 여자……."

이런 이야기는 제니퍼 말고는 믿을 사람이 없을 것이다. 줄리아는 생각했다.

그래, 그건 알라딘처럼 새 램프와 낡은 램프를 바꾼 것이고, 그렇다면 바로 이 라켓에 뭔가가 있을 거야. 제니퍼와 줄리아는 서로 라켓을 바꾸었단 말을 누구에게도 안 했다. 아니면 적어도 줄리아 자신은 누구에게도 말하지 않았다.

그러니까 모든 사람들이 스포츠 파빌리언에서 찾고 있는 라켓은 바로 이 라켓이었다. 그리고 이제 그 이유를 알아내는 것은 전적으로 줄리아에게 달려 있었다! 그녀는 조심스럽게 라켓을 훑어보았다. 보기에는 전혀 이상한 것이 없었다. 매우 훌륭한 라켓으로 들고 다니기엔 예쁘지 않았지만 줄도 다시 매어져 있었고 분명 쓸 수 있는 것이었다. 제니퍼는 중심이 맞지 않는다고 불평했다.

테니스 라켓에 뭔가를 숨길 수 있는 장소는 손잡이뿐이었다. 손잡이 속을 파내면 뭔가를 숨길 장소를 만들 수 있다. 말도 안 되는 소리 같지만 가능성은 있다. 그리고 만일 손잡이에 장난을 쳤다면 중심이 맞지 않을 수도 있다.

손잡이는 글씨가 쓰인 가죽으로 둘러져 있었는데, 글씨는 이미 닳아 없어졌다. 가죽은 그냥 위에 붙여진 것일 뿐이다. 그걸 떼어 내면? 줄리아는 화장대에 앉아서 주머니칼로 가죽을 벗겨 내는 데에 성공했다. 그 안에는 얄팍한 둥근 나무가 있었다. 뭔가 어색해 보였다. 빙 둘러서 이음매가 있었다. 줄리아는 주머니칼을 쑤셔 넣었다. 날이 부러졌다. 손톱을 다듬는 가위가 더 효과적이었다. 줄리아는 억지로 비틀어 여는 데에 성공했다. 얼룩덜룩한 붉고 푸른 물질이 보였다. 안을 쑤셔 보고 그녀는 기쁨에 젖었다. 찰흙! 하지만 분명히 테니스 라켓의 손잡이에는 찰흙을 사용하지 않잖은가? 그녀는 손톱 가위를 꼭 붙잡고 찰흙 덩어리를 파냈다. 뭔가를 싸고 있는 것 같았다. 단추나 자갈 같은 것이었다.

그녀는 기침게 찰흙을 후벼 쌌다.

뭔가가 탁자 위로 굴러 나왔다. 그리고 또 뭔가가 굴러 나왔다. 제법 많이 굴러 나와 더미를 이루었다.

줄리아는 뒤로 몸을 젖히고 숨을 삼켰다. 그녀는 뚫어져라 물건을 쳐다보았다.

불타는 듯한 물결, 빨간색, 녹색, 짙은 파란색 그리고 번쩍이는 하얀색…….

순간 줄리아는 어른이 되었다. 더 이상 어린아이가 아니었다. 그녀는 여인이었다. 보석을 바라보는 여인…….

그녀의 머릿속으로 온갖 환상의 단편이 지나갔다. 알라딘의 동굴…… 보석함을 연 마르게리테…… (지난주에 학생들은 코벤트 가든으로 파우스트를 보러 갔었다.)…… 치명적인 보석…… 호프 다이아몬드…… 로맨스…… 까만 벨벳 드레스를 입고 번쩍이는 목걸이를 목에 건 자신의 모습…….

줄리아는 흐뭇한 표정으로 꿈을 꾸며 앉아 있었다. 손가락 사이에 보석들을 올려놓았다가 흐르는 불빛처럼 굴러 떨어지게 만들었다. 번쩍이는 경이로움과 즐거움의 물결이었다.

그러다가 뭔가 멀리서 들리는 작은 소리가 그녀를 정신 차리게 만들었다.

줄리아는 앉아서 자신의 상식을 동원하여 무슨 일을 해야 할까 열심히 생각했다. 작은 소리에도 경계심이 들었다. 그녀는 보석을 모두 쓸어 담아 세면대로 가서 스펀지 가방에 넣고 그 위에 스펀지와 손톱 브러시를 올려놓았다. 그리고 다시 테니스 라켓 쪽으로 돌아가서 찰흙을 쑤셔 넣고 나무 뚜껑을 덮은 뒤 가죽을 붙이려고 애썼다. 가죽이 반대 방향으로 말려 있었지만 접착테이프를 얇게 바른 뒤 그 위로 가죽을 눌러 줘서 간신히 원래 모양대로 만들었다.

완성되었다. 라켓은 예전과 똑같이 보이고 느껴졌다. 무게가 변한 것도 느껴지지 않았다. 그녀는 라켓을 바라보다가 의자 위에 아무렇게나 내려놓았다.

침대를 쳐다보고 깔끔하게 정리하고 기다렸다. 그러나 옷을 갈아입지는 않았다. 대신 그녀는 귀를 기울여 들었다. 밖에 발소리가 나고 있나?

갑자기 뜻밖의 두려움이 느껴졌다. 두 사람이나 죽었다. 만일 그녀가 찾아낸 사실이 알려지면 그녀도 죽을 것이다.

줄리아의 방에는 제법 무거운 떡갈나무 서랍장이 있었다. 그녀는 서랍장을 문 앞까지 끌어다 놓으면서 메도우뱅크 기숙사에 자물쇠가 있으면 얼마나 좋았을까 생각했다. 그녀는 창문으로 가서 위쪽 새시를 끌어올리고 고정시켰다. 창문 주변에는 나무도, 디딜 곳도 없었다. 누군가가 창문으로 들어올 수는 없겠다고 생각했지만 그녀는 모험을 할 생각이 없었다.

작은 시계를 바라보았다. 10시 30분. 줄리아는 심호흡을 하고 불을 껐다. 아무도 이상하다고 느끼게 해선 안 되었다. 그녀는 창문에서 커튼을 조금 걷었다. 하늘에 있는 보름달 덕분에 방문이 뚜렷하게 보였다. 그녀는 침대 가장자리에 앉았다. 손에는 그녀가 가진 것 중에 가장 튼튼한 신발이 들려 있었다.

줄리아는 혼잣말을 했다.

"만일 누군가가 들어오려 한다면……, 있는 힘을 다해서 벽을 두드리는 거야. 옆방에는 메리 킹이 있으니까 그 소리를 듣고 일어나겠지. 그리고 있는 힘을 다해 소리를 지르는 거야. 사람들이 오면, 악몽을 꾸었다고 해야지. 여기서 일어났던 일들을 생각하면 악몽을 꾼대도 이상하지 않겠지."

그녀는 앉아 있었고 시간이 흘렀다. 그리고 복도를 지나가는 가벼운 발자국 소리가 들렸다. 자기 방문 앞에서 발자국 소리가 멈추었다. 오랫동안 아무 소리도 나지 않았다. 그리고 천천히 문고리를 돌리는 소리가 났다.

소리를 질러야 할까? 아직은 아니다.

문을 밀었지만 서랍장에 부딪혀 많이 열리지 않았다. 그 때문에 밖에 있는 사람은 놀란 것 같았다.

다시 한 번 정적이 흘렀다. 그러고는 문을 두드리는 소리가 났다. 매우 부드럽고 조용한 소리였다.

줄리아가 스스로에게 타일렀다.

'나는 자는 중이야. 난 아무것도 들리지 않아.'

누가 밤중에 자기 방에 와서 문을 두드리겠는가? 노크를 할 만한 사람이라면 이름을 부르고 문손잡이를 덜컥거리면서 소리를 낼 것이다. 하지만 이 사람은 소리를 낼 수가 없었다…….

오랫동안 줄리아는 앉아 있었다. 노크 소리는 나지 않았다. 손잡이도 움직이지 않았다. 줄리아는 긴장해서 앉아 있었다. 그녀는 오랫동안 그렇게 앉아 있었다. 그녀는 어느 결에 잠이 들었는지 몰랐다. 학교 종소리에 깨어나서야 자신이 침대 가장자리에서 불편하게 웅크리고 잤다는 사실을 알았다.

아침을 먹은 후 여학생들은 올라가서 침대를 정리했다. 그리고 대강당으로 내려가서 기도를 했고 다 끝난 뒤에야 각자의 교실로 들어갔다.

학생들이 교실로 뿔뿔이 흩어질 때가 되어서야 줄리아도 한 교실로 들어가서 다른 쪽 문으로 빠져나왔다. 그리고 건물을 돌아가는 무리를 따라 걷다가 진달래 덤불 속으로 뛰어들었다. 여러 번 덤불 사이로 뛰어다니다가 벽 옆에 커다란 라임 나무가 서 있는 곳으로 갔다. 그리고 나무를 올라갔다. 줄리아는 나무에 자주 올랐기 때문에 아주 능숙했다. 나뭇잎이 무성한 가지들 사이에 완벽하게 숨은 줄리아는 앉아서 가끔씩 손목시계를 쳐다보았다. 한동안은 그녀가 사라진 것을 아무도 모를 것이다. 요즘은 혼란스러웠고 교사가 두 명이나 없을 뿐만 아니라 학생들의 반 정도는 집에 돌아가 버렸다. 그래서 모든 수업이 재정비되어 아무도 점심시간까지 줄리아 업존이 없어진 사실을 알아차리지 못할 것이다. 그때쯤이면…….

줄리아는 다시 손목시계를 보고 담의 높이쯤까지 수월하게 내려왔다. 다리를 걸쳐 넘더니 쉽게 벽의 다른 쪽으로 내려왔다. 100미터 정도 거리에 버스 정류장이 있었다. 몇 분 뒤에는 버스가 도착할 것이다. 제시간에 버스가 도착하자 줄리아는 손을 흔들어 버스에 올라타고 코트 안에 넣어 온 펠트직 모자를 꺼내어 흐트러진 머리카락 위로 푹 눌러썼다. 기차역에 다다르자 버스에서 내려 런던으로 가는 기차에 올랐다.

줄리아의 방 안 세면대에는 불스트로드 선생에게 남긴 쪽지가 있었다.

> 불스트로드 선생님,
>
> 저는 납치당하거나 도망간 것이 아닙니다. 그러니 걱정하지 마세요. 가능한 한 빨리 돌아오겠습니다.
>
> 줄리아 업존 드림

화이트하우스 맨션 228호에서 에르퀼 푸아로의 충직한 시종이자 하인인 조지가 문을 열고는 약간 지저분한 얼굴의 여학생을 발견하고 놀란 눈으로 바라보았다.

"무슈 에르퀼 푸아로를 만날 수 있을까요?"

조지는 평상시보다 훨씬 뜸을 들이면서 대답했다. 방문객이 너무 뜻밖이었다. 그가 말했다.

"무슈 푸아로께서는 약속하지 않은 손님은 만나지 않으십니다."

"죄송하지만 저는 기다릴 시간이 없어요. 꼭 지금 만나 뵈야만 해요. 급한 일이에요. 몇 건의 살인과 도둑질에 대한 일이에요."

"무슈 푸아로에게 여쭤 보고 알려 드리겠습니다."

그는 여학생을 현관에 두고 주인에게 물어보러 들어갔다.

"젊은 아가씨입니다. 꼭 급하게 만나 뵈야 한다는데요."

에르퀼 푸아로가 대답했다.

"세상일은 그렇게 호락호락하게 움직여지지 않는다는 걸 알아야 할 텐데."

"저도 그렇게 말했습니다만."

"어떤 젊은 아가씨인가?"

"글쎄요, 오히려 소녀에 가깝습니다."

"소녀라고? 젊은 아가씨라고? 어느 쪽을 말하는 거지, 조르주? 그 둘은 다르단 말이야."

"죄송합니다만 제 말씀을 잘 못 알아들으신 것 같습니다. 손님은 소녀라고 해야 할 것 같습니다. 학교를 다닐 만한 나이입니다. 하지만 코트가 지저분하고 찢어졌지만 충분히 아가씨 대접을 받을 만합니다."

"사회적인 관용어란 말이지. 알겠어."

"몇몇 살인과 도둑질에 관한 건으로 꼭 주인님을 만나야겠다고 합니다."

푸아로의 눈썹이 올라갔다.

"몇몇 살인, 그리고 도둑질이라. 독특하군. 그 아이를, 아니 숙녀분을 들여보내게."

줄리아는 전혀 머뭇거리지 않고 방으로 들어왔다. 매우 예절 바르게, 그리고 자연스럽게 말했다.

"안녕하세요, 무슈 푸아로. 저는 줄리아 업존입니다. 엄마의 절친

한 친구분과 친하시다고 들었습니다. 서머헤이즈 부인요. 지난 여름에 같이 지냈는데 선생님 이야기를 많이 하셔서요."

"서머헤이즈 부인이라……."

푸아로의 생각은 언덕 위 마을 가운데에서 제일 높은 곳에 있는 집으로 되돌아갔다. 매력적인 주근깨투성이 얼굴과 부러진 스프링이 들어 있는 소파, 개 여러 마리, 그리고 호감과 비호감이 가는 여러 가지 것들이 스쳐 지나갔다.

"모린 서머헤이즈. 아, 그래."

그가 말했다.

"저는 모린 이모라고 부르죠. 하지만 실은 이모는 아니에요. 이모에게 선생님이 얼마나 대단한지, 그리고 살인죄로 감옥에 간 사람을 어떻게 살려 줬는지 들었어요. 그래서 제가 어떻게 해야 할지 떠오르지 않자 선생님이 생각났어요."

"영광이구나."

푸아로가 진지하게 대답했다. 그는 줄리아가 앉을 의자를 빼내 왔다.

"자, 이야기해 보렴. 내 하인인 조지 말로는 도둑질과 몇 건의 살인에 대해 이야기하려고 왔다던데. 그럼 살인 사건이 하나가 아니란 말이구나?"

"예. 스프링거 선생님과 밴시터트 선생님요. 그리고 납치도 있어요. 하지만 그건 제가 상관할 바가 아닌 것 같아요."

"정말 놀랍구나. 어디서 이런 흥미로운 사건들이 일어나고 있는 거니?"

"저희 학교요. 메도우뱅크에서요."

"메도우뱅크, 아."

푸아로가 감탄했다. 그는 신문이 깔끔하게 접혀 있는 옆으로 손을 뻗었다. 신문 하나를 집어 들어 펼치고는 첫 페이지를 바라보았다. 그러고는 고개를 끄덕였다.

"이제 이해하겠다. 자, 줄리아, 이야기해 주렴. 처음부터 모두 이야기해 주려무나."

줄리아는 이야기했다. 길고 광범위한 이야기였지만 그녀는 명확하게 이야기했다. 가끔씩 잊어버리고 지나친 것은 되돌아가서 이야기했다.

"그래서 전 그게 꼭 알라딘 이야기 같다고 생각했어요. 새 램프와 낡은 램프를 바꾸는 거요. 그래서 테니스 라켓에 뭔가 있다고 생각했죠."

"그리고 거기에 뭔가 있었니?"

"예."

줄리아는 수줍어하지 않고 스커트를 걷어 올렸다. 속바지를 허벅지까지 말아 올리자 다리 위쪽에 찜질 팩처럼 테이프로 고정된 것이 드러났다.

"아야!"

그녀는 소리를 내면서 테이프를 뜯어냈다. 찜질 팩처럼 보이는 물건은 회색 비닐로 된 스펀지 가방의 일부였다. 줄리아는 포장을 풀고 아무런 경고 없이 반짝이는 보석을 책상 위에 쏟아 냈다.

"농 덩 농 덩 농!(이런, 이런, 이런, 이런!)"

푸아로가 놀란 듯 속삭이는 목소리로 감탄사를 뱉어 냈다.

그는 보석을 집어 올려 손가락 사이에서 굴려 보았다.

"농 덩 농 덩 농!(이런, 이런, 이런, 이런!) 하지만 이건 다 진짜구나. 진짜 보석이야."

줄리아가 고개를 끄덕였다.

"그렇겠죠. 그렇지 않다면 사람들을 죽이지 않았겠죠. 하지만 이 정도라면 사람을 죽이는 것도 이해가 가요!"

그리고 갑자기 어제 저녁에 그랬던 것처럼 아이의 눈 속에서 여인의 시선이 보였다. 푸아로가 날카롭게 그녀를 바라보며 고개를 끄덕였다.

"그래. 너도 이해할 수 있겠지. 너도 그 마법을 느끼는 거야. 이건 그냥 예쁜 색깔의 장난감이 아니지. 그래서 유감이란다."

"이건 보석이지요!"

줄리아의 목소리에도 흥분이 느껴졌다.

"그래. 네 말대로라면 테니스 라켓에서 찾아냈다고?"

줄리아는 이야기를 끝냈다.

"이제 나한테 모두 다 이야기한 거니?"

"그런 것 같아요. 어쩌면 여기저기 조금씩 과장이 되었을지도 몰라요. 저는 과장을 잘 하거든요. 제 친구인 제니퍼는 저와는 정반대예요. 걔는 아무리 재미있고 흥분되는 일이라도 지겹게 만들어 버려요."

줄리아는 다시 한 번 번쩍이는 돌무더기를 바라보았다.

"무슈 푸아로, 이건 누구의 물건일까요?"

"그건 정말로 말하기 힘들 것 같구나. 하지만 네 것도 아니고 내 것도 아니야. 이제 무슨 일을 해야 할지 결정해야 한다."

줄리아는 기대하는 눈초리로 푸아로를 보았다.

"나한테 맡기는 거니? 좋아."

에르퀼 푸아로는 눈을 감았다가 갑자기 뜨더니 매우 활발해졌다.

"이번 사건은 내가 원하는 대로 자리에 앉아서 해결할 수 있는 건이 아니구나. 순서와 방법이 있어야 하는데 네가 얘기한 걸로 봐서는 순서도 없고 방법도 없어. 그건 여러 가닥의 이야기가 있기 때문이야. 하지만 모든 이야기가 모여서 한 곳에서는 만나는데, 그곳이 메도우뱅크구나. 다양한 목적을 가졌고, 여러 가지 이해관계를 대변하는 사람들이 모두 메도우뱅크로 모이고 있어. 그러니 나도 역시 메도우뱅크로 가야겠지. 그리고 너는 말이야, 너의 어머닌 어디 계시니?"

"엄마는 버스를 타고 아나톨리아로 가셨어요."

"아, 네 어머니는 버스를 타고 아나톨리아로 가셨구나. 이런 곤란한 일이! 어머니께서 서머헤이즈 부인과 친구라고! 말해 보렴. 너는 서머헤이즈 부인과 지내면서 즐거웠니?"

"아, 예. 아주 즐거웠어요. 멋진 개를 많이 데리고 계시더라고요."

"개. 그래, 나도 기억하고 있단다."

"개들이 창문으로 드나들었어요. 마치 팬터마임 같죠."

"네 말이 옳아! 그리고 음식은? 음식도 맛있었니?"

"글쎄요. 가끔씩 이상한 음식을 주시기도 했어요."

줄리아가 인정했다.

"이상하다. 그렇지, 바로 그거야."

"하지만 모린 이모는 기막힌 오믈렛을 만들 줄 아시죠."

"기막힌 오믈렛을 만든다."

푸아로가 기쁜 목소리로 말했다. 그리고 한숨을 쉬었다.

"그렇다면 에르퀼 푸아로는 헛살지 않았구나. 모린 이모에게 오믈렛 만드는 법을 가르쳐 준 건 나란다."

그는 수화기를 들었다.

"이제 너희 교장 선생님께 네가 안전하다는 것을 알리고, 내가 널 데리고 메도우뱅크로 간다고 해야지."

"제가 괜찮다는 건 알고 계실 거예요. 납치당하지 않았다고 쪽지를 남겼거든요."

"그렇더라도 더 안심시켜 드려야지."

전화를 받은 사람은 불스트로드 선생이었다.

"아, 불스트로드 선생님? 저는 에르퀼 푸아로라고 합니다. 선생님의 학생인 줄리아 업존 양이 저와 함께 있습니다. 차로 그 애를 즉시 데려다 드리도록 하죠. 그리고 사건을 담당하고 있는 경찰에게 제가 좀 가치 있는 물건이 든 주머니를 은행에 맡겼다고 전해 주십시오."

그는 전화를 끊고 줄리아를 보았다.

"시럽을 좀 줄까?"

그가 제안했다.

"골든 시럽 말씀이신가요?"

줄리아는 의심의 눈초리로 보았다.

"아니야, 과일 주스로 된 시럽이야. 블랙커런트, 라즈베리, 그로세일레, 그건 레드커런트라고 하지?"

줄리아는 레드커런트를 골랐다.

"하지만 보석은 은행에 없잖아요."

줄리아의 지적에 푸아로가 대답했다.

"조금만 있으면 그렇게 될 거다. 하지만 메도우뱅크에서 듣고 있을 누군가를 위해서, 아니면 몰래 듣고 있거나 정보를 전달 받을 사람이 이미 보석이 은행에 있지 네게는 없다는 걸 듣게 하기 위해서지. 은행에서 보석을 꺼내는 건 많은 시간과 작업이 필요하단다. 그리고 얘야, 너한테 무슨 일이 생기는 건 정말 싫구나. 난 네 용기와 지략을 높이 사고 있거든."

줄리아는 기뻤지만 쑥스러웠다.

상담

에르퀼 푸아로는 학교 교장들이 자기같이 뾰족한 가죽 신발을 신고 콧수염을 기른 나이 든 외국인에 대해 보일 편견과 싸울 준비를 했다. 그러나 곧 기분 좋게 놀랄 수 있었다. 불스트로드 선생은 국제인다운 침착함을 유지하면서 그를 반갑게 맞이했다. 흐뭇하게도 그녀 역시 푸아로에 대해 잘 알고 있었다.

그녀가 말했다.

"매우 친절하시군요, 무슈 푸아로. 우리가 불안해하지 않도록 즉시 전화를 주셔서 감사합니다. 저희는 불안해하지도 않았는데 말입니다. 줄리아, 네가 점심시간에 없는 줄 몰랐단다."

그녀는 줄리아에게 말했다.

"오늘 아침에 너무 많은 학생들이 집으로 돌아가서 점심시간에 빈자리가 많았단다. 학생의 반이 사라졌대도 아무도 눈치 채지 못했을 거야. 지금 상황이 평상시와 다르니까."

그리고 다시 푸아로에게 말했다.

"평상시라면 절대 이렇게 맥 빠진 상태가 아니랍니다. 선생님 전화를 받고 줄리아의 방에 갔을 때서야 이 아이가 남긴 쪽지를 보았습니다."

"제가 납치되었다고 생각하지 않으시길 바랐어요."

줄리아가 말했다.

"고맙구나. 하지만 줄리아, 네가 무얼 하려는지 미리 말해 주었으면 좋았을 텐데."

"전 그러지 않는 편이 좋다고 생각했어요."

그리고 불쑥 한마디 덧붙였다.

"레 조레이유 앙네미스 누 에꾸뜨.(적의 귀가 우리를 듣고 있다.)"

"블랑슈 선생님이 네 악센트를 좀 더 교정해 주지 않았구나, 줄리아. 하지만 너를 혼내려는 건 아니란다."

불스트로드 선생이 기분 좋게 말했다.

그녀는 줄리아에게서 푸아로에게로 시선을 돌렸다.

"자, 그동안 무슨 일이 있었는지 정확하게 듣고 싶군요."

"허락해 주시겠습니까?"

에르퀼 푸아로가 대답했다. 그리고 방을 가로질러 걸어가서 문을 열고 밖을 살펴보았다. 그는 무척 과장된 행동으로 문을 닫았다. 그리고 미소 지으며 돌아왔다. 그는 알쏭달쏭하게 말했다.

"아무도 없습니다. 계속해도 괜찮습니다."

불스트로드 선생은 그를 바라보고 문을 쳐다본 다음 다시 그를 보았다. 그녀의 눈썹이 올라갔다. 푸아로는 눈으로 대답했다. 천천히 불스트로드 선생이 고개를 숙였다. 그리고 다시 활발한 목소리로 말했다.

"자, 그럼, 줄리아. 모두 이야기해 보렴."

줄리아는 다시 이야기를 시작했다. 테니스 라켓의 교환, 의심스러운 여인. 그리고 마지막으로 라켓 안에서 발견된 것. 불스트로드 선생은 푸아로를 쳐다보았다. 그는 부드럽게 고개를 끄덕였다.

"줄리아 양이 모두 정확하게 이야기해 주었습니다. 그 물건은 제가 처리했습니다. 그것은 안전하게 은행에 맡겼습니다. 그러므로 더 이상 불쾌한 사건들이 일어날 거란 예상은 버리셔도 됩니다."

불스트로드 선생이 말했다.

"그렇군요. 예, 알겠습니다……."

불스트로드 선생은 잠시 동안 아무 말도 하지 않다가 다시 말을 이었다.

"그럼 줄리아가 이곳에 남아 있는 것이 현명할까요? 이모가 있는 런던으로 보내는 것이 좋을까요?"

"선생님, 여기 남아 있게 해 주세요."

줄리아가 말했다.

"너는 이곳이 좋니?"

"전 학교를 사랑해요. 그리고 너무나 흥미진진한 일들도 일어나고 있잖아요."

"이건 평상시의 메도우뱅크가 아니야."

불스트로드 선생이 짤막하게 대답했다.

"제 생각엔 이제 줄리아는 위험한 상황이 아닙니다."

에르퀼 푸아로가 대답했다. 그는 다시 문 쪽을 바라보았다.

불스트로드 선생이 말했다.

"무슨 말씀이신지 잘 알겠습니다."

푸아로가 줄리아를 보면서 덧붙였다.

"하지만 그러기 위해선 신중해야 할 겁니다. 너는 그게 무슨 말인지 알겠니?"

"무슈 푸아로의 말씀은 네가 발견한 것에 대해 입을 다물어야 한다는 거란다. 다른 여학생들에게 이야기해선 안 돼. 아무 말도 안 할 수 있겠니?"

"예."

"친구들에게 말할 좋은 자랑거리가 될 거야. 한밤중에 테니스 라켓에서 찾아낸 물건 말이지. 하지만 이야기하지 말아야 할 중요한 이유가 있단다."

푸아로의 말에 줄리아가 대답했다.

"잘 알겠어요."

"너를 믿어도 되겠니, 줄리아?"

불스트로드 선생이 말했다.

"믿으셔도 돼요. 제 심장을 걸게요."

줄리아가 말했다. 불스트로드 선생이 미소를 지었다.

"곧 네 어머니께서 돌아오셨으면 좋겠구나."

"엄마요? 저도 빨리 오셨으면 좋겠어요."

"켈시 경감님에게 들은 바로는 너의 어머니와 연락하려고 모든 방법이 동원되고 있다는구나. 그렇지만 불행히도 아나톨리아의 버스들은 예상대로 늦게 도착하기 때문에 스케줄대로 움직이지 않는다더구나."

불스트로드 선생이 말했다.

"엄마한테는 말해도 되죠, 안 되나요?"

줄리아가 말했다.

"물론이지. 자, 줄리아, 그건 다 결정 났어. 이제 가 보도록 해."

줄리아가 방을 나가면서 문을 닫았다. 불스트로드 선생은 푸아로를 뚫어져라 쳐다보았다. 그녀가 말했다.

"제가 제대로 이해를 했다면 말입니다. 아까 문을 닫으실 때 일부러 과장되게 크게 하셨죠. 실은 문을 살짝 열어 두셨죠."

푸아로가 고개를 끄덕였다.

"그래서 우리가 하는 말을 누가 엿듣도록 말이죠?"

"그렇습니다. 만일 누군가가 엿듣고 싶어 한다면 말입니다. 아이의 안전을 위한 조치였습니다. 그 아이가 찾아낸 물건이 아이의 손에 없고, 이제 안전하게 은행에 있다는 사실을 알려야 했으니까요."

불스트로드 선생은 그를 잠시 쳐다보았다. 그리고 입술을 굳게 다물었다. 그녀가 말했다.

"이 모든 것은 끝나야만 합니다."

경찰 서장이 말했다.

"제 생각은 이겁니다. 아이디어와 정보를 모두 모으는 겁니다. 무슈 푸아로, 같이 해 주셔서 영광입니다. 켈시 경감도 선생님을 잘 기억하고 있습니다."

"한참 된 일입니다. 워렌더 경감님이 사건 담당이었죠. 저는 그때 신출내기 경사였습니다."

"이 신사분은 편의상 아담 굿맨이라고 부르고 있습니다. 아마 모르실 겁니다. 무슈 푸아로, 하지만 아마도 그의 상사는 알고 계실 겁니다. 특별 수사팀입니다."

그가 말했다.

에르퀼 푸아로가 깊이 생각하면서 대꾸했다.

"파이커웨이 대령님 말입니까? 아, 예. 이제 대령님을 뵌 지도 꽤 오래되었습니다. 아직도 졸고 계시나요?"

푸아로의 질문에 아담이 웃으면서 대답했다.

"대령님을 잘 아시는군요, 무슈 푸아로. 저는 그분이 멀쩡하게 깨어 있는 걸 본 적이 없습니다. 만일 그런 날이 온다면 적어도 그분이 주변 일에 신경 쓰지 않는 때가 있다는 뜻이겠죠."

"대단하시군요. 관찰력이 좋으십니다."

"자, 이제 일을 시작합시다. 제 의견은 내세우지 않겠습니다. 실제로 이 사건을 맡은 사람들이 알고 있고, 생각하는 바를 듣도록 하겠습니다. 이 사건에는 여러 가지 측면이 있습니다. 그리고 한 가지는 제가 먼저 말해야겠습니다. 이것은, 음…… 아주 위에서부터 내려온 명령에 의한 것이기도 합니다."

서장이 말했다. 그러고는 푸아로를 바라보았다.

"이렇게 말해 봅시다. 그 작은 여자 아이가 당신에게 제법 재미난 이야기를 가지고 옵니다. 테니스 라켓의 손잡이에서 뭔가를 찾았다며 말입니다. 색깔 있는 돌, 잘 만들어진 모조품, 어쩌면 준보석쯤 되는 것들을 모아서 가져왔다고 합시다. 그게 무엇이든, 작은 아이로서는 매우 흥미로운 걸 찾은 거죠. 그렇다면 아이는 그 가치를 과장했을 수도 있습니다. 가능하지 않겠습니까?"

그는 에르퀼 푸아로를 뚫어져라 바라보았다.

에르퀼 푸아로가 말했다.

"충분히 가능성 있는 말로 들립니다."

서장이 말했다.

"좋습니다. 이 색깔 있는 돌을 이 나라로 가지고 들어온 사람은 전혀 모르고 있었던 듯하니, 밀수에 관련해서는 아무 질문도 하지 않겠습니다."

그가 계속 말했다.

"그러면 외교 정책의 문제가 남습니다. 제가 이해한 바로는 현재로서도 이미 상황은 민감합니다. 석유나 광석과 같은 문제에 이르면 우리는 정부가 가진 힘을 다 동원해서 협상해야 합니다. 곤란한 문제가 발생하는 걸 원하지 않습니다. 언론에서 살인을 다루지 못하게 할 수는 없습니다. 그리고 여태까지도 막지 못했고요. 하지만 보석이나 그와 연관된 것은 전혀 거론되지 않았습니다. 현재로서는 그럴 필요가 없을 것 같고요."

푸아로가 대답했다.

"동의합니다. 국제적인 분쟁도 고려를 해야 하니까요."

서장이 말했다.

"바로 그겁니다. 고인이 된 라마트의 전 지도자가 이 나라의 친구였음은 분명하지만 고인의 소유였던 물건에 대한 뜻은 그대로 받드는 게 좋다고 생각합니다. 그게 무엇이었는지, 제 생각에는 아는 사람이 아무도 없습니다. 만일 라마트의 새 정부에서 특정 물건에 대한 소유권을 주장하는 일이 생긴다면 이 나라 안에 그런 물건이 있다는 사실 자체를 모르는 편이 나을 겁니다. 단순한 거절은 현명하지 못할 테니까요."

푸아로가 말했다.

"외교에서는 단순한 거절은 있을 수 없지요. 그 대신 그런 물건이 있다면 가장 긴밀하게 관찰할 것을 보장하지만 현재로서는 고인이 된 라마트의 지도자가 소유했던 물건, 아, 둥지 속의 알이라고 해 두죠…… 그 알에 대해서 아는 바가 전혀 없지요. 아직도 라마트에 있을 수도 있으며, 고(故) 알리 유스프 왕자의 의리 있는 친구가 가지고 있을 수도 있으며, 대여섯 명이나 되는 운반자들이 가지고 나갔을 수도 있고, 라마트 시내에 아직도 숨겨져 있을지도 모릅니다. 간단히 말하면 알 수 없다는 거죠."

푸아로는 어깨를 으쓱했다.

서장은 한숨을 쉬었다. 그가 말했다.

"감사합니다. 제가 말하고 싶었던 게 그겁니다."

그리고 말을 이었다.

"무슈 푸아로, 당신은 이 나라에 고위직 친구들이 많잖습니까. 모두들 당신에 대한 믿음이 강합니다. 반대하지 않으신다면 비공식적으로 그분들 모두 그 물건을 당신의 손에 맡기겠다고 했습니다."

푸아로가 말했다.

"반대하지 않습니다. 그렇게 해 두죠. 지금 우리에게는 더 심각한 문제들이 있습니다. 안 그렇습니까?"

그는 주변을 둘러보았다.

"혹시 그렇게 생각하지 않는 건가요? 하지만 수백만의 돈이라 한들 인간의 목숨에 비하면 별것 아니잖습니까?"

"맞습니다, 무슈 푸아로."

서장이 말했다.

켈시 경감도 말했다.

"항상 옳은 말씀을 하시는군요. 우리가 원하는 건 살인자입니다. 무슈 푸아로의 의견을 들을 수 있다면 좋겠습니다."

그리고 그는 한마디 더 했다.

"왜냐하면 계속해서 추측을 더할 뿐인데, 선생님의 추측은 다른 사람보다 낫기 때문이죠. 모든 것은 뒤엉킨 실타래 같습니다."

푸아로가 대답했다.

"정확한 표현입니다. 누군가가 그 실타래를 들어 올려 우리가 찾는 색깔의 실을 골라내야 하죠. 살인자의 색깔 말입니다. 안 그렇습니까?"

"맞습니다."

"그럼 말씀해 주십시오. 반복하는 게 지겹겠지만 여태까지 알아낸 것을 모두 말씀해 주십시오."

그는 자리를 잡고 앉아서 이야기를 들었다. 켈시 경감의 이야기도 듣고, 아담 굿맨의 이야기도 들었다. 서장이 요약해서 말하는 것도 들었다. 그리고 뒤로 몸을 기대고 눈을 감은 채 고개를 천천히 끄덕였다. 그가 말했다.

"살인 두 건. 같은 장소에서 비슷한 조건에서 일어났군요. 납치 한 건. 대상은 이 모든 이야기의 중심에 있을지도 모르는 소녀. 그럼 왜 그녀가 납치되었는지 먼저 규명해 봅시다."

"그 아이가 말한 내용을 말씀해 드릴까요?"

켈시 경감이 말했다. 그가 이야기를 하는 동안 푸아로는 열심히 들었다. 다 듣고 나서 그가 불평했다.

"말이 안 됩니다."

"저도 처음엔 그렇게 생각했습니다. 사실 저는 그 아이가 스스로 중요한 척하려고……."

"그런데 그녀가 납치당했단 말이죠. 왜일까요?"

켈시가 천천히 말했다.

"몸값을 요구받았습니다. 하지만……."

켈시가 말을 멈추었다.

"하지만 거짓말 같았단 말씀이시죠? 납치라는 걸 확인시키려고 괜히 돈을 요구했다고 느껴지시는 거죠?"

"맞습니다. 그들은 약속을 지키지 않았습니다."

"그러면 샤이스타는 다른 이유로 납치되었군요. 도대체 무슨 이유일까요?"

"중요한 물건을 어디에 숨겼는지 알아내기 위해서일까요?"

푸아로가 고개를 저었다. 그가 지적했다.

"어디에 숨겨졌는지 그녀도 모르고 있었습니다. 적어도 그건 분명합니다. 그러니 다른 게 있을 겁니다……."

푸아로의 목소리가 잦아들었다. 그는 얼굴을 찌푸리고 잠시 묵묵히 생각했다. 그러더니 몸을 일으켜 앉더니 질문을 던졌다.

"그녀의 무릎. 그녀의 무릎을 본 사람이 있습니까?"

아담은 놀라서 그를 바라보며 물었다.

"아니요. 왜 그래야 하죠?"

"남자들이 여자 아이의 무릎을 보는 이유는 많습니다."

푸아로가 엄숙하게 말했다.

"불행히도 당신은 본 적이 없나 보군요."

"그녀의 무릎에 이상한 점이라도 있었습니까? 흉터라도? 그런 건가요? 저는 모릅니다. 학생들은 대부분 스타킹을 신고 있는 데다가 스커트가 무릎 아래까지 내려옵니다."

"그렇다면 수영장에서는?"

푸아로가 희망을 가지고 질문을 던졌다.

"한 번도 가는 걸 못 봤어요. 그저 그녀에겐 너무 춥지 않을까 했죠. 따뜻한 날씨에 익숙할 테니까요. 어떤 걸 바라시는 건가요? 흉터? 그런 종류인가요?"

"아니, 아니요. 그런 게 전혀 아닙니다. 뭐, 어쩔 수 없지. 유감이군요."

그는 서장에게 말했다.

"허락해 주신다면 제네바에 지사로 있는 제 오랜 친구에게 연락해 보겠습니다. 그가 우릴 도와줄 수 있을 겁니다."

"그 애가 거기서 학교에 다닐 때의 일과 관련되어 있습니까?"

"가능성이 있습니다. 허락해 주시겠습니까? 좋습니다. 그냥 제게 생각이 하나 있어서 말입니다."

그는 잠시 말을 멈추었다가 계속했다.

"그건 그렇고 왜 납치에 대해서 신문에 보도되지 않았던 겁니까?"

"에미르 이브라힘이라는 사람이 절대로 안 된다고 말렸습니다."

"하지만 촌평란에서 짧은 글을 읽긴 했습니다. 젊은 외국인 아가씨가 갑자기 학교를 떠나 버렸다고요. 그 칼럼니스트는 사랑 때문이라고 썼더군요. 사건을 축소하려는 것 같더군요!"

아담이 대답했다.

"그건 제 생각이었습니다. 그렇게 하는 게 좋을 것 같았습니다."

"굉장합니다. 이제 납치보다 더 심각한 문제에 대해 생각해 보죠. 메도우뱅크에서 일어난 살인 두 건 말입니다."

계속되는 상담

푸아로는 다시 한 번 말했다.

"메도우뱅크에서 일어난 살인 두 건."

켈시가 대답했다.

"저희는 모두 말했습니다. 만일 아이디어가 있으시다면……."

푸아로가 말했다.

"왜 스포츠 파빌리언일까요? 그게 당신들의 질문이었어요. 그렇지 않나요?"

그는 아담에게 말했다.

"그럼 이제 우리는 답을 알고 있습니다. 스포츠 파빌리언에 보석이 든 테니스 라켓이 있었기 때문이죠. 누군가는 라켓에 대해 알고 있었습니다. 누구였을까요? 그건 스프링거 선생님이었을 수도 있습니다. 모두들 말했듯이 그녀는 스포츠 파빌리언에 대해서 좀 특이한 행동을 보였습니다. 사람들이 오는 걸 싫어했죠. 올 필요가 없는 사람들이 왜 오는지 그녀는 의심했습니다. 적어도 마드모아젤 블랑슈의 경우에는 그랬습니다."

"블랑슈 선생님이라."

켈시가 생각에 잠겨 말했다.

에르퀼 푸아로는 다시 아담에게 말했다.

"당신 자신도 스포츠 파빌리언에 대한 마드모아젤 블랑슈의 태도가 좀 이상하다고 말했잖습니까?"

아담이 대답했다.

"설명을 하더군요. 너무 설명이 많았습니다. 저는 그녀가 거기에 갈 권리에 대해 아무 말도 안 했지만 그녀는 설명을 불필요할 정도로 많이 했습니다."

푸아로는 고개를 끄덕였다.

"바로 그겁니다. 그것도 생각해 볼 여지가 있습니다. 하지만 우리 모두 스프링거 선생님이 스포츠 파빌리언에서 새벽 1시에 살해당한 사실을 잘 압니다. 그녀도 그곳에 갈 이유가 없었죠."

그는 켈시를 바라보았다.

"이 학교에 오기 전에 스프링거 선생님은 어디에 있었습니까?"

켈시 경감이 말했다.

"저희도 모릅니다. 그녀가 지난번 직장을 그만둔 것이 지난 여름입니다."

켈시는 매우 유명한 학교를 언급했다.

"그 이후에는 어디 있었는지 모릅니다."

그리고 딱딱하게 한마디 덧붙였다.

"그녀가 죽은 뒤에야 우리가 왔으니 직접 물어볼 기회가 없었죠. 가까운 친척도 없고, 보시는 바와 같이 친한 친구도 없습니다."

"그럼 라마트에 있었을 수도 있겠군요."

푸아로가 생각에 잠겨 말했다. 그 말에 아담이 대답했다.

"혁명이 일어날 때 그곳에 학교 교사들도 한 그룹 있었다고 알고 있습니다."

"그러면 가정해 봅시다. 그녀는 그곳에 있었고 어떻게든 테니스 라켓에 대해 알게 되었다고 합시다. 메도우뱅크의 일상에 익숙해질 때까지 잠시 기다렸다가 어느 날 밤, 스포츠 파빌리언으로 간 겁니다. 라켓을 손에 넣고 보석을 꺼내려고 하는데, 그때."

푸아로는 잠시 멈추었다가 말을 계속했다.

"그때 누군가가 방해를 한 겁니다. 그녀를 감시하던 누군가가? 그 날 저녁, 그녀를 따라와서? 누군지 알 수 없지만 총을 가지고 있었고 그녀를 쐈습니다. 하지만 보석을 빼내 가거나 라켓을 들고 갈 여유는 없었습니다. 왜냐하면 총소리를 들은 사람들이 스포츠 파빌리언으로 다가왔으니까요."

그는 멈추었다. 서장이 물었다.

"그렇게 된 거라고 생각하십니까?"

푸아로가 말했다.

"저도 모릅니다. 하나의 가능성이지요. 또 다른 가능성은 총을 가진 범인이 먼저 왔다는 겁니다. 그리고 스프링거 선생님 때문에 놀란 거지요. 범인은 아마 스프링거 선생님이 수상하다고 여기던 사람일 수도 있습니다. 말씀하신 대로 스프링거 선생님은 비밀을 캐고 다니는 사람이었으니까요."

"그러면 그 여인은요?"

아담이 물었다. 푸아로는 그를 쳐다보았다. 그리고 천천히 다른 사람들도 쳐다보았다.

"정체를 알아내지 못하셨죠. 저도 모르겠군요. 외부에서 온 사람이었을지도……?"

그의 말은 반쯤은 질문이었다. 켈시는 고개를 저었다.

"그렇지 않을 겁니다. 우리는 인근 지역을 샅샅이 살폈습니다. 특히 낯선 사람이 있는지 주의를 기울였습니다. 근처에는 마담 콜린스키가 머물고 있었습니다. 아담이 알고 있죠. 하지만 그녀는 어느 쪽 살인과도 연관 지을 수 없었습니다."

"그러면 다시 메도우뱅크로 돌아오게 되는군요. 진실에 도달하는 방법은 한 가지밖에 없습니다. 제외시키는 거죠."

켈시가 한숨을 쉬었다.

"예, 그런 방법밖에 남지 않습니다. 첫 번째 살인에 대해서는 가능성이 많습니다. 누구든지 스프링거 선생님을 죽였을 수 있습니다. 예외는 존슨 선생님과 채드윅 선생님이죠. 그리고 귀가 아팠던 학생하고요. 하지만 두 번째 살인에서 가능성이 많이 좁혀집니다. 리치 선생님, 블레이크 선생님, 그리고 섀플랜드 양은 제외할 수 있습니다. 리치 선생님은 30킬로미터나 떨어진 알튼 그레인지 호텔에 있었습니다. 블레이크 선생님은 바닷가에 있는 리틀포트에 있었고, 섀플랜드 양은 런던에 있는 니드 소비지 나이트클럽에 데니스 래트본 씨와 함께 있었습니다."

"그리고 불스트로드 선생님도 없었다고 들었습니다."

아담은 미소를 지었다. 경감과 서장은 충격을 받은 듯이 보였다. 경감은 엄하게 말했다.

"불스트로드 선생님은 웰셤 공작부인과 같이 있었습니다."

푸아로가 진지하게 대답했다.

"그러면 불스트로드 선생님도 제외되는군요. 그러면 누가 남죠?"

"학교에서 자는 직원 두 명이 있습니다. 기븐스 부인과 도리스 호그라는 소녀입니다. 두 사람은 살인범으로 보기 힘듭니다. 그러면 로완 선생님과 블랑슈 선생님이 남습니다."

"그리고 학생들이 있지요, 물론."

켈시는 당황한 듯 보였다.

"설마 학생들을 의심하는 건 아니시죠?"

"솔직히 말하면 그렇습니다만 정확하게 하려고요."

켈시는 정확성에는 별로 관심을 두지 않았다. 말을 계속했다.

"로완 선생님은 여기서 일한 지 1년이 넘었습니다. 이력도 훌륭하고요. 그녀에겐 혐의점이 없습니다."

"그러면 마드무아젤 블랑슈가 남는군요. 결론은 그렇습니다."

아무도 말하지 않았다. 켈시가 말했다.

"하지만 그녀의 자격증이 진짜가 아니라는 증거는 없습니다."

"아마도 진짜일 겁니다."

"주변을 살피고 다녔어요."

아담이 말했다.

"하지만 그게 살인의 증거가 되진 않습니다."

"잠깐만요. 열쇠에 대해서 뭐라고 했어요. 처음 그녀에게 질문했을 때 말입니다. 한번 찾아보겠습니다. 파빌리언의 열쇠가 문에서 떨어져서 주웠는데 제자리에 돌려놓는 걸 잊어버렸다고요. 그래서 스프링거 선생님이 그녀에게 한마디했다고 말이죠."

켈시가 말했다.

"누구든 밤에 나가서 라켓을 찾으려면 들어가는 데 열쇠가 필요하죠. 그렇기 때문에 열쇠를 복사해야 했을 겁니다."

푸아로가 말했다.

"그렇지만 만일 그렇다면 그녀는 열쇠 사건에 대해서 말하지 않았을 겁니다."

아담이 말하자 켈시가 대꾸했다.

"그건 아닙니다. 스프링거가 열쇠 사건에 대해 누군가에게 말했을 수도 있습니다. 만일 그렇다면 스스로 아무렇지도 않은 듯이 말하는 게 낫다고 생각했을 수도 있죠."

"기억해 둘 만한 점입니다."

푸아로가 말했다.

"그렇다고 진전이 있는 것도 아닙니다."

켈시가 말했다.

그는 우울하게 푸아로를 바라보았다.

푸아로가 말했다.

"만일 제가 들은 정보가 다 정확하다면…… 한 가지 가능성이 있습니다. 줄리아 업존 양의 어머니가 학기 첫날, 누군가를 알아보았다고 합니다. 뜻밖의 사람이라 놀랐다고 했죠. 그렇게 본다면 그 누군가는 스파이 일에 관련된 사람일 겁니다. 만일 업존 부인이 자신이 알아본 사람이 마드무아젤 블랑슈라고 지적해 준다면 좀 더 확신을 갖고 일을 진행할 수 있을 겁니다."

켈시가 대답했다.

"말하기는 쉽습니다. 그동안 업존 부인과 연락하려고 노력했지만 매우 난감합니다! 아이가 버스라고 말했을 때 저는 제대로 된 버스 투어를 따라간 줄 알았습니다. 정해진 스케줄대로 움직이고 미리 예약되는 그런 여행요. 하지만 전혀 그런 게 아니었습니다. 부인은 현지 버스를 타고 자기가 가고 싶은 대로 움직이고 있습니다! 쿡스 같은 여행사를 통해서 가는 게 아니라 혼자서 여기저기 돌아다니는 겁니다. 그런 부인을 어떻게 찾겠습니까? 어디든 갈 수 있는데 말입니다. 아나톨리아는 굉장히 넓습니다!"

"매우 어렵겠죠, 예."

푸아로가 대답했다.

경감이 명예가 손상되었다는 투로 말했다.

"좋은 버스 투어도 많은데 말입니다. 여행자들이 원하는 데서 차를 세워 구경할 수 있는 패키지 투어들도 많죠. 그럼 어디에 있는지 정확하게 알 수 있을 텐데요."

"하지만 분명 그런 짜여진 여행은 업존 부인이 별로 흥미를 못 느끼는 거겠죠."

켈시가 말했다.

"그 덕에 우리는 지금 상태 그대로죠. 곤혹스럽습니다! 그 프랑스 선생이 마음대로 다른 곳으로 가도 그녀를 붙잡을 구실이 전혀 없습니다."

푸아로는 고개를 저었다.

"마드무아젤 블랑슈는 그러지 않을 겁니다."

"어떻게 확신할 수 있죠?"

"저는 확신할 수 있습니다. 만일 살인을 저질렀다면 이상하게 보일 만한 행동, 주목을 끌 행동은 절대 하지 않습니다. 마드무아젤 블랑슈는 이번 학기가 끝날 때까지 조용히 지낼 겁니다."

"선생님의 예측이 맞기를 바랍니다."

"저는 확신합니다. 그리고 기억하십시오. 업존 부인이 본 사람이 누구든 간에 부인에게 들켰다는 사실을 모르고 있습니다. 업존 부인이 오게 되면 깜짝 놀랄 거고 그럼 모든 게 끝나는 겁니다."

켈시가 한숨을 쉬었다.

"우리가 할 수 있는 일이 그것뿐이라면……."

"다른 것도 있습니다. 예를 들자면 대화 나누기 같은 것입니다."

"대화요?"

"대화는 매우 중요합니다. 언제가 되었든 뭔가 숨기는 사람은 말이 많아집니다."

"그래서 자신을 드러낸단 말씀이신가요?"

서장은 믿을 수 없다는 듯 말했다.

"그렇게 간단하진 않습니다. 숨기는 게 있는 사람은 그것에 대해 보호적인 자세를 취합니다. 하지만 다른 것에 대해 말이 많아집니다. 그리고 대화에는 다른 용도도 있습니다. 죄가 없는 사람들도 알고 있는 게 있지만 자신이 아는 것이 얼마나 중요한지 인식을 못하죠. 그러고 보니 생각나는 게 있습니다."

그는 자리에서 일어났다.

"실례하겠습니다. 불스트로드 선생님에게 가서 여기에 혹시 그림을 잘 그리는 분이 있는지 물어봐야겠습니다."

"그림요?"

"그림요."

푸아로가 나가자 아담이 말했다.

"이런. 처음엔 여자 아이의 무릎, 그리고 다음엔 그림을 그리는 사람이라니! 그 다음엔 뭐가 나올지 궁금하군요?"

불스트로드 선생은 푸아로의 질문에 놀라는 티를 내지 않으며 대답했다.

"로리 선생님이 현재 미술 교사로 방문 근무 중입니다."

간단한 대답 후 그녀는 어린아이에게 말하듯이 친절하게 물었다.

"그런데 오늘은 없습니다. 뭘 그리고 싶으신 건가요?"

"얼굴입니다."

푸아로가 말했다.

"리치 선생도 사람을 잘 그립니다. 특징을 잡아내는 재주가 있습니다."

"제가 필요한 게 그겁니다."

불스트로드 선생은 푸아로가 보기에는 긍정하는 듯이 왜 그런 요구를 하는지 묻지 않았다. 그녀는 아무 말 없이 방을 나가더니 리치 선생과 함께 돌아왔다. 간단하게 설명을 한 뒤 푸아로가 물었다.

"사람들의 얼굴을 그리실 수 있죠? 빨리 되나요? 연필로?"

에일린 리치는 고개를 끄덕였다.

"그림을 자주 그리죠. 그냥 재미 삼아서요."

"좋습니다. 그러면 고인이 된 스프링거 선생님의 얼굴을 그려 주시겠습니까?"

"그건 어려운데요. 그녀의 얼굴을 제대로 볼 시간이 너무 짧았으니까요. 노력은 해 보죠."

그녀는 눈을 먼저 그리고 재빨리 그림을 그려 나갔다.

"비엥.(좋군요.)"

푸아로가 그림을 받아 들면서 말했다.

"그럼 이제 가능하다면 불스트로드 선생님, 로완 선생님, 마드무아젤 블랑슈 그리고……. 아, 정원사 아담의 얼굴을 그려 주세요."

에일린 리치는 의심스러운 듯 그를 쳐다보더니 작업을 시작했다.

푸아로가 결과물을 보고 좋아하며 고개를 끄덕였다.

"잘 하시는군요. 아주 잘 그리시네요. 연필선 몇 개만으로도 특징을 잘 잡아내시는군요. 이제 몇 가지 어려운 부탁을 드리겠습니다. 예를 들자면, 불스트로드 선생님의 얼굴에 다른 머리 모양을 그려 주세요. 그리고 눈썹의 모양도 바꿔 주시고요."

에일린은 미친 사람을 바라보듯이 푸아로를 보았다.

푸아로가 말했다.

"아닙니다. 저는 미치지 않았습니다. 실험을 하고 있는 겁니다. 그것뿐입니다. 제가 요구하는 대로 그려 주십시오."

잠시 후 그녀가 말했다.

"여기 있습니다."

"완벽합니다. 이번에는 마드무아젤 블랑슈와 로완 선생님에게도 똑같이 해 주십시오."

그림이 다 그려지자 푸아로는 그림 세 개를 나란히 놓았다.

"자, 이제 제가 하는 걸 잘 보세요. 불스트로드 선생님은 몇 가지 변화를 주었는데도 불구하고 여전히 불스트로드 선생님으로 보입니다. 하지만 다른 두 사람을 봐 주세요. 두 사람은 특징이 두드러지지 않기 때문에, 그리고 불스트로드 선생님 같은 개성이 없기 때문에 완전히 다른 사람처럼 보입니다. 안 그렇습니까?"

"무슨 말씀이신지 알겠어요."

에일린 리치가 대답했다. 리치는 푸아로가 조심스럽게 그림을 접어 넣는 모습을 바라보았다.

"그걸로 뭘 하실 건가요?"

그녀가 물었다.

"사용할 겁니다."

푸아로가 대답했다.

대화

"글쎄요. 뭐라 말해야 할지 모르겠네요. 정말이지 아무것도 모르겠어요."

서트클리프 부인이 말했다. 그녀는 혐오스러운 표정으로 에르퀼 푸아로를 바라보았다.

"물론 헨리는 집에 없어요."

이 말의 뜻은 약간 불분명했지만 에르퀼 푸아로는 그녀가 무슨 생각을 하는지 알 수 있었다. 그녀는 헨리가 있었다면 이런 종류의 일은 잘 처리했을 것이라고 생각하고 있었다. 헨리는 항상 해외 업무로 바빴다. 늘 중동이나 가나, 남아프리카, 또는 제네바 등지로 돌아다녔고, 가끔씩은 파리에 가기도 했다.

"이 모든 일이 저를 무척 곤란하게 만드는군요. 제니퍼가 안전하게 집에 돌아와서 너무 기뻤습니다. 하지만……."

그녀는 속상함을 약간 드러내면서 말했다.

"제니퍼는 그동안 많이 지쳤습니다. 그렇게 애를 써서 메도우뱅크에 들어갔는데. 처음엔 마음에 안 들 거라고 난리치면서 속물스러운 학교라고, 그래서 다니고 싶지 않다고 했는데 이젠 집으로 데려왔다고 하루 종일 샐쭉해져 있어요. 유감스러운 일이죠."

에르퀼 푸아로가 대답했다.

"메도우뱅크가 최고의 학교임은 아무도 부인할 수 없습니다. 영국에서 가장 좋은 학교라고 많이들 이야기합니다."

"그랬었다고 해야겠죠."

서트클리프 부인이 말했다.

"다시 그렇게 될 겁니다."

에르퀼 푸아로가 대답했다.

"그렇게 생각하세요?"

서트클리프 부인은 의심스럽다는 듯이 그를 쳐다보았다. 푸아로의 인정스러운 행동이 그녀의 방어벽을 뚫고 있었다. 엄마들의 마음을 편하게 하는 데에는 아이들을 대할 때 느끼는 어려움, 좌절 그리고 실망을 덜어 주는 것이 최고였다. 충직함은 침묵하는 인내를 자주 요구한다. 하지만 서트클리프 부인은 에르퀼 푸아로 같은 외국인에게는 충직함이 없을 거라고 생각했다. 다른 딸아이를 가진 엄마와 이야기를 나누는 것과 비교할 순 없었다. 푸아로가 말을 꺼냈다.

"메도우뱅크는 지금 불행한 시기를 겪고 있을 뿐입니다."

그것이 지금 그가 할 수 있는 최선의 말이었다. 하지만 부적절하다는 느낌이 들었고 서트클리프 부인도 그 부적절함을 즉각 공격했다. 그녀가 말했다.

"불행한 정도가 아니죠! 살인이 두 번이나 있었다고요! 그리고 여자 아이가 납치되었고요. 교사들이 살해당하는 학교에 딸아이를 보낼 수는 없지요."

매우 합당한 이야기처럼 들렸다.

"만일 그 살인이 한 사람이 저지른 것이고 그 한 사람을 체포한다면 좀 달라지지 않겠습니까?"

서트클리프 부인이 찜찜한 듯 말했다.

"글쎄요. 그렇겠죠. 제 말은, 방금 하신 말씀이…… 아, 그렇군요. 그러면 토막 살인자 잭(1888년에 런던에서 최소한 다섯 명의 매춘부를 죽인 살인범 — 옮긴이) 같은 사람이 있단 말씀이군요. 그게 누구죠? 데본셔와 관련된 일이겠군요. 크림인가요? 닐 크림. 그 사람이 불쌍한 여자들을 죽이고 다닌 사람이죠? 그럼 이번 살인자는 학교 여선생님들만 죽이는 연쇄 살인범인가 보군요. 만일 그 범인을 잡아서 감옥에 가두고, 사형시킨다면…… 살인을 두 건 이상 저지르면 사형되는 거 맞죠? …… 내가 무슨 말을 하다 말았지? 아, 맞다. 만일 살인범을 잡는다면 좀 달라질 수 있겠죠. 그런 살인범은 또 없을 거 아닌가요. 그렇죠?"

"그러길 바라야죠."

에르퀼 푸아로가 말했다.

"하지만 거기서 납치 사건도 발생했잖아요. 납치될지도 모르는 학교에 딸아이를 보낼 수는 없잖아요. 안 그래요?"

서트클리프 부인이 지적했다.

"물론 그럴 순 없습니다, 부인. 그동안 결론을 어떻게 내리셨는지 잘 알겠습니다. 하시는 말씀은 다 옳습니다."

서트클리프 부인의 기분이 약간 좋아진 것이 드러났다. 그녀에게 그런 말을 해 준 사람이 아무도 없었다. 헨리가 했던 말은 '왜 메도우뱅크 같은 학교에 제니퍼를 보내려고 한 거야?' 정도였고, 제니퍼는 뾰로통해서 대답하길 거부했다.

"예. 오랫동안 생각하고 내린 결론이에요. 아주 많이요."

그녀가 말했다.

"그러면 납치는 걱정하실 게 없습니다. 우리끼리 말인데, 비밀을 유지해 주셔야 합니다. 샤이스타 공주는 엄밀히 말해서 납치당한 게 아닙니다. 사람들은 사랑에 빠져서 달아난 게 아닌가 생각하고 있습니다."

"그렇다면 못된 아이가 누군가와 결혼하려고 달아났단 말씀이신가요?"

푸아로가 대답했다.

"더 이상은 말씀 드릴 수가 없습니다. 어떤 종류든 스캔들이 있어선 안 된다는 거 잘 아시죠. 이건 우리 둘만의 비밀입니다. 부인께서 비밀을 지켜 주실 거라고 믿습니다."

"물론 지키죠."

서트클리프 부인은 정숙하게 대답했다. 그녀는 푸아로가 들고 온 경찰 서장이 써 준 편지를 내려다보았다.

"당신이 누구인지 잘 모르겠어요. 무슈, 음, 푸아로. 책에서 말하는 사설탐정이신가요?"

"저는 고문입니다."

에르퀼 푸아로가 거만하게 말했다. 이런 거만한 자세가 서트클리프 부인을 좋은 방향으로 자극했다.

"왜 제니퍼와 이야기를 나누고 싶어 하시죠?"

그녀가 물었다.

"제니퍼가 이 사건을 어떻게 보고 있는지 알고 싶어서입니다. 그 아이는 관찰력이 좋지 않습니까?"

푸아로가 말했다.

"저는 그렇게 보지 않는데요. 그 아이는 주변에서 일어나는 일을 알아차리는 타입이 아니에요. 눈앞에 보이는 사실만 받아들이는 그런 애죠."

서트클리프 부인이 말했다.

"그건 일어나지 않은 일을 꾸며내는 것보다 훨씬 좋습니다."

푸아로가 말했다.

"아, 제니퍼는 절대 그러지는 않아요."

서트클리프 부인이 확신하며 말했다. 그리고 자리에서 일어나 창가로 가서 아이를 불렀다.

"제니퍼."

그녀는 자리로 돌아오면서 푸아로에게 말했다.

"제니퍼에게 저와 아이 아빠가 최선을 다하고 있다는 걸 알려 주시면 좋겠어요."

제니퍼는 뾰로통한 얼굴로 방에 들어와서 의심이 가득한 눈초리로 에르퀼 푸아로를 바라보았다.

푸아로가 말했다.

"안녕? 나는 줄리아 업존의 오랜 친구란다. 그 아이가 나를 찾아 런던으로 왔었지."

제니퍼는 약간 놀라면서 말했다.

"줄리아가 런던에 갔었어요? 왜요?"

"나한테 조언을 들으러."

에르퀼 푸아로가 대답했다. 제니퍼는 믿을 수 없다는 표정이었다.

"그래서 도와줄 수 있었단다. 지금은 줄리아도 메도우뱅크로 돌아가 있지."

"그럼 개네 이자벨 이모가 개를 데려가지 않는 거군요."

제니퍼가 엄마를 노려보면서 말했다. 푸아로는 서트클리프 부인을 바라보았고, 서트클리프 부인은 일어나서 방을 나갔다. 푸아로가 오기 전에 빨랫감을 헤아리고 있었기 때문인지, 아니면 설명할 수 없는 충동 때문인지 그건 알 수 없었다.

"솔직히 저는 좀 힘들어요. 거기서 일어나고 있는 흥미진진한 사건에서 멀리 떨어져 있어야 하다니. 왜 이 난리람! 엄마는 바보 같아요. 학생들은 아무도 죽지 않았는데."

"너는 살인에 대해 어떻게 생각하니?"

푸아로가 물었다. 제니퍼는 고개를 저었다.

"미친 인간이 누구냐고요?"

그녀가 말했다. 그리고 깊게 생각하면서 대답했다.

"아무래도 불스트로드 선생님은 새로 선생님을 채용해야겠죠."

푸아로가 대답했다.

"그래, 그럴 것 같구나. 내가 알고 싶은 건, 제니퍼, 네게 새로운 라켓을 갖다 주면서 낡은 라켓을 가지고 간 여자란다. 기억나니?"

제니퍼가 대답했다.

"그렇다고 볼 수 있겠죠. 저는 아직도 그걸 누가 보냈는지 알아내지 못했어요. 보낸 사람은 지나 이모가 절대 아니었거든요."

"그 여자는 어떻게 생겼니?"

푸아로가 물었다.

제니퍼는 생각하는 듯 눈을 반쯤 감고 말했다.

"라켓을 갖다 준 사람요? 글쎄요. 잘 모르겠어요. 아마도 좀 요란스러운 드레스를 입고 망토를 둘렀었어요. 파란색요. 그리고 챙이 넓은 펄럭이는 모자를 쓰고 있었죠."

"그래? 그녀의 옷차림보다는 얼굴 생김새가 듣고 싶은데."

제니퍼가 애매하게 말했다.

"화장이 아주 진했어요. 지방에서 그러고 다니기엔 좀 심하다 싶었어요. 그리고 머리 색깔은 옅은 색이었어요. 미국인 같았어요."

"전에도 본 적이 있니?"

푸아로가 물었다.

"아, 아뇨. 그 여자는 그 동네 사람은 아닌 것 같았어요. 점심 파티인가 칵테일 파티인가에 참석하러 왔다고 했어요."

푸아로는 생각에 잠겨 그녀를 바라보았다. 제니퍼가 들은 말을 그대로 받아들였다는 사실에 흥미를 느꼈다. 그가 부드럽게 말했다.

"그 여자가 거짓말을 했을지도 모르잖아."

"예, 그럴 수도 있겠죠."

"그 여자를 전에 본 적이 없다는 거 확실하니? 혹시 여학생 중에 누군가가, 아니면 선생들 중에 누군가가 변장을 했을 가능성은 없을까?"

"변장이라고요?"

제니퍼는 놀란 듯했다. 푸아로는 에일린 리치 선생이 그려 준 마드무아젤 블랑슈의 그림을 내놓았다.

"이 사람은 아니었지. 그렇지?"

제니퍼는 어정쩡한 눈빛으로 바라보았다.

"약간 비슷해요. 그렇지만 그 여자는 아닌 것 같아요."

푸아로는 생각에 잠겨 고개를 끄덕였다. 제니퍼는 그 그림이 마드무아젤 블랑슈를 그린 것이라고는 전혀 알아보지 못했다.

"실은요. 저는 그 여자를 별로 쳐다보지 않았어요. 미국인인 데다가 처음 보는 사람인데, 그리고 라켓 이야기를 하길래……."

그 이후에는 분명 제니퍼는 새로운 소유물에만 집중하고 있었을 것이다.

푸아로가 대꾸했다.

"그렇구나. 그럼 혹시 라마트에 있을 때 본 사람을 메도우뱅크에서 본 적이 있니?"

제니퍼가 생각했다.

"라마트에서요? 아, 아뇨. 제 생각엔…… 그런 것 같지 않은데요."

푸아로는 제니퍼의 표현에 약간의 망설임을 발견하고 바로 물고 늘어졌다.

"하지만 확신은 못하는 거지, 제니퍼."

제니퍼는 걱정스런 표정으로 이마를 긁적거렸다.

"글쎄요. 어디서든 비슷한 사람을 보게 마련이잖아요. 그런데 누굴 닮았는지는 정확하게 기억할 수 없고요. 가끔은 예전에 봤던 사람을 만나지만 누구인지 알아보지 못해요. 그럼 그 사람들이 '나를 기억하지 못하는군요.' 하고 말하겠죠. 그러면 정말 난감해지잖아요. 왜냐하면 기억이 정말 안 나니까요. 제 말은, 사람들 얼굴을 알지만 이름이나 어디서 만났는지 기억이 안 날 때 말이에요."

푸아로가 대답했다.

"그건 맞아. 그래, 그게 사실이야. 그런 경험은 누구나 있지."

그는 잠시 멈추었다가 친절하게 말을 계속했다.

"샤이스타 공주를 예로 들자면 아마도 라마트에서 너는 그 아이를 봤을 테니까 기억이 났을 거야."

"걔가 라마트에 있었어요?"

푸아로가 말했다.

"그럴 가능성이 높아. 아무래도 그 아이는 왕의 친척이었으니까. 그녀를 봤을 수도 있겠지?"

제니퍼가 찌푸리면서 대답했다.

"본 것 같지 않은데요. 어쨌든 거기서는 얼굴을 드러내고 돌아다니진 않았을 테니까요. 안 그런가요? 거기 사람들은 전부 베일을 쓰니까요. 하지만 그 사람들도 파리나 카이로로 나오면 베일을 쓰지 않아요. 런던에서도 물론이고요."

"그렇다면 너는 메도우뱅크에서 만난 사람들은 전부 예전에 본 적이 없다고 느끼는 거구나?"

"예. 거의 확실해요. 물론 사람들은 서로 닮았으니까 어디서든 봤을 수도 있죠. 리치 선생님처럼 특이하게 생긴 사람들이나 표시가 나죠."

"리치 선생님은 어디선가 본 적이 있는 것 같아?"

"별로 그렇지는 않아요. 아마도 닮은 사람이었던 것 같아요. 리치 선생님보다 훨씬 살이 많이 찐 사람이었어요."

"뚱뚱한 사람이라."

푸아로가 생각에 잠겼다.

제니퍼는 키득거렸다.

"리치 선생님이 뚱뚱하다니 상상이 안 되죠. 리치 선생님은 몹시 말랐고 허약하잖아요. 그리고 리치 선생님은 라마트에 갔을 리가 없어요. 지난 학기에 아파서 쉬었거든요."

푸아로가 물었다.

"그리고 다른 학생들은? 전에 만났던 학생이 있어?"

제니퍼가 대답했다.

"이미 알고 있는 사람들만요. 한두 명은 전부터 알고 있었어요. 제가 거기 있었던 건 기껏해야 3주밖에 안 돼요. 얼굴을 아는 사람이 반도 안 될 거예요. 내일 만난다면 알아볼 수 있겠죠."

"넌 주변 일을 좀 더 살펴보는 버릇을 길러야겠구나."

푸아로가 엄하게 말했다.

"모든 것을 다 보고 다닐 수는 없잖아요."

제니퍼가 반발했다.

"만일 메도우뱅크가 계속 있을 거라면 돌아가고 싶어요. 혹시 엄마를 설득해 주실 수 없을까요? 그렇더라도 결국 걸림돌이 되는 건 아빠인 것 같아요. 여기 시골에 있으려니 지겨워 죽겠어요. 테니스도 연습할 기회가 없고."

"내가 할 수 있는 건 다 해 보마."

푸아로가 대답했다.

조각 모으기

"나랑 이야기 좀 해요, 에일린."

불스트로드 선생이 말했다. 에일린 리치는 불스트로드 선생을 따라 응접실로 들어갔다. 메도우뱅크는 이상하리만큼 조용했다. 남아 있는 학생은 스물다섯 명 정도. 학생들을 데리고 가거나 집에 두면 불편할 만한 부모들만 아이들을 학교에 두었다. 불스트로드 선생은 충격으로 인한 이런 극단적인 행동이 자신의 전략대로 되길 바라고 있었다. 다음 학기에는 모두 정상화 될 것이라고 대부분의 사람들이 생각하고 있었다. 학교를 폐쇄한 것은 불스트로드 선생의 현명한 생각이었다.

선생들은 아무도 떠나지 않았다. 존슨 선생은 시간이 너무 많이 남는다며 초조해했다. 하루 종일 할 일이 거의 없는 것이 참을 수가 없었던 것이다. 채드윅 선생은 늙고 불행해 보이는 모습으로 반쏨

넋이 나간 듯이 학교 안을 돌아다녔다. 모든 면에서 불스트로드 선생보다 더 힘들어 보였다. 불스트로드 선생은 별 어려움 없이 평상시의 모습을 유지했다. 스트레스를 받는 티도 내지 않았고 쓰러지지도 않았다. 젊은 두 선생은 시간이 많이 남는 것을 싫어하지 않았다. 두 사람은 수영장에서 수영을 즐기고 친구와 친지들에게 긴 편지를 쓰고 문학 작품을 연구하고 비교하기도 했다. 앤 새플랜드도 시간이 많이 남는 것을 언짢아하지 않았다. 그녀는 남는 시간은 대부분 정원에 나가 있었다. 사람들의 예상과 달리 그녀는 정원 가꾸는 솜씨가 매우 좋았다. 그녀는 브리그스에게 일을 배우기보다는 아담과 일하는 걸 즐겼는데, 그 정도는 자연스러운 현상이었다.

에일린 리치가 말했다.

"예, 불스트로드 선생님?"

불스트로드 선생이 말했다.

"에일린이랑 전부터 이야기하고 싶었어요. 앞으로 이 학교가 지속될지는 나도 잘 모르겠어요. 사람들이 어떻게 생각하는지는 예측할 수 없으니까. 왜냐하면 각기 다르기 때문이죠. 하지만 결론은 가장 심각하게 느끼는 사람이 나머지 사람들을 변화시키기 마련이에요. 그래서 메도우뱅크가 끝장나든지……."

에일린 리치가 중간에 말을 끊었다.

"아니에요. 끝장나진 않아요."

그녀가 발을 구르자 머리카락이 흘러내렸다.

"문을 닫게 해서는 안 돼요. 그건 죄가 될 거예요. 범죄예요."

"너무 강하게 말하는 거 아니에요?"

불스트로드 선생이 말했다.

"강하게 느끼고 있기 때문이에요. 세상에는 가치 없는 것들이 많지만 메도우뱅크는 가치가 있어요. 저는 여기 온 첫날부터 메도우뱅크는 가치 있는 학교라고 느껴 왔어요."

불스트로드 선생이 말했다.

"에일린은 전사 타입이군요. 난 전사가 좋아. 내겐 길들여진 전사들은 소용없어요. 나도 한편으로는 싸움을 즐기거든요. 모든 일이 너무 쉽게 잘 풀리면 뭐랄까…… 정확하게 뭐라고 표현해야 할지 모르겠는데, 무관심해진다고나 할까? 아니면 지겨워진다고 해야 할까? 아마 두 가지가 적당히 섞인 게 아닐까요. 하지만 지금 나는 지겹지도 무관심하지도 않아요. 그리고 내게 남은 마지막 힘을 다해서 싸울 거야. 내가 가진 마지막 한 푼까지 다 보태서라도 싸울 거예요. 에일린한테 하고 싶었던 말은 이겁니다. 만일 메도우뱅크가 문을 닫지 않는다면, 파트너가 되어 주겠어요?"

에일린 리치가 불스트로드 선생을 바라보았다.

"제가요? 저 말인가요?"

"그래요, 에일린. 에일린 말이야."

불스트로드 선생이 대답했다.

에일린 리치가 말했다.

"제가 어떻게요. 저는 아는 게 별로 없어요. 또 너무 어리고요. 저는 선생님이 원하시는 지식, 경험 모두 갖추지 못했어요."

불스트로드 선생이 말했다.

"내가 원하는 게 뭔지는 내가 더 잘 알아요. 이건 알아줬으면 해요. 지금 시점에서 이 제안은 그리 좋은 건 아니에요. 에일린은 혼자서 학교를 세운다면 더 잘할지도 몰라. 하지만 꼭 말하고 싶었어요. 나를 믿어 줘요. 나는 밴시터트 선생님이 불행한 일을 당하기 전에 이미 결심했어. 난 에일린 선생님이 이 학교를 이어받았으면 해요."

에일린 리치는 불스트로드 선생을 쳐다보았다.

"전에도 그렇게 생각하셨다고요? 하지만 저는…… 저희는 모두들…… 밴시터트 선생님이……."

불스트로드 선생이 말했다.

"밴시터트 선생님과는 아무런 약속도 하지 않았어요. 솔직히 말할게요. 그녀도 생각해 봤었어요. 지난 2년간 난 밴시터트 선생님을 염두에 두고 있었지. 하지만 뭔가가 그녀에게 확실한 이야기를 꺼내지 못하게 막았었죠. 아마도 모두들 그녀가 내 뒤를 이어받을 거라고 생각했을 거예요. 그녀 자신도 그렇게 생각했겠죠. 나도 최근까지는 그렇게 생각했으니까요. 그렇지만 나는 결론을 내렸어요. 내가 바라는 차세대 교장은 그녀가 아니었어요."

에일린 리치가 말했다.

"하지만 모든 면에서 적합한 사람이지 않았나요? 밴시터트 선생님은 불스트로드 선생님이 하시는 방식과 아이디어들을 그대로 이어받아서 운영했을 텐데요."

불스트로드 선생이 말했다.

"그래, 그게 바로 잘못된 점이에요. 과거에 집착해서는 안 돼요. 어느 정도의 전통은 좋지만 너무 많아선 안 돼요. 현재의 아이들을 위한 학교가 되어야죠. 50년 전이나 30년 전의 아이들을 위한 학교가 아니라고요. 어떤 학교들은 무엇보다 전통을 중요시하죠. 하지만 메도우뱅크는 그런 학교가 아니야. 오랜 전통을 가진 학교도 아니고요. 이것은 나라는 한 여성의 창조물이에요. 내가 가진 아이디어들을 실현시키려고 힘껏 노력해 왔어요. 가끔씩 내가 원하지 않는 결과가 나올 때는 아이디어를 변경해야 했었죠. 이곳은 기존의 학교들과 달라요. 하지만 그렇다고 해서 아주 현대적인 학교라고 할 수도 없어요. 메도우뱅크는 양쪽 모두에 최선을 다하는 곳이고 앞으로도 그렇게 운영되어야 해요. 아이디어를 가진 사람이 운영해야 하죠. 그리고 그 아이디어들은 현재에 적합한 아이디어여야 하고. 과거의 좋은 점을 유지하면서 미래를 바라볼 수 있어야 해요. 에일린은 내가 이 학교를 설립했을 때와 비슷한 나이인데 지금 내게 없는 걸 에일린이 가지고 있어요. 성경에도 그런 말씀이 있죠. 나이 든 자들은 꿈을 꾸고 젊은이들은 비전을 가진다. 우리 학교에 필요한 것은 꿈이 아니고 비전이에요. 난 에일린이 비전을 가졌다고 생각했기 때문에 엘리노어 밴시터트가 아닌 에일린 리치를 선택한 거야."

에일린 리치가 말했다.

"그렇게 된다면 정말 멋질 거예요. 너무 멋져요. 저한테는 무엇보다도 중요한 의미가 있는 일이었을 텐데."

불스트로드는 에일린이 과거형으로 말하는 것에 약간 놀랐지만 겉으로 드러내지는 않았다. 대신 그녀는 즉시 맞장구를 쳤다.

"그래요. 아주 멋진 일이 되었겠죠. 그렇지만 지금은 아니란 뜻인가요? 나한테는 그렇게 들리는군요."

에일린 리치가 말했다.

"아니요, 아니요. 그런 뜻이 아니에요. 전혀 그런 뜻이 아니에요. 지금은…… 지금은 자세히 이야기하기 힘들어요. 하지만 만일 이 이야기를 일주일 전에, 아니면 2주일 전에 하셨더라면 저는 곧바로 승낙했을 거예요. 거절할 수 없었을 거예요. 지금 그게 가능할지도 모르는 이유는…… 이것은 정말 말썽이 날 만한 일이에요. 제가…… 좀 생각을 해 봐도 될까요, 불스트로드 선생님? 지금은 뭐라고 대답해야 할지 모르겠어요."

"물론이죠."

불스트로드 선생이 말했다. 그렇지만 그녀는 매우 놀랐다. 정말 누군가를 완벽하게 알기란 불가능하다고 생각했다.

앤 섀플랜드가 꽃밭에서 허리를 펴면서 말했다.

"저기 리치 선생님 좀 봐요. 또 머리가 흘러내린 채로 가네요. 제대로 관리하지 못하면서 왜 자르지 않는지 모르겠어요. 두상이 좋아서 짧은 머리도 잘 어울릴 텐데."

"그렇게 말해 주세요."

아담이 말하자 앤이 대답했다.

"저희는 그렇게 친한 편이 아니에요. 그런데 이 학교는 계속 운영

될 것 같나요?"

아담이 대답했다.

"그건 의심스러워요. 그리고 제가 어떻게 판단을 내리겠어요?"

"제가 물은 건 누구라도 대답할 수 있는 질문인데요. 알죠, 가능할 수도 있다고요. 학생들이 말하듯이, 불리 할머니는 정말 수완이 좋거든요. 우선 학부형을 홀리는 재주가 있어요. 이제 학기가 시작된 지 얼마나 되었죠? 한 달?"

"만일 학교가 계속 유지된다면 다음 학기에도 올 건가요?"

앤은 강하게 대꾸했다.

"아니요. 절대로 오지 않을 거예요. 이제 학교라면 평생 안 가도 될 것 같아요. 저는 여자들만 가득한 곳에서 일할 성격이 못 돼요. 그리고 솔직히 말하면 살인은 싫어요. 신문이나 자기 전에 읽는 책에서 보기엔 재미있을 수도 있어요. 하지만 현실에서는 싫어요. 제 생각엔……."

앤이 생각하면서 말했다.

"이번 학기 말에 여기를 떠나면 데니스와 결혼해서 정착할 것 같아요."

"데니스? 그 사람이 저번에 이야기하던 사람이죠, 그렇죠? 제 기억이 맞다면 그 사람은 일 때문에 버마나 말레이시아, 싱가포르, 일본으로 돌아다닌다고 한 것 같은데. 그 사람이랑 결혼하면 엄밀히 말하면 정착이라고 할 수 없지 않나요?"

앤은 갑자기 웃음을 터뜨렸다.

"그래요. 아마도 그렇겠죠. 물리적으로나 지리적인 의미에서 정착은 아니에요."

"데니스보다 좋은 사람을 만날 수 있을 것 같은데요."

아담이 말했다.

"저한테 지금 제안하시는 건가요?"

앤이 말했다.

"물론 아니에요. 당신은 야심이 많은 사람이잖아요. 당신은 별 볼 일 없는 정원사와 결혼할 타입은 아니죠."

"범죄 수사대에 있는 사람이랑 결혼하는 거에 대해서 생각해 보고 있었어요."

"저는 범죄 수사대 사람이 아닌걸요."

"물론 아니겠죠. 대화를 깔끔하게 유지하자고요. 당신은 범죄 수사대 사람이 아니죠. 샤이스타는 납치당한 것도 아니고요. 정원의 모든 것은 매우 아름다워요. 그렇다고 해 두죠."

그녀는 주변을 둘러보며 말한 뒤 잠시 후에 물었다.

"그건 그렇고 샤이스타가 제네바에 도대체 어떻게 나타나게 된 건지 모르겠어요. 거긴 어떻게 갔대요? 그녀가 국외로 빠져나가게 내버려 두다니, 당신네들도 참 느슨하게 일하나 봐요."

아담이 말했다.

"그건 말할 수 없어요."

"그 건에 대해서는 당신도 몰랐던 것 같은데요."

"인정합니다. 무슈 에르퀼 푸아로에게 좋은 아이디어를 내 준 것에 대해 감사드려야 합니다."

아담의 말에 앤이 대꾸했다.

"줄리아를 데리고 불스트로드 선생님을 만나러 온 그 웃기게 생긴 땅딸보 말이죠?"

"예, 그분은 자신을 가리켜 고문 탐정이라고 부르던데요."

"그 사람도 상당히 옛날 사람 같아요."

앤이 말했다.

"저희는 그분이 도대체 무슨 생각을 하는지 전혀 이해할 수 없어요. 심지어 저희 어머니도 만나러 갔었다더군요. 그분 친구가 만나러 갔었대요."

아담이 말하자 앤이 물었다.

"당신 어머니를요? 왜요?"

"저도 모르죠. 어머니란 존재에 대해 병적으로 관심을 가지는 부류인가 보죠, 뭐. 그분은 심지어 제니퍼 학생의 어머니를 보러 가기까지 하셨어요."

"그럼 혹시 리치 선생님의 어머니나 채디 선생님의 어머니도 만나러 갔대요?"

아담이 대답했다.

"제가 듣기론 리치 선생님은 어머니가 안 계신다고 하던데요. 만일 계셨다면 분명히 만나러 갔을 거예요."

앤이 말했다.

"채드윅 선생님은 첼튼햄에 어머니가 살고 계신댔어요. 선에 그렇게 말하던데요. 하지만 연세가 여든이랬어요. 불쌍한 채드윅 선생님, 본인이 여든은 되어 보이잖아요. 지금 채드윅 선생님이 이리로 오고 있네요."

아담이 고개를 들었다.

"그렇군요. 지난주보다 훨씬 늙어 보이네요."

"아마도 학교를 진짜 사랑하기 때문이겠죠. 저분에겐 이게 삶의 전부잖아요. 학교가 망해 가는 모습을 참을 수가 없는 거겠죠."

앤이 말했다. 채드윅 선생은 분명 학기 첫날보다 적어도 열 살은 더 들어 보였다. 걸음걸이도 빠릿빠릿함을 잃었다. 이제는 종종거리고 걷지도, 행복해 보이지도, 소란을 떨지도 않았다. 그녀는 지금 다리를 약간 끌면서 그들에게 걸어오고 있었다.

채드윅 선생이 아담에게 말했다.

"불스트로드 선생님을 만나러 와 주겠어요? 정원에 대해서 지시할 사항이 있다더군요."

"여기를 먼저 좀 치우고 가겠습니다."

아담이 대답했다. 그리고 도구들을 내려놓고 화분을 넣어 두는 광으로 걸어갔다. 앤과 채드윅 선생은 함께 건물로 걸어갔다.

앤이 주변을 돌아보며 말했다.

"조용한 것 같죠, 안 그런가요? 텅 빈 극장 건물 같아요."

그리고 생각에 잠겨 덧붙였다.

"그리고 매표소에서 관객이 많은 것처럼 보이게 하려고 띄엄띄엄 자리 배치를 한 것 같아요."

채드윅 선생이 말했다.

"끔찍하죠. 끔찍해요! 메도우뱅크가 이렇게 되다니 너무 끔찍해요. 나는 견딜 수가 없어요. 밤에 잠도 오지 않아요. 모든 게 망가졌어요. 그 오랫동안의 일, 멋진 것을 이루어 내려던 노력."

앤이 활기차게 이야기했다.

"괜찮아질 수도 있어요. 사람들은 기억력이 나쁘거든요."

"그렇게 나쁘지만도 않아요."

채드윅 선생이 어둡게 말했다. 앤은 대답하지 않았다. 그녀도 내심 채드윅 선생의 말에 동의하고 있었다.

마드무아젤 블랑슈는 프랑스 문학을 가르치던 교실을 빠져나왔다. 손목시계를 흘긋 쳐다보았다. 그래, 지금 하려는 일을 하기엔 시간이 충분해. 지금처럼 학생 수가 적으면 항상 시간은 남았다.

위층에 있는 그녀의 방으로 올라가서 모자를 썼다. 그녀는 모자도 없이 외출하는 그런 사람이 아니었다. 거울에 비친 자신의 모습을 살펴보고 만족했다. 아무도 그녀의 특징을 알아볼 수 없었다! 그런 모습에는 장점이 있다! 혼자서 미소를 지었다. 그랬기 때문에 언니의 추천서를 아주 쉽게 이용할 수 있었다. 심지어 여권 사진도 바꿀 필요가 없었다. 앙젤이 죽었을 때 그 훌륭한 추천서들을 버리는 건 유감스러웠다. 앙젤은 정말 가르치는 것을 좋아했지만 자신에겐 참을 수 없는 지겨움이었다. 하지만 월급은 훌륭했다. 그녀 스스로 벌 때보다 훨씬 훌륭했다. 게다가 상황은 믿을 수 없을 만큼 좋아졌다. 미래는 아주 달라질 것이다. 그렇다, 180도 달라질 것이다. 구질구질한 마드무아젤 블랑슈는 변할 것이다. 그녀의 상상 속에 모두 보였다. 리비에라(이탈리아에서 프랑스에 걸친 지중해의 휴양지 — 옮긴이). 말쑥하게 차려입고 잘 어울리게 화장한 모습. 이 세상에서 필요한 것은 돈뿐이었다. 그런 면에서 이런 혐오스러운 영국 학교에 온 것도 할 만한 일이었다.

핸드백을 집어 든 그녀는 방에서 나가 복도를 따라갔다. 무릎을 꿇고 열심히 일하고 있는 여자가 눈에 들어왔다. 새로운 출퇴근 일꾼. 물론 경찰의 스파이이다. 어찌나 단순한 사람들인지. 그렇게 보내면 아무도 모를 줄 알다니!

입술에 오만한 웃음을 띠고 그녀는 건물을 빠져나가 정문으로 난 길을 따라갔다. 버스 정류장은 거의 반대편에 있었다. 그곳에 서서 버스를 기다렸다. 버스는 조금 전에 지나간 것 같았다.

근처 시골 동네에는 사람이 많지 않았다. 세워 둔 자동차 보닛을 열고 몸을 구부려 들여다보는 사람, 덤불에 기대져 있는 자전거, 그리고 버스를 기다리는 사람이 눈에 들어왔다.

셋 중에 하나, 혹은 여럿은 분명히 그녀를 따라올 것이다. 미행 솜씨가 좋아서 눈에 띄지 않을 것이다. 그녀도 그 사실을 잘 알고 있었지만 걱정하지 않았다. 그녀의 '그림자'가 그녀가 어디를 가는지 무엇을 하는지 알아도 상관없었다.

버스가 왔다. 올라탔다. 15분 후에 블랑슈 선생은 마을에서 제일 큰 광장에서 내렸다. 뒤를 돌아보지도 않았다. 길을 건너 새 드레스를 전시해 놓은 제법 큰 백화점 진열장으로 갔다. 시골 취향의 별볼일 없는 물건이라고 그녀는 입술을 삐죽이며 생각했다. 하지만 매우 끌리는 양 바라보고 서 있었다.

결국 그녀는 안으로 들어가 한층 올라가서 화장실로 갔다. 그곳에는 간단하게 글을 쓸 만한 탁자와 편안한 의자, 그리고 전화박스가 있었다. 그녀는 박스 안에 들어가서 동전을 넣고 전화번호를 돌렸다. 그리고 대답하는 목소리가 들릴 때까지 기다렸다.

그녀는 동의하듯 고개를 끄덕이면서 에이 단추를 누르고 말했다.

"메종 블랑슈요. 이해하시겠어요? 메종 '블랑슈'? 제가 알고 있는 사실을 이야기할 때가 왔어요. 내일 저녁까지 시간을 주겠어요. 내일 저녁이에요. 런던, 레드버리 세인트 브랜치에 있는 크레디트 나쇼날 은행의 메종 블랑슈 구좌로 돈을 보내세요. 금액은 내가 말해주지요."

그리고 그녀는 금액을 말했다.

"그 돈이 지불되지 않을 경우에는 12일 밤에 제가 본 것을 보고할 수밖에 없죠. 주의해 주세요. 스프링거 선생님에 대한 이야기예요. 지금부터 24시간하고도 조금 더 남았군요."

그녀는 전화를 끊고 화장실에서 나왔다. 밖에서 다른 여자가 막 들어왔다. 가게의 손님이었다. 어쩌면 손님이 아닐 수도 있었다. 하지만 뭔가를 엿듣기엔 너무 늦었다.

블랑슈 양은 옆에 붙어 있는 드레스 룸에 가서 화장을 고치고 나가서 블라우스 두 벌을 입어 봤지만 사지는 않았다. 백화점에서 나와 길거리로 들어서면서 그녀는 혼자서 미소를 지었다. 서점 안을 들여다보다가 버스를 타고 다시 메도우뱅크로 돌아왔다.

정문에서 학교로 들어서는 길을 걸어오면서 그녀는 여전히 웃고 있었다. 자신이 일을 아주 잘 처리했다고 생각했다. 요구한 금액은 너무 크지도 않아서 짧은 시간 안에 구하기 힘든 금액은 아니었다. 한동안 잘 쓸 수 있는 액수였다. 왜냐하면 당연히 앞으로도 계속 돈을 요구할 것이기 때문이었다.

그렇다. 앞으로 이것은 꽤나 짭짤한 수익이 될 것이다. 양심의 가책 따윈 느끼지 않았다. 그녀가 본 것을 경찰에게 보고하는 것이 자신의 임무라고 생각해 본 적이 없었다. 그 스프링거 계집은 아주 혐오스럽고, 무례하고 못됐었다. 자신이 관여하지 않아야 할 일까지 뒤적거리고 다녔다. 그러다 보니 당연한 결과가 아닌가.

블랑슈 양은 한동안 수영장에 있었다. 에일린 리치가 다이빙하는 모습을 보았다. 그리고 앤 새플랜드도 다이빙대에 올라가 뛰어내렸다. 게다가 아주 잘했다. 여자 아이들이 깔깔거리는 소리와 꺅꺅거리는 소리가 들렸다.

수업 종이 울렸다. 블랑슈 선생은 2학년 수업을 가르치러 들어갔다. 학생들은 수업을 듣지도 않았고 지루해했지만 블랑슈는 상관하지 않았다. 조금만 있으면 아이들을 가르치는 일은 다시는 하지 않아도 될 것이다.

저녁 식사 전에 몸을 씻으려고 방으로 올라갔다. 별 신경을 쓰지 않았지만 자신이 평상시 버릇과 달리 코트를 구석에 있는 옷걸이에

걸지 않고 의자 위에 던져 놓은 것이 보였다.

그녀는 화장대 거울을 보려고 몸을 구부려 얼굴을 살폈다. 파우더를 바르고 립스틱을 바르고…….

움직임이 너무 빨라 그녀는 놀랄 수밖에 없었다. 소리도 나지 않았다! 전문적이었다. 의자 위의 코트가 저절로 뭉쳐지는 것처럼 보이더니, 바닥으로 떨어졌다. 그리고 순식간에 블랑슈 선생의 뒤로 모래 부대를 든 손이 올라왔다. 소리를 지르려고 입술을 벌렸지만 그녀는 아무 소리도 못 내고 그대로 쓰러졌다.

아나톨리아에서 일어난 일

업존 부인은 좁은 골짜기가 내려다보이는 길옆에 앉아 있었다. 건장한 터키 아낙네가 불어와 손짓을 섞어 가면서 대화의 어려움을 무릅쓰고 지난번의 유산에 대해 가능한 한 자세하게 이야기하고 있었다. 그녀의 말에 의하면 여태까지 아홉 명의 아이를 낳았다고 한다. 여덟 명은 남자 아이였는데 그중 다섯이 유산되었다고 했다. 그녀는 출산만큼이나 유산을 달가워했다.

"당신은?"

그렇게 말하면서 업존 부인의 갈비뼈를 찔렀다.

"콤비앙? 가르송? 피유? 콤비앙?(몇? 아들? 딸? 몇?)"

그녀는 숫자를 표시하기 위해 손을 들어보였다.

"윈 피유.(딸이 하나.)"

업존 부인이 대답했다.

"에 가르송?(아들은?)"

자신이 터키 여인의 기대에 미치지 못할 것을 안 부인은 나라 망신을 시키고 싶지 않아서 위증죄를 저질렀다. 오른손으로 다섯 손가락을 펴 보이며 말했다.

"쌩크.(다섯.)"

그녀가 말했다.

"쌩크 가르송? 트레 비엥!(다섯 아들? 좋네!)"

터키 여인은 고개를 끄덕이면서 칭찬과 경의를 표시했다. 그녀는 불어를 잘하는 자신의 사촌이 여기 있었다면 서로 더 많이 이해할 수 있을 거라며 아쉬워했다. 그러더니 지난 번 유산 이야기로 되돌아갔다.

다른 손님들이 두 사람 주변에 모여들었다. 그들은 들고 있는 바구니에서 이상한 음식 쪼가리를 꺼내 먹고 있었다. 제법 낡아 보이는 버스가 머리 위로 삐져나온 바위에 기대어 세워져 있었고, 운전수와 다른 한 사내가 보닛을 열고 바쁘게 수리 중이었다. 업존 부인은 시간 감각을 완전히 잊고 있었다. 두 번이나 물난리에 길이 막혔기 때문에 차를 우회해야 했다. 그리고 한번은 건너려는 강이 잠잠해질 때까지 7시간이나 기다려야 했다. 하지만 앙카라로 가는 게 불가능하진 않다고 그녀도 알고 있었다. 그녀는 친구가 시종일관 열성적으로 떠드는 소리를 들으면서 언제쯤 끄덕여 주어야 하는지 언제쯤 동정심을 표현해야 하는지 고민하고 있었다.

그녀의 생각을 끊은 것은 그 환경에 전혀 어울리지 않는 목소리였다.

"업존 부인되시죠?"

목소리가 말했다. 부인은 올려다보았다. 약간 떨어진 길에 차가 올라와 있었다. 그녀의 앞에 서 있는 사람은 그 차에서 내린 것이 분명했다. 그의 얼굴은 분명 영국인이었다. 그의 목소리도 마찬가지였다. 흠잡을 데 없는 회색 플란넬 양복을 입고 있었다.

업존 부인이 말했다.

"이런, 세상에. 리빙스턴 박사님(영국의 유명한 선교사이자 탐험가—옮긴이)?"

낯선 사람이 기쁜 듯 대답했다.

"그렇게 보이는가 보죠. 제 이름은 앳킨슨이고 앙카라에 있는 영사입니다. 저희는 지난 이삼 일간 부인과 연락하려고 애썼지만 길이 끊겨서요."

"저한테 연락을 하려고 하셨다고요? 왜죠?"

업존 부인은 갑자기 벌떡 일어났다. 즐거운 여행자의 표정은 사라졌다. 그녀는 다른 누구도 아닌 엄마의 모습이 되었다.

"줄리아죠? 줄리아에게 무슨 일이 일어난 거죠?"

업존 부인이 날카롭게 말하자 앳킨슨 씨가 분명하게 대답했다.

"아뇨, 아닙니다. 줄리아는 괜찮습니다. 절대 그런 건 아닙니다. 메도우뱅크에 문제가 좀 생겨서 가능한 한 빨리 학교로 모시고 가야 합니다. 제가 차로 앙카라까지 모시고 가고 1시간쯤 뒤면 영국행 비행기에 오르실 수 있을 겁니다."

업존 부인은 입을 쩍 벌렸다가 다물었다. 그리고 일어서면서 말했다.

"저 버스 위에서 제 가방을 내려 주셔야겠어요. 저기 검은 가방이에요."

그녀가 몸을 돌려 그동안 같이 지내온 터키 아낙과 악수를 나누면서 말했다.

"미안해요. 가 봐야겠어요."

그리고 버스에 타고 있던 나머지 사람들에게도 친절하게 손을 흔들면서 터키 어로 작별 인사를 했다. 그녀가 아는 몇 안 되는 터키 어 단어 중에 작별 인사도 포함되어 있었다. 그리고 그녀는 별 다른 질문 없이 곧바로 앳킨슨 씨를 따라나설 준비를 했다. 앳킨슨은 다른 사람들도 업존 부인을 매우 분별 있는 사람으로 여길 거라 생각했다.

최후의 대결

작은 교실 중 하나에 모인 사람들을 불스트로드 선생이 둘러보았다. 학교 선생들이 모두 모여 있었다. 채드윅 선생, 존슨 선생, 리치 선생 그리고 두 젊은 선생들. 앤 새플랜드도 불스트로드 선생이 뭔가 적으라고 시킬지 몰라서 종이 철과 연필을 가지고 앉아 있었다. 불스트로드 선생 옆에는 켈시 경감이 앉아 있었고 그 옆엔 에르퀼 푸아로였다. 아담 굿맨은 여자 선생들에게 에워싸여 청일점으로 한가운데 앉아 있었다. 불스트로드 선생이 일어나서 잘 훈련된 결단력 있는 목소리로 말했다.

그녀가 말을 시작했다.

"모두에게 알려야 할 의무가 있다고 생각했습니다. 우리 학교 선생님들이자 학교의 미래에 관심이 있는 분들로서 지금 수사가 어디까지 진행되었는지 아셔야 할 것 같습니다. 켈시 경감님께서 많은 사실을 알려 주셨습니다. 다른 나라에도 아는 사람이 많은 무슈 에르퀼 푸아로께서 스위스에서 중요한 도움을 받았고 그 문제에 대해 직접 이야기해 주실 겁니다. 하지만 유감스럽게도 아직 수사가 종료되지 않았습니다. 하지만 현재 상황을 아는 편이 훨씬 마음이 놓일 겁니다."

불스트로드 선생이 켈시 경감을 바라보자 그가 자리에서 일어났다. 그가 말을 꺼냈다.

"공식적으로는, 제겐 아는 것을 모두 말씀드릴 수 있는 권한이 없습니다. 그저 저희 수사에 진전이 있었으며 학교 안에서 일어난 살인 사건이 누구의 소행인지 이제 거의 밝혀졌다고밖에 말씀드릴 수 없습니다. 그 외에는 제가 말하지 않겠습니다. 제 친구인 무슈 에르퀼 푸아로께서 공식적인 입장에 얽매이지 않기 때문에 어떻게 생각하고 있는지 알려 드릴 수 있습니다. 그래서 무슈 푸아로께서 얻은 중요한 정보를 직접 말씀하실 겁니다. 우리 모두 메도우뱅크를 아끼고 불스트로드 선생님을 존경하기 때문에 무슈 푸아로께서 말씀하시는 내용을 외부에 발설하지 않을 거라 믿습니다. 소문이나 외부의 시선이 적을수록 좋습니다. 그래서 여기서 오늘 듣게 되는 내용은 다른 데 가서 말씀하시지 않길 바랍니다. 이해하셨죠?"

"물론입니다."

채드윅 선생이 강조하면서 맨 처음 말했다.

"물론 우리 모두 메도우뱅크를 아낍니다. 그러길 바라죠."

"당연하죠."

존슨 선생이 말했다.

"예."

두 젊은 선생이 말했다.

"저도 동의합니다."

에일린 리치도 대답했다.

"그러면 무슈 푸아로?"

에르퀼 푸아로가 자리에서 일어나 사람들을 쳐다보면서 콧수염을 꼬았다. 젊은 두 선생은 킥킥거리고 싶었지만 입술을 꾹 다물고 서로 반대편을 쳐다보았다.

그가 말했다.

"여태까지 모두들 어렵고 궁금했을 겁니다. 우선 저도 그 점을 잘 압니다. 특히 불스트로드 선생님께는 최악이었겠지만 여기 모두가 고생을 했습니다. 우선 동료 선생을 셋이나 잃었고 그중 한 분은 이곳에서 제법 오랫동안 일을 해 오신 선생님입니다. 바로 밴시터트 선생님입니다. 스프링거 선생님과 블랑슈 양은 물론 새로 온 선생님들이었죠. 하지만 두 분의 죽음 또한 마찬가지로 충격이고 괴로운 일이었을 겁니다. 그리고 그동안 자신들의 신변에 대해서도 많이 우려하셨을 겁니다. 왜냐하면 마치 메도우뱅크의 선생님들에게 복수하려는 흉악범이 있는 것처럼 보였으니까요. 하지만 그 점은 아니라는 것을 저도, 그리고 켈시 경감님도 확신시켜 드릴 수 있습니다. 메도우뱅크는 우연한 계기로 불행한 사건의 중심에 말려들게 되었습니다. 그동안 비둘기 사이에 고양이가 있었다고 할까요. 우선 납치에 대해 말씀드리겠습니다. 우선 범죄자들이 사건을 모호하게 만드는 관계없는 일들을 먼저 명확히 하는 것이 가장 어렵습니다. 학교 안에 무자비하고 결연한 살인자가 있다는 점이 가장 큰 문제입니다."

그는 주머니에서 사진을 꺼냈다.

"우선 이 사진을 돌려 가면서 봐 주세요."

켈시가 받아 들어서 불스트로드 선생에게 건넸고 그녀는 다시 직원들에게 사진을 돌렸다. 사진은 다시 푸아로에게 돌아왔다. 그는 일행의 얼굴을 둘러보았는데 모두 아무런 생각이 없는 것 같았다.

"모든 분들에게 묻겠습니다. 사진 속의 여자 아이를 알아보시겠습니까?"

모두들 고개를 저었다.

"아마 그럴 겁니다. 이 사진은 제네바에서 받아 온 샤이스타 공주의 사진입니다."

푸아로가 말했다.

"하지만 그건 샤이스타가 아닌데요."

채드윅 선생의 말에 푸아로가 대답했다.

"바로 그겁니다. 여기 모인 사건의 조각들은 모두 라마트에서 시작됩니다. 모두 아시다시피 세 달 전에 쿠데타가 있었습니다. 통치자였던 알리 유스프 왕자는 도망치는 데는 성공했습니다. 개인 조종사와 함께 비행기를 타고 떠났죠. 그런데 두 사람이 탄 비행기는 라마트 북쪽에 있는 산에 추락했습니다. 그리고 한참이 지난 후에야 발견되었습니다. 알리 왕자가 개인적으로 소지했던 제법 가치 있는 물건이 사라졌습니다. 잔해에서 발견되지 않은 그 물건이 따로 영국으로 옮겨졌다는 소문이 퍼졌습니다. 여러 패거리들이 제법 가치가 큰 이 물건을 손에 넣으려고 했습니다. 그래서 그들이 물건에 대한 정보를 얻을 곳은 알리 유스프 왕자의 친척들이었고, 스위스에서 학교를 다니던 그의 사촌인 여자 아이를 주목하게 되었죠. 만일 그 중요한 물건이 라마트에서 안전하게 빠져나왔다면 샤이스타 공주나 그녀의 친척과 후견인에게 오게 되겠죠. 그래서 특정 요원들은 그녀의 삼촌인 에미르 이브라힘을 감시했습니다. 그리고 또 샤이스타 공주를 감시하는 요원도 있었죠. 이미 그녀가 이 학교, 메도우뱅크로 올 예정이란 사실은 알려져 있었습니다. 그러니 당연히 이곳에 직업을 얻어서 공주에게 접근하는 사람이나 그녀의 편지 그리고 전화 메시지를 살폈겠죠. 하지만 좀 더 단순하면서도 효과적인 방법이 있습니다. 그것은 샤이스타 공주를 납치하고 자신들의 요원을 샤이스타 공주로 분장시켜 학교로 보내는 방법입니다. 에미르 이브라힘은 이집트에 있었고 늦여름까지는 영국에 오지 않을 예정이었기 때문에 성공할 수 있었습니다. 불스트로드 선생님은 샤이스타를 본 적이 없었고 학생을 받기 위한 모든 약속은 런던에 있는 대사관을 통해 이루어졌습니다.

계획은 매우 간단했습니다. 진짜 샤이스타는 런던의 대사관에서 온 사람들과 함께 스위스를 떠났습니다. 적어도 그렇게 보였죠. 사실 런던의 대사관에서는 누군가가 샤이스타를 스위스 학교에서 런던으로 데리고 올 거란 통보를 받았습니다. 진짜 샤이스타는 매우 쾌적한 스위스의 샬레로 가게 되었고 그 이후 계속 거기 있었습니다. 다른 여자가 런던으로 왔고 대사관 사람과 만나 학교로 오게 되었죠. 물론 이 대역은 진짜 샤이스타보다 훨씬 나이가 많았습니다. 하지만 중동 여자 아이들은 나이에 비해 무척 성숙하기 때문에 아무도 눈치 채지 못했죠. 그들이 선택한 사람은 여학생 배역을 전문으로 하는 프랑스 여배우였습니다."

에르퀼 푸아로가 사려 깊은 목소리로 말했다.

"제가 물어본 적이 있죠. 아무도 샤이스타의 무릎을 본 적이 없냐고. 무릎은 나이를 알려 주는 좋은 지표입니다. 스물세 살이나 스물다섯 살 여성의 무릎은 열네 살이나 열다섯 살 된 여자 아이의 것과는 다릅니다. 하지만 불행하게도 그녀의 무릎을 본 사람이 아무도 없더군요.

계획은 그들이 바란 대로 성공적이지 않았습니다. 아무도 샤이스타와 연락을 취하지 않았고 편지나 전화도 오지 않았죠. 시간이 흐르자 그들은 불안해졌습니다. 에미르 이브라힘이 계획보다 빨리 영국에 올 수도 있었죠. 그는 자신의 계획을 미리 알리고 다니는 사람이 아니었으니까요. 제가 알기로 그 사람은 어느 날 갑자기 '나, 내일 영국 간다.'라고 말하고 움직이는 사람이었어요.

그리고 가짜 샤이스타는 진짜 샤이스타를 아는 사람이 어느 때고 나타날 수 있다는 걸 잘 알고 있었습니다. 특히 살인이 일어난 이후로 그녀는 납치극을 준비하고 켈시 경감에게 알린 거죠. 물론 납치

극은 실제 납치는 아니었습니다. 그녀는 삼촌이 와서 다음 날 아침, 자신을 데리고 나가려고 한다는 사실을 알게 되자 전화로 알렸고 진짜 그녀를 데리러 온 차가 도착하기 30분 전에 가짜 번호판이 달린 멋진 차를 타고 갔습니다. 그리고 공식적으로 샤이스타는 납치당한 겁니다. 그녀는 그 이후 인근 큰 도시에서 내려 자신의 정체로 되돌아갔습니다. 납치극을 진짜처럼 보이게 만들려고 몸값을 요구하는 전문적이지 못한 편지를 보낸 것이고요."

에르퀼 푸아로는 잠시 멈추었다가 말했다.

"보시다시피 납치 건은 영악한 인간들이 만들어 낸 것입니다. 잘못된 정보지요. 이곳에서 일어난 납치에만 신경을 쓰고 진짜 납치는 3주나 전에 스위스에서 이미 일어났다는 사실은 아무도 생각하지 못한 거죠."

물론 푸아로는 자신을 제외한 '아무도'라는 표현을 매우 예의 바르게 말했다.

"이제 납치보다 훨씬 더 심각한 문제를 이야기해 봅시다. 살인입니다.

가짜 샤이스타가 스프링거 선생님을 죽였을 수도 있습니다. 하지만 밴시터트 선생님이나 마드무아젤 블랑슈를 죽였을 수는 없습니다. 그리고 누군가를 죽일 동기도 없을 뿐더러 그녀에게 맡겨진 임무도 아니었습니다. 그녀의 역할은 값진 물건을 받거나 그것에 대한 정보를 손에 넣는 것이었습니다. 그 물건은 그녀에게 배달될 확률이 제법 높았죠.

그럼 다시 모든 일이 시작된 라마트로 돌아가 봅시다. 라마트에서는 알리 유스프 왕자가 그 물건을 자신의 조종사인 밥 롤린슨에게 줬다는 소문이 파다합니다. 그리고 밥 롤린슨은 그것을 영국으로 보냈다고요. 문제의 날에 밥 롤린슨은 누나가 딸 제니퍼를 데리고 머무르던 라마트의 최고급 호텔에 갔었습니다. 서트클리프 부인과 제니퍼는 외출 중이었지만 밥 롤린슨이 두 사람의 방에 들어가서 적어도 20분을 머물렀다고 합니다. 당시의 상황을 생각해 보면 제법 긴 시간입니다. 그는 누나에게 긴 편지를 썼을 수도 있지만 실제로 그러지 않았습니다. 그는 몇 분이면 충분히 썼을 만한 짧은 쪽지를 남겼을 뿐입니다.

그렇다면 여러 패거리의 생각대로 그가 그 시간 동안 누나의 짐 어딘가에 그 물건을 숨겨서 영국으로 가져오도록 했다고 유추하는 게 맞겠지요. 그래서 이제 두 가지로 추리할 수 있는 시점에 이르렀습니다. 한 가지는 서트클리프 부인이 그 물건을 영국으로 들여와 집으로 가져갔다는 것입니다. 그래서 그녀의 집에 도둑이 들어 샅샅이 뒤지게 된 거죠. 그것은 집을 뒤진 자가 물건이 어디에 숨겨져 있는지 몰랐다는 뜻입니다. 그저 서트클리프 부인의 물건 중 어딘가에 숨겨져 있을 거라고 생각했단 말이죠.

하지만 다른 누군가는 그 물건이 어디 있는지 정확히 알고 있었습니다. 지금은 그 물건이 어디 있었는지 이야기해도 별 상관없겠지요. 사실 밥 롤린슨은 그 물건을 숨겼습니다. 바로 테니스 라켓의 손잡이에요. 손잡이를 파내고 숨긴 다음 잘 포장해 두었기 때문에 그가 라켓에 손을 댄 사실을 아무도 몰랐습니다.

테니스 라켓은 누나의 것이 아니라 조카인 제니퍼의 것이었습니다. 물건이 어디에 숨겨졌는지 정확히 아는 누군가가 어느 날 밤, 스포츠 파빌리언으로 나갔던 거죠. 열쇠는 미리 본을 떠서 복사를 해두었던 것이고요. 그 시간에는 모든 사람이 침대에 들어 자고 있었겠죠. 하지만 그렇지 않았습니다. 스프링거 선생님이 스포츠 파빌리언에 어른거리는 불빛을 보고 살펴보러 갔던 겁니다. 그녀는 강인하고 건장한 여성이었으므로 그곳에 누가 있든지 혼자 힘으로 상대할 수 있다고 생각했던 겁니다. 문제의 범인은 라켓을 찾으려고 뒤적거리고 있었을지도 모릅니다. 스프링거 선생님에게 발견된 범인은 망설이지 않았습니다. 범인은 살인자였고 스프링거 선생님을 총으로 쏴 죽였습니다. 그 이후에는 물론 범인은 재빨리 움직여야 했죠. 총소리를 듣고 사람들이 다가오고 있었습니다. 무슨 일이 있어도 스포츠 파빌리언에서 발견되지 않고 도망쳐야 했습니다. 그래서 잠시 동안 라켓은 그대로 남겨지게 되었죠.

며칠 뒤 다른 방법이 시도되었습니다. 미국 억양을 흉내 내는 낯선 여인이 테니스 코트에서 나오는 제니퍼 서트클리프에게 다가와서 친척이 새 테니스 라켓을 보냈다고 둘러댔죠. 제니퍼는 별 의심 없이 그 이야기를 받아들였고 흔쾌히 라켓을 바꿔서 비싼 새 라켓을 가졌죠. 하지만 미국 억양의 그 여인이 몰랐던 상황이 있었습니다. 며칠 전 제니퍼 서트클리프와 줄리아 업존은 라켓을 교환했던 겁니다. 그래서 그 낯선 여인이 가져간 것은 원래 줄리아 업존의 라켓이었죠. 제니퍼의 이름이 써 있긴 했지만요.

그리고 우리는 두 번째 비극을 맞게 됩니다. 밴시터트 선생님이 원인은 모르겠지만 어쩌면 그날 오후 일어났던 샤이스타의 납치와 관련해서인지, 모두 잠든 시간에 손전등을 가지고 스포츠 파빌리언에 갔던 겁니다. 누군가가 그녀를 따라가서, 그녀가 샤이스타의 라커를 살피고 있을 때 곤봉이나 모래 부대로 내리쳤던 겁니다. 이번에도 범행은 곧바로 발각되었습니다. 채드윅 선생님이 불빛을 발견하고 스포츠 파빌리언으로 달려온 거죠.

다시 한 번 경찰이 스포츠 파빌리언을 점령했습니다. 그래서 살인자는 테니스 라켓을 찾아볼 수가 없었죠. 하지만 이제 똑똑한 아이인 줄리아 업존이 그동안 있었던 일을 잘 생각해 보았죠. 그리고 그녀의 라켓은 제니퍼의 것이었고 어떻든 매우 중요하다는 결론에 도달했습니다. 그녀는 직접 라켓을 조사해 보았고 짐작대로 뭔가를 찾아내어 그 물건을 제게 가지고 왔습니다.

그것은 지금 안전하게 보관되고 있으며 더 이상 우리가 상관할 바가 아닙니다."

에르퀼 푸아로는 이렇게 말하고 잠시 멈추었다가 다시 계속했다.

"이제 세 번째 비극만 남았습니다.

마드무아젤 블랑슈가 알고 짐작하고 있었던 것이 무엇인지 우리는 절대 알 수가 없습니다. 스프링거 선생님의 살인이 있었던 날, 누군가가 기숙사에서 나서는 것을 보았을지도 모릅니다. 그게 무엇이었든 간에 그녀는 살인자의 정체를 알고 있었습니다. 그리고 그걸 아무에게도 말하지 않았죠. 그녀는 입을 다무는 대신 살인자에게 돈을 받아 내려고 했습니다."

에르퀼 푸아로는 감정을 담아서 말했다.

"이미 두 번이나 살인을 저지른 사람에게 협박을 하는 것은 위험합니다. 블랑슈는 나름대로 조심을 했던 것 같지만, 그건 충분하지 않았습니다. 그녀는 살인자와 약속을 했고, 살해되었습니다."

그는 다시 말을 멈추었다.

"자, 이제 여러분도 그동안 있었던 일에 대해 모두 알게 되신 겁니다."

모든 사람들이 그를 쳐다보았다. 그들의 얼굴에는 처음에는 흥미가, 놀라움이, 흥분이 떠올랐지만 지금은 모두 조용히 얼어 있었다. 마치 모두 다 감정을 내보이기가 두려워진 것 같았다. 에르퀼 푸아로는 사람들에게 고개를 끄덕였다.

"그렇습니다. 저도 모두들 어떤 기분인지 잘 압니다. 이제 진실에 가까이 오지 않았습니까? 그래서 제가 켈시 경감과 아담 굿맨 씨에게 질문을 던지고 다녔던 겁니다. 이제 우리는 아직도 비둘기 사이에 고양이가 있는지를 알아야만 합니다! 제 말뜻을 이해하시죠? 여기에 아직도 정체를 숨기고 있는 사람이 있을까요?"

푸아로의 말을 듣던 사람들 사이로 약간의 술렁거림이 일었다. 은밀하게 주변을 둘러보는 모습이 마치 서로를 바라보고 싶었지만 감히 그러지 못하는 것 같았다.

"다행스럽게도 저는 여러분에게 알려 드릴 수 있습니다."

푸아로가 계속했다.

"여기에 계시는 모든 분들은 말씀해 주신 대로입니다. 예를 들면, 채드윅 선생님은 채드윅 선생님이 분명합니다. 이 점은 의심할 여지가 없습니다. 메도우뱅크가 있었던 동안 내내 여기 계셨던 분이니까요. 존슨 선생님도 마찬가지로 확실히 존슨 선생님입니다. 리치 선생님도 리치 선생님이 맞고요. 섀플랜드 양도 섀플랜드 양입니다. 로완 선생님, 블레이크 선생님도 본인이 확실합니다."

푸아로는 고개를 돌리면서 말했다.

"나아가서, 정원에서 일하는 아담 굿맨은 아담 굿맨이 아닐 수도 있지만 그의 증명서에 있는 이름대로일 겁니다. 그러면 이제 뭘 의심해야 하나요? 이제 우리가 찾아야 하는 것은 자신의 정체를 숨기고 있는 사람이 아니고, 자신의 정체 그대로 살인자인 사람입니다."

방 안은 매우 조용했다. 분위기에 위험이 느껴졌다. 푸아로가 말을 이었다.

"우리가 원하는 것은 우선 3개월 전에 라마트에 있었던 사람입니다. 물건이 테니스 라켓에 숨겨져 있다는 사실은 한 가지 방법으로만 알 수 있었습니다. 밥 롤린슨이 그곳에 숨기는 것을 본 겁니다. 그렇게 간단합니다. 그러면 여기 계시는 분들 중 누가 3개월 전 라마트에 있었을까요? 채드윅 선생님은 그때 이곳에 있었고, 존슨 선생님도 마찬가지입니다."

푸아로의 시선은 두 젊은 교사에게로 옮겨 갔다.

"로완 선생님과 블레이크 선생님도 여기 있었습니다."

그는 손가락으로 가리켰다.

"하지만 리치 선생님. 리치 선생님은 지난 학기에 없었죠?"

그녀는 재빨리 대답했다.

"예. 저는 아팠습니다, 한 학기 동안 쉬었습니다."

에르퀼 푸아로가 대답했다.

"이건 우리가 몰랐던 사실입니다. 며칠 전 누군가가 별 생각 없이 꺼낸 말이었습니다. 경찰이 처음 질문을 했을 때 선생님께서는 1년 반 동안 메도우뱅크에 있었다고만 했습니다. 그 말도 틀린 건 아닙니다. 하지만 지난 학기에 안 계셨습니다. 라마트에 갔을 수도 있죠. 제 생각엔 라마트로 갔었던 것 같습니다. 조심하십시오. 여권을 보면 금방 알 수 있습니다."

잠시 침묵이 흐른 뒤 에일린 리치가 고개를 들었다. 그녀가 조용히 대답했다.

"예. 라마트에 갔었습니다. 그러면 안 되나요?"

"왜 라마트로 가셨습니까, 리치 선생님?"

"이미 알고 계시잖아요. 저는 아팠습니다. 그래서 쉬라는 충고를 받았습니다. 해외로 가라고요. 불스트로드 선생님께 편지를 써서 한 학기 쉬겠다고 했습니다. 선생님도 이해해 주셨고요."

불스트로드 선생이 말했다.

"그렇습니다. 의사의 소견서가 첨부되어 있었는데 리치 선생님이 그 다음 학기까지 일을 하지 않는 것이 좋겠다고 했습니다."

"그래서 라마트로 가셨군요?"

에르퀼 푸아로가 대답했다.

"제가 라마트로 가면 안 되나요?"

에일린 리치가 말했다. 그녀의 목소리가 약간 떨렸다.

"학교 교사들에게는 저렴한 가격의 방이 있습니다. 저는 휴식과 햇빛이 필요했습니다. 그래서 라마트로 갔습니다. 2개월 동안 머물렀습니다. 왜 안 되나요? 왜요?"

"혁명이 일어날 때 라마트에 계셨다는 말을 그동안 한 번도 하지 않으셨죠."

"왜 그래야 하죠? 여기 있는 사람들과 무슨 상관이 있는데요? 저는 아무도 죽이지 않았습니다. 말씀 드릴 수 있습니다. 저는 살인을 저지르지 않았습니다."

에르퀼 푸아로가 말했다.

"누군가가 선생님을 알아보았습니다. 확실히 알아본 것은 아니지만 알아보긴 했습니다. 제니퍼란 아이는 매우 모호했습니다. 그 아이는 라마트에서 선생님을 보았지만 선생님일 리가 없다고 결론을 내렸습니다. 왜냐하면 그 아이의 말로는 그 사람은 뚱뚱했고 날씬하지 않았기 때문입니다."

푸아로는 몸을 앞으로 숙여서 에일린 리치의 얼굴을 뚫어지게 쳐다보았다.

"하실 말씀이 없습니까, 리치 선생님?"

그녀는 몸을 돌리며 소리쳤다.

"뭘 하시려는 건지 알아요! 살인을 저지른 게 비밀 요원이라든가 그런 사람이 아니라는 말씀을 하시려는 거죠. 그저 그곳에 있었던 사람이, 테니스 라켓에 보물을 감추는 걸 본 사람이 했다는 말이죠. 그 아이가 메도우뱅크로 온다는 사실을 알고 있는 사람. 그래서 숨겨진 보물에 손을 댈 수 있는 사람 말이죠. 하지만 그건 사실이 아니에요!"

"예, 저는 그렇게 된 거라고 생각합니다. 보석을 감추는 것을 본 사람이 다른 임무나 흥미는 잃어버리고 그 보석을 손에 넣는 데 혈안이 된 거라고 생각합니다!"

푸아로가 말했다.

"사실이 아니에요. 전 아무것도 보지 못했어요."

"켈시 경감님."

푸아로가 고개를 돌렸다. 켈시 경감이 고개를 끄덕이고 문으로 가서 열었다. 그리고 업존 부인이 방 안으로 걸어 들어왔다.

업존 부인이 약간 쑥스러워하며 말했다.

"안녕하세요, 불스트로드 선생님. 행색이 지저분해서 죄송합니다. 하지만 어제 앙카라 근처에 있다가 방금 비행기를 타고 왔어요. 지금 엉망진창이지만 씻을 시간이 없었어요."

에르퀼 푸아로가 대답했다.

"상관없습니다. 여쭤 볼 게 있습니다."

켈시가 말했다.

"업존 부인. 따님을 학교로 데리고 오셨을 때 불스트로드 선생님의 응접실에서 앞쪽으로 난 창문 밖을 보셨죠. 그리고 누군가를 알아본 것처럼 감탄하셨다고 했습니다. 그건 사실입니까?"

업존 부인은 그를 쳐다보았다.

"제가 불스트로드 선생님의 응접실에 있을 때요? 제가 밖으로, 아, 예 맞아요. 예, 누군가를 봤어요."

"발견하고 놀랄 만한 사람이었나요?"

"글쎄요, 저는…… 그게 너무 오래전 일이었거든요."

"전쟁 끝 무렵 정보부 일을 하실 때 말씀이신가요?"

"예. 15년 전이에요. 물론 그녀도 훨씬 더 나이 들어 보였지만 전 즉시 알아볼 수 있었어요. 그래서 그 사람이 도대체 무슨 일로 여기에 있나 궁금했었죠."

"업존 부인, 이 방 안을 둘러보시고 지금 그 사람이 여기 있는지 알려 주실 수 있나요?"

업존 부인이 말했다.

"예, 물론이죠. 들어서면서 바로 그 사람을 알아본 걸요."

그녀는 손가락을 뻗어 가리켰다. 켈시 경감은 재빨랐고 아담도 마찬가지였다. 하지만 두 사람 모두 한 발 늦었다. 앤 섀플랜드는 자리에서 일어나 있었다. 그녀의 손에는 작고 다루기 힘들어 보이는 권총이 들려 있었고 업존 부인 방향으로 총구가 향해 있었다. 불스트로드 선생은 두 사내보다 빨리 앞으로 움직였지만 채드윅 선생이 더 빨랐다. 그녀가 보호하려 했던 것은 업존 부인이 아니고 업존 부인과 앤 섀플랜드 사이에 서 있는 여인이었다.

"안 돼, 그건 안 돼!"

채디가 소리 질렀다. 그리고 권총이 발사되는 순간 불스트로드 선생 앞에 몸을 던졌다. 채드윅 선생은 비틀거리더니 천천히 무너졌다. 존슨 선생이 달려갔다. 아담과 켈시 경감이 앤 새플랜드를 붙잡았다. 그녀는 야생 고양이처럼 발버둥 쳤지만 두 사람이 그녀에게서 작은 권총을 빼앗았다.

업존 부인은 숨도 쉬지 않고 말했다.

"그때 그들이 말하길 저 아이는 살인자라고 했어요. 나이가 아주 어렸는데도 불구하고요. 그들이 데리고 있는 중에 가장 위험한 요원이라고요. 암호명은 안젤리카였어요."

"거짓말쟁이 년!"

앤 새플랜드가 말을 뱉어 냈다. 에르퀼 푸아로가 말했다.

"거짓말이 아니야. 당신은 위험한 사람이야. 항상 위험한 삶을 살아왔지. 지금까지 당신은 의심받은 적이 없어. 여태까지 일했던 직장에서 자신의 이름을 사용해 왔고 직업도 진짜였지. 아주 일을 잘했지만 모두 목적이 있는 직업이었어. 그리고 그 목적은 정보 수집이었지. 당신은 석유 회사에서 일했고 고고학자와 일했지. 세계 각지를 돌아다니는 사람의 비서로 일한 거였어. 그리고 유력한 정치인이 후원하는 여배우와 일하기도 했고. 열일곱 살 때부터 당신은 요원으로 일했지. 주인을 바꿔 가면서 말이야. 당신을 고용하려면 많은 돈을 내야 하지. 여태까지 두 가지 삶을 살아온 거야. 대부분의 임무는 당신 이름으로 실행했지만 정체를 바꿔야 할 때도 있었어.

그때가 엄마 때문에 집에 가야 하는 거였지.

하지만 새플랜드 양, 당신이 방문하는 작은 마을에 사는, 간호사가 돌보는 나이 든 여성은 실제로 정신병 환자이고 당신의 어머니가 아니야. 당신은 그녀를 핑계 삼아 직업을 그만두든지, 친구들 무리에서 빠져나올 수 있었어. 이번 겨울에 석 달 동안 엄마가 발작을 일으켜서 같이 있어야 했다고 하지만 그때 당신은 라마트에 있었지. 앤 새플랜드로서가 아니고 안젤리카 데 토레도라는 이름으로. 스페인 사람이고 카바레 댄서였지. 서트클리프 부인의 옆방에서 머물다가 밥 롤린슨이 라켓에 보석을 숨기는 것을 본 거야. 그 당시에 영국인들을 갑자기 대피시켰기 때문에 아마도 라켓을 훔쳐 낼 기회가 없었겠지. 하지만 가방에 붙은 주소를 보고 당신은 서트클리프 부인과 제니퍼에 대해 알아냈던 거고. 이곳의 비서 자리를 구하는 건 어렵지 않았어. 내가 조사를 좀 해 보았지. 불스트로드 선생님의 예전 비서가 과로로 더 이상 일을 못하겠다며 그만두게 만들기 위해 제법 많은 돈을 주었더군. 그리고 당신은 그럴싸한 이야기를 들고 왔지. 유명한 여학교의 내부에서 지켜보고 연재 기사를 쓰도록 의뢰 받았다고 했지.

모든 일이 제법 쉬울 것만 같았지, 안 그런가? 만일 여학생 중 누군가가 라켓을 잃어버렸대도 대수인가? 게다가 밤에 몰래 스포츠 파빌리언에 가서 보석만 빼내오면 될 것 같았지. 하지만 당신은 스프링거 선생님의 관심을 끌었어. 어쩌면 당신이 라켓을 살피는 것을 이미 봤는지도 몰라. 어쩌다가 우연히 그날 밤에 일어나 있었넌

걷지도 몰라. 그래서 당신을 따라왔는데, 당신이 쏴 죽여 버렸지. 나중에 마드무아젤 블랑슈가 협박하자 또 죽여 버렸어. 사람을 죽인다는 게 그냥 자연스러운 일처럼 느껴지나?"

푸아로는 말을 멈추었다. 그리고 켈시 경감이 단조롭고 공식적인 목소리로 범인에게 주의를 주었다. 그녀는 듣지 않았다. 그녀는 에르퀼 푸아로를 향해 몸을 돌려 낮은 목소리로 욕설을 퍼부었다. 방 안에 있는 모든 사람들이 놀랐다.

켈시 경감이 그녀를 데리고 나가자 아담이 말했다.

"휴! 난 제법 괜찮은 아가씨라고 생각했는데!"

존슨 선생은 채드윅 선생 옆에 무릎을 꿇고 웅크리고 있었다. 그녀가 말했다.

"너무 심하게 다쳤어요. 의사가 올 때까지 움직이지 않는 게 좋겠어요."

푸아로의 설명

업존 부인은 복도를 서성이고 있었다. 방금 전에 보았던 흥미진진한 광경에 대해 까맣게 잊어버리고 있었다. 그녀는 그저 아이를 찾는 엄마일 뿐이었다. 텅 빈 교실에서 그녀는 줄리아를 찾았다. 줄리아는 책상 위로 몸을 숙이고 혀를 살짝 빼물고 어려운 작문에 푹 빠져 있었다.

줄리아가 고개를 들고 쳐다보았다. 그러더니 교실을 가로질러 달려와 엄마를 꼭 끌어안았다.

"엄마!"

그러고 나서 자신의 나이를 생각한 듯 불쑥 튀어나온 감정에 쑥스러워 하면서 엄마에게서 떨어져서 조심스럽게 평소와 같은 목소리로 말을 꺼냈다. 엄마를 비난하는 말투였다.

"좀 일찍 돌아온 거 아니에요, 엄마?"

업존 부인이 사과하듯 말했다.

"비행기 타고 왔어. 앙카라에서."

"아. 어쨌든 엄마가 와서 너무 기뻐요."

"그래. 나도 기뻐."

"리치 선생님이 숙제를 내줘서 작문을 하고 있었어요. 확실히 흥미로운 주제를 주시긴 해요."

줄리아가 말했다.

"이번 것은 뭔데?"

업존 부인이 책상을 내려다보면서 말했다.

종이 맨 위에 주제가 적혀 있었다. 고르지 않고 비뚤거리는 줄리아의 글씨가 아홉이나 열 줄 정도 그 밑에 쓰여 있었다.

업존 부인이 읽었다.

"살인에 대한 맥베스와 맥베스 부인의 태도를 비교하라. 그러게. 주제가 다소 시사적이구나."

그녀가 의심스러운 듯 말했다. 그러고는 딸이 쓴 글을 읽기 시작했다.

"맥베스는 살인이라는 방법을 좋아해서 많이 생각했지만, 실제로 저지르기 위해서는 외부의 자극이 필요했다. 그는 일단 시작한 뒤로는 사람들을 죽이는 것을 즐겼고 아무런 양심의 가책도 느끼지 않았다. 맥베스 부인은 단지 욕심이 많은 야심가였을 뿐이다. 그녀는 원하는 것을 손에 넣기 위해서는 살인을 저질러도 별 상관없으리라 생각했다. 하지만 일단 살인을 저지른 뒤에는 전혀 기뻐하지 않았다."

업존 부인이 말했다.

"문장이 아주 우아하구나. 약간 손질해야 할 것 같지만 생각은 정말 좋아."

켈시 경감은 약간 불평하는 목소리로 말했다.

"모든 것이 잘되었습니다, 푸아로 씨. 당신은 우리가 할 수 없는 말을 할 수 있으니 말입니다. 그리고 모든 것이 무대 위에서 잘 돌아갔고요. 예측하지 못하고 있을 때 깜짝 놀래 주었죠. 우리가 리치 선생님을 의심하고 있다고 생각했을 겁니다. 그리고 갑작스럽게 업존 부인이 등장하자 그녀가 이성을 잃은 겁니다. 스프링거 선생님을 쏜 총을 아직도 가지고 있었던 건 정말 다행입니다. 만일 총알이 일치한다면……."

"그럴 겁니다, 몬 아미(친구), 분명히 그럴 겁니다."

푸아로가 대답했다.

"그러면 그녀는 스프링거의 살인범으로 확정될 겁니다. 그리고 채드윅 선생님이 상태가 안 좋다고 들었습니다. 그런데 무슈 푸아로, 어떻게 섀플랜드가 밴시터트 선생님을 죽였는지 아직도 모르겠습니다. 물리적으로 불가능합니다. 그날 그녀는 탄탄한 알리바이가 있습니다. 만일 래트본 씨와 니드 소베지의 전 직원들이 거짓말을 하는 게 아니라면 말입니다."

푸아로는 고개를 흔들었다.

"아닙니다. 그녀의 알리바이는 완벽했습니다. 그녀가 스프링거 선생님과 블랑슈 양을 죽이긴 했지만 밴시터트 선생님은……."

그는 잠시 망설였다. 그의 눈은 앉아서 두 사람의 이야기를 듣고 있는 불스트로드 선생에게로 갔다.

"밴시터트 선생님은 채드윅 선생님이 죽인 겁니다."

"채드윅 선생님이요?"

두 사람이 한꺼번에 되물었다.

푸아로가 고개를 끄덕였다.

"확실합니다."

"하지만…… 왜요?"

"채드윅 선생님은 메도우뱅크를 너무 사랑한 겁니다……."

푸아로는 불스트로드 선생과 시선이 마주쳤다.

불스트로드 선생이 말했다.

"그렇군요……. 예, 예. 알겠습니다……. 제가 알아차렸어야 했는데."

그녀가 잠시 말을 끊었다.

"그렇다면 그녀가……."

"제 말은, 채드윅 선생님은 이 학교를 불스트로드 선생님과 함께 만들었습니다. 그래서 이 학교가 두 사람 사이의 공동 기업이라고 생각했던 거죠."

"그건 사실입니다."

불스트로드 선생의 말에 푸아로가 대답했다.

"그렇습니다. 하지만 그것은 재정적인 면에서만 그랬던 거죠. 그리고 선생님께서 은퇴를 이야기하셨을 때 채드윅 선생님은 자신이 교장 자리를 이어받을 거라고 생각했습니다."

"하지만 너무 늙었는데요."

불스트로드 선생이 반대했다.

"그렇습니다. 그녀는 너무 늙었고 교장 자리에는 어울리지 않았습니다. 하지만 자신은 그렇게 생각하지 않은 거죠. 채드윅 선생님은 선생님이 떠나고 나면 자신이 메도우뱅크의 교장이 되는 건 당연하다고 생각했습니다. 그런데 그렇지 않다는 사실을 알았죠. 선생님께서 다른 사람을 고려하고 있고 밴시터트 선생님을 염두에 두고 있다는 사실도요. 채드윅 선생님은 메도우뱅크를 사랑했습니다. 학교를 사랑했는데, 엘리노어 밴시터트는 사랑하지 않은 겁니다. 결국 밴시터트 선생님을 미워하게 된 겁니다."

불스트로드 선생이 말했다.

"그럴지도 모릅니다. 예, 엘리노어 밴시터트는…… 어떻게 말해야 할까요? 그녀는 항상 자신감이 있었고 모든 면에서 우월했습니다. 만일 질투를 하고 있다면 이 점을 참을 수 없었겠죠. 무슨 말인지 아시죠? 채디는 질투를 했습니다."

푸아로가 대답했다.

"예. 그녀는 메도우뱅크를 질투했고 엘리노어 밴시터트를 질투했습니다. 학교와 밴시터트가 함께라면 참을 수 없었을 겁니다. 그리고 어쩌면 선생님의 행동에서 선생님이 약해지고 있다는 느낌을 받았을지도 모릅니다만?"

불스트로드 선생이 말했다.

"저는 약해졌습니다. 하지만 채디가 생각하는 방면으로 약해진 건 아니었습니다. 사실 저는 밴시터트 선생님보다 더 젊은 사람을 염두에 두고 있었습니다. 저도 계속 그 사람은 너무 젊다고 생각했었는데……. 그런 혼잣말을 할 때 채디도 저와 함께 있었군요. 기억납니다."

"아마도 그게 밴시터트 선생님을 말하는 거라 생각했겠지요. 선생님께서 밴시터트는 너무 어리다고 말하는 줄 알았을 겁니다. 그녀는 전적으로 동의했습니다. 그녀는 자신이 가진 경험과 지혜가 훨씬 더 중요하다고 생각했습니다. 하지만 어쨌든, 선생님께서 원래의 결정대로 하시기로 한 겁니다. 그 주말에 엘리노어 밴시터트에게 모든 책임을 일임하고 학교를 떠나신 겁니다. 제 생각엔 이렇게 된 것 같습니다. 그 주 일요일 밤, 채드윅 선생님은 잠들 수가 없었죠. 자리에서 일어났는데 스쿼시장에서 어른거리는 불빛을 보았습니다. 그녀는 말한 대로 방에서 나갔습니다. 그녀가 말한 것과 다른 부분은 한 가지입니다. 그녀가 가지고 간 것은 골프채가 아니었습니다. 그녀는 현관에 있는 모래 부대 하나를 들고 간 거죠. 그녀는 스포츠 파빌리언에 다시 침입한 도둑을 잡으려고 간 거죠. 그래서 만일 공격을 받게 될 경우에 대비해서 손에 모래 부대를 들고 간 겁니다. 그런데 뭘 찾았을까요? 그곳에서 라커를 뒤지려고 무릎을 꿇고 있는 엘리노어 밴시터트를 발견한 겁니다. 그리고 생각하길 ('왜냐하면 나는 다른 사람들의 생각을 읽는데 탁월하기 때문이지요.'라고 에르퀼 푸아로는 속으로 생각했다.) '내가 만일 침입자라면, 도둑이라면, 그녀의 뒤로 다가가서 머리를 내리칠 거야.'라고 말입니다. 그런 생각이 떠오르자 자신의 행동을 반쯤은 인식하지 못한 채 실제로 모래 부대를 들어 올려 내리친 겁니다. 그리고 자신의 길에 거치적거리던 엘리노어 밴시터트를 죽인 거지요. 그때서야 자신이 저지른 일에 대해 질겁한 거지요. 그 이후로는 계속 그 일에 시달렸을 겁니다. 그녀는 타고난 살인범이 아니었으니까요. 채드윅 선생님은 질투와 강박 관념에 사로잡혔던 겁니다. 그런 사람들이 종종 있지요. 메도우뱅크에 대한 사랑의 강박 관념이지요. 엘리노어 밴시터트가 죽었으니 이제 자신이 메도우뱅크를 이어 받게 될 거라고 믿었습니다. 그래서 고백하지 않은 겁니다. 그녀는 딱 한 가지만 빼놓고 그대로 경찰에게 이야기했습니다. 바로 자신이 밴시터트 선생님을 내리친 사람이라는 것만 빼놓고요. 하지만 밴시터트 선생님이 가져간 걸로 여겨지는 골프채에 대해 질문을 받았을 때 채드윅 선생님은 자신이 가지고 갔다고 말했죠. 그녀는 자신이 모래 부대를 가지고 있었을지도 모른다는 생각을 못 하게 하려던 거였습니다."

"그러면 왜 앤 새플랜드는 블랑슈 선생님을 죽이는 데 모래 부대를 사용했을까요?"

불스트로드 선생이 물었다.

"우선 그녀는 학교 건물 안에서 총소리를 내는 위험한 짓을 피한 겁니다. 그리고 그녀는 똑똑한 여성입니다. 세 번째 살인을 두 번째 살인과 연관 지으려고 한 겁니다. 두 번째 살인에 대해서 자신은 확실한 알리바이가 있었으니까요."

"전 엘리노어 밴시터트가 스포츠 파빌리언에서 뭘 하고 있었는지 정말 모르겠어요."

불스트로드 선생이 말했다.

"그건 짐작해 볼 수 있겠죠. 그녀는 겉으로 드러낸 것보다 훨씬 더 샤이스타의 실종에 대해 걱정하고 있었습니다. 채드윅 선생님만큼이나 걱정하고 있었던 거죠. 어떤 면에서는 더 심했을 수도 있습니다. 왜냐하면 선생님께서 부재중의 책임을 맡겨 놓았는데 납치가 일어났으니까요. 게다가 그녀는 불쾌한 사실을 직면하지 않으려고 가능한 한 미루어 두었던 겁니다."

불스트로드 선생이 생각에 잠겨 말했다.

"그럼 그 가면 뒤에 약한 면이 있었단 말이군요. 가끔은 그랬던 것 같기도 합니다."

"그녀도 역시 잠을 못 이루었을 겁니다. 그리고 혹시 실종에 대한 단서를 찾을 수 있을까 해서 샤이스타의 라커를 몰래 살펴보러 스포츠 파빌리언으로 갔겠죠."

"모든 것을 완벽하게 설명하시는군요, 무슈 푸아로."

"그게 저분의 전문 분야입니다."

켈시 경감이 약간의 반감을 가지고 말했다.

"그러면 왜 에일린 리치 선생님에게 선생님들의 초상화를 그리게 한 거죠?"

"저는 제니퍼라는 아이가 얼마나 얼굴을 잘 알아보는지 시험하고 싶었습니다. 제니퍼는 자기 일에만 관심을 두고 외부인들에게는 거의 눈길을 주지 않을 뿐더러 사람들의 외양에 대해서도 제한적인 정보만 인식하더군요. 그 아이는 다른 머리 스타일을 한 마드무아젤 블랑슈도 알아보지 못하더군요. 더구나 선생님의 비서라 가까이서 볼 일이 거의 없는 앤 섀플랜드는 전혀 알아보지 못하더군요."

"라켓을 가지고 온 여성은 앤 섀플랜드였다고 생각하시는군요."

"예. 모두 한 여성이 저지른 일입니다. 그날 기억나시나요? 줄리아에게 메시지를 전해 달라고 버저를 울렸지만 앤의 대답이 없어서 다른 학생을 보내셨던 날을요. 앤은 재빨리 변장하는 일에 익숙합니다. 옅은 색 가발, 다르게 그린 눈썹, 그리고 거추장스러운 드레스와 모자. 자신의 자리를 20분만 비워도 가능합니다. 리치 선생님의 스케치에서 여성들이 외모만 바꾸어도 얼마나 쉽게 변장할 수 있는지 깨달았습니다."

"리치 선생님은…… 혹시……."

불스트로드 선생이 생각에 잠겼다.

푸아로는 켈시에게 눈길을 주었고 경감은 일이 있다며 나갔다.

"리치 선생님은요?"

불스트로드 선생이 다시 말했다.

"그녀를 불러오세요. 그게 제일 좋은 방법입니다."

푸아로가 대답했다. 에일린 리치가 들어왔다. 얼굴은 창백하고 약간 반항적인 태도였다.

“제가 라마트에서 뭘 하고 있었는지 알고 싶으신 거죠.”

그녀가 불스트로드 선생에게 말했다.

“나도 떠오른 생각이 있어요.”

불스트로드 선생이 말했다.

“그렇습니다. 요즘 아이들은 삶의 모든 면을 알고 있죠. 하지만 그들의 눈은 순진함을 유지하기도 합니다.”

푸아로는 이렇게 말한 다음 자신도 할 일이 있다며 그 방에서 빠져나갔다.

“그거죠, 맞죠? 제니퍼는 뚱뚱하다고만 했어요. 그 아이는 자기가 본 것이 임신한 여자인 줄 몰랐던 거야.”

불스트로드 선생이 말했다. 그녀의 목소리는 쌀쌀맞고 사무적이었다.

에일린 리치가 대답했다.

“예. 저는 아이를 낳을 거였어요. 하지만 이 직장을 그만두긴 싫었죠. 가을까지는 잘 지냈는데, 이후에는 겉으로 드러나기 시작했어요. 그래서 더 이상 일할 수 없다는 의사의 소견서를 받았죠. 그리고 아프다고 했어요. 아는 사람을 만날 일이 없는 외진 장소로, 외국으로 나갔죠. 다시 이 나라로 돌아와서 아이를 낳았는데 사산이었어요. 그러니 이해하시겠죠. 제가 선생님의 제안을 거절하는 이유를 말이죠. 학교가 재난을 겪게 된 지금에서야 저도 승낙할 수 있을지도 모른다는 생각이 든 거예요.”

그녀는 잠시 말을 멈추었다가 아무렇지도 않다는 듯 말했다.

"이제 제가 떠나길 바라시나요? 아니면 이번 학기가 끝날 때까지 있을까요?"

불스트로드 선생이 말했다.

"이번 학기가 끝날 때까지 있어야 해요. 그리고 내 바람대로 다음 학기가 있다면, 리치 선생님도 돌아와야 하고요."

에일린 리치가 되물었다.

"돌아오라고요? 그렇다면 저를 원하신다는 말씀이세요?"

불스트로드 선생이 말했다.

"물론이죠, 아무도 죽이지 않았잖아요, 안 그래요? 보석 때문에 미치지도 않았고 그걸 손에 넣으려고 사람을 죽일 계획을 세우지도 않았어요. 그동안 무슨 일을 한 건지 말해 줄게요. 리치 선생님은 그동안 본능을 너무 억눌렀던 거야. 남자를 만나 사랑에 빠졌어요. 그리고 아이를 낳았죠. 결혼할 상황은 안 되었던 거겠죠."

"결혼에 대한 이야기는 전혀 없었어요. 저도 그건 알고 있었어요. 그 사람을 원망하진 않아요."

"그렇다면 좋아요. 사랑에 빠져서 아이를 낳았군요. 그 아이를 낳고 싶었어요?"

"예. 낳고 싶었어요."

불스트로드 선생이 말했다.

"그럼 그걸로 된 거야. 내가 말해 주죠. 리치 선생님이 사랑에 빠졌든 말았든, 리치 선생님의 진정한 삶은 교사가 되는 거예요. 리치 선생님에겐 보통 여자들에게 남편과 아이가 의미하는 것보다 교사로서의 삶이 더 중요할 거예요."

"예, 저도 그건 확신해요. 여태까지 평생 그걸 알고 있었죠. 제가 정말로 하고 싶은 건 그거예요. 제 삶의 열정이죠."

"그러면 바보짓하지 마요. 내가 지금 좋은 제안을 하는 거라고. 물론 그건 모든 일이 원래대로 돌아갔을 때 이야기지만. 우리는 앞으로 이삼 년간 메도우뱅크를 다시 알리기 위해 노력해야 해요. 리치 선생님은 내 생각과 다른 생각을 가지고 있을 거예요. 내가 그 생각을 다 들어줄게요. 어쩌면 어떤 것들은 채택되겠죠. 리치 선생님은 메도우뱅크도 많은 것들이 달라지기를 바라죠?"

"어떤 면에서는 그래요. 거짓말은 하지 않겠어요. 학생들에게 정말 중요한 게 무엇인지 가르치고 싶어요."

"아. 알겠어요. 리치 선생님이 싫어하는 건 속물 같은 요인이죠. 안 그래요?"

"맞아요. 그게 많은 것들을 망치고 있어요."

"리치 선생님이 모르고 있는 건 원하는 학생을 받으려면 그 속물적인 요인이 꼭 필요하단 거죠. 그건 작은 요인일 뿐이야. 몇몇 외국 왕족들, 유명한 가문의 사람들이 있으면 전국의 바보 같은 부모들, 그리고 외국의 부모들도 메도우뱅크에 딸을 보내고 싶어 하죠. 메도우뱅크의 입학 허가를 받기 위해 별짓 다해. 그 결과는? 입학 대기자 명단이 길어지고 그러면 내가 보고 학생들을 선발하게 되죠. 이제 리치 선생님도 고를 수 있을 거야. 우리가 학생을 고르는 거라고요. 나는 학생들을 아주 조심스럽게 골라요. 어떤 학생은 성격 때문에, 어떤 학생은 머리가 좋아서, 그리고 어떤 학생은 학문적 소양 때문이죠. 어떤 학생은 그동안 기회가 없었지만 훨씬 더 훌륭한 사람이 될 자질을 가졌기 때문에 데리고 와요. 에일린, 당신은 젊고 이상으로 가득해요. 당신에겐 교육과 윤리적인 측면이 중요하죠. 당신의 비전도 옳아요. 우리에게 중요한 건 학생이에요. 하지만 만일 성공하고 싶다면 장사를 잘해야 해요. 아이디어는 다른 것들과 같아요. 그것도 마케팅을 해야 해요. 이제 다시 메도우뱅크를 일으키기 위해서 우리는 앞으로 빈틈없이 일해야 해요. 내가 아는 몇몇 사람들을 동원하고 졸업생들을 들볶고 부탁해서 딸들을 보내 달라고 할 거예요. 그러고 나면 다른 사람들도 오겠죠. 내가 그런 수단을 동원하는 걸 두고 보면 자신만의 방법이 생길 거예요. 메도우뱅크는 계속될 거고 좋은 학교가 될 거예요."

"영국에서 최고로 좋은 학교가 될 거예요."

에일린 리치가 즐거운 듯 말했다.

"좋아요. 그리고 에일린, 아무래도 머리카락을 좀 예쁘게 잘라야 할 것 같아요. 올린 머리가 유지되지 않으니까. 자, 그럼."

불스트로드 선생의 목소리가 변했다.

"나는 채디에게 가 봐야겠어요."

그녀는 채디가 있는 방에 들어서서 침대 옆으로 갔다. 채드윅 선생은 창백한 얼굴로 움직이지 않고 누워 있었다. 마치 얼굴에서 피가 다 빠져나가고 생기가 다 빠져나간 것 같았다. 수첩을 들고 있는 경찰이 가까이 앉아 있었고 침대 반대편에는 존슨 선생이 앉아 있었.

다. 존슨 선생은 불스트로드 선생을 보고 부드럽게 고개를 저었다.

"안녕, 채디."

불스트로드 선생이 말했다. 그녀는 기운이 없는 손을 꼭 붙잡았다. 채드윅 선생이 눈을 떴다. 그녀가 말했다.

"말하고 싶었어. 엘리노어…… 그건…… 그건 나였어."

"그래, 알고 있어."

"샘이 났어. 내가 원한 건……."

"알아."

불스트로드 선생이 말했다. 채드윅 선생의 볼 위로 눈물이 천천히 흘러내렸다.

"너무 끔찍해……. 그럴 의도는 아니었는데……. 내가 어떻게 그런 짓을 했는지 모르겠어!"

"이젠 생각하지 마."

"그럴 수가 없어. 넌 절대로……. 나는 절대로 나 자신을 용서하지 못할 거야."

"잘 들어 봐. 넌 내 목숨을 구했어. 나와 업존 부인의 목숨을 구한 거야. 그것도 중요하잖아, 안 그래?"

"난 말이야. 두 사람을 구하고 내가 죽었으면 했어. 그러면 모든 게 잘 되었을 텐데."

불스트로드 선생은 슬픈 눈으로 채드윅 선생을 바라보았다. 채드윅 선생은 크게 숨을 쉬고 미소를 지은 뒤 한쪽으로 고개를 떨구었다. 그녀는 죽었다.

불스트로드 선생이 조용하게 말했다.

“그래, 너는 방금 두 사람을 구하고 죽은 거야. 너도 이제 그 사실을 알면 좋겠구나.”

유산

"로빈슨 씨라는 분이 방문하셨습니다."

"아!"

에르퀼 푸아로가 말했다. 그는 손을 뻗어 앞에 있는 책상에서 편지를 집어 들었다. 그는 생각에 잠겨 그 편지를 내려다보았다. 그리고 말했다.

"들여보내, 조지."

편지는 몇 줄 되지 않았다.

친애하는 푸아로

로빈슨 씨라는 사람이 가까운 시일 내에 방문할지도 모릅니다. 아마 그에 대해서 이미 알고 있을 거예요. 어떤 모임에서는 제법 유명한 인사랍니다. 요즘 우리 사회에서는 그런 사람들이 필요한 모양이지.

굳이 표현하자면 그는 이번 사건에 대해서 좋은 편에 서 있는 사람입니다. 당신이 의심한다면 이것은 그저 추천일 뿐이고요. 물론 그가 당신에게 의견을 묻고 싶어 하는 게 어떤 문제인지 우리는 전혀 모릅니다. 여기에 밑줄을 치시길.

하하! 그리고 호호!

이프라임 파이커웨이

푸아로는 편지를 내려놓고 로빈슨 씨가 방으로 들어오자 자리에서 일어났다. 그는 고개 숙여 인사하고 악수를 나눈 뒤 의자를 가리켰다. 로빈슨 씨는 앉아서 손수건을 꺼내 커다랗고 누런 얼굴을 닦았다. 분명 몹시 더운 날이었다.

"이 더위에 걸어오신 건 아니길 바랍니다."

푸아로는 생각만으로도 끔찍했다. 떠올리기만 해도 손가락이 콧수염으로 갔다. 푸아로는 그가 지쳐 보이지 않는 것을 보고 걸어오지 않은 걸 재확인했다.

로빈슨 씨도 마찬가지로 끔찍한 듯했다.

"아닙니다. 절대 아닙니다. 제 롤스로이스를 타고 왔습니다. 그런데 여기 교통이 막혀서…… 가끔 30분씩 앉아서 기다려야 할 때도 있죠."

푸아로도 이해한다는 듯이 고개를 끄덕였다.

잠시 침묵이 흘렀다. 1부 대화가 끝나고 2부 대화가 시작되기 전의 침묵 같은 것이었다.

“흥미로운 이야기를 들었습니다. 물론 사람들은 여러 이야기를 듣지요. 그중에 많은 것은 사실이 아닙니다만. 선생님께서 여학교에서 생긴 일에 관여를 하셨다고요.”

“아, 그것 말씀이시군요!”

푸아로는 의자에 기대어 앉았다.

로빈슨 씨가 생각에 잠긴 채 말했다.

“메도우뱅크. 영국에서는 제법 고급 학교 중에 하나이죠.”

“매우 좋은 학교입니다.”

“학교'였습니다'가 아니고요?”

“그렇지 않기를 바랍니다.”

로빈슨 씨가 말했다.

“저도 그렇지 않기를 바랍니다. 아슬아슬하지 않나 걱정입니다. 어찌되었든 할 수 있는 일을 할 뿐이죠. 피할 수 없는 위축기를 잘 넘길 수 있도록 재정적 도움을 약간 드려야죠. 그리고 조심스럽게 뽑은 새 학생도요. 저도 유럽의 사교계에서 영향력이 있는 편이니까요.”

“저도 아는 사람들을 좀 설득했습니다. 방금 말씀하셨듯이 우리가 잘 넘길 수 있도록 도와줘야죠. 자비롭게 말이죠. 사람들은 기억력이 별로 좋지 않으니까요.”

“그러길 바라죠. 하지만 아이들 일에 열성인 엄마나 아빠들이 싫어할 만한 일이었던 건 인정해야죠. 체육 교사, 불어 교사 그리고 또 다른 교사가 모두 살해되었으니까요.”

"말씀하신 대로입니다."

로빈슨 씨가 말했다.

"제가 듣기론, 너무 많은 소문이 들리더군요. 불쌍한 한 젊은 여성이 어릴 때부터 여선생에 대한 공포심을 키워 왔다더군요. 심리학자들은 이 주제를 가지고 난리를 칠 겁니다. 적어도 요즘 말하는 한정 책임 능력 판정을 끌어내려고 할 겁니다."

"아마도 할 수 있는 최선의 선택이 되겠죠. 그게 실패하길 바란다고 말씀 드려도 용서해 주시기 바랍니다."

"저도 전적으로 동의합니다. 가장 무자비한 살인자죠. 하지만 그녀의 성격이 좋고 유명한 사람들의 비서를 지낸 것, 전쟁 중의 기록도 들먹일 겁니다. 제법 화려하더군요, 이중 스파이 활동요."

그는 마지막 단어를 말하면서 강조했다. 그의 목소리에는 의혹이 묻어 있었다.

푸아로가 딱딱하게 말했다.

"매우 유능했었습니다. 제가 알기로도. 그렇게 어린 데도 똑똑하고 양쪽 편에서 모두 유용했습니다. 그게 그녀의 전문이었죠. 계속 그 일이나 했다면 좋았을 것을요. 하지만 그 유혹은 이해할 수 있습니다. 혼자서 간단한 일을 하고 큰 보수를 챙길 수 있는 일이었죠."

푸아로가 조용히 덧붙였다.

"아주 큰 보수더군요."

푸아로가 고개를 끄덕였다. 로빈슨 씨가 앞으로 몸을 숙였다.

"무슈 푸아로, 그건 어디 있습니까?"

"당신도 어디에 있는지 알고 계시는 것 같습니다만."

"사실은 저도 알고 있습니다. 은행은 참 유용한 시설이지요. 안 그런가요?"

푸아로가 미소 지었다.

"이렇게 둘러서 말할 필요 같은 건 없겠지요, 안 그렇습니까? 그 보석을 어떻게 할 건가요?"

"저는 기다리고 있었습니다."

"뭘 기다리시나요?"

"제안이라고 할까요?"

"예, 알겠습니다."

"그게 제 소유가 아닌 건 이해하시죠. 그 물건의 주인에게 건네주고 싶습니다. 하지만 그것이 지금 상황을 정확하게 표현한다면 그리 간단하지 않더군요."

"정부도 지금 난처한 상황이랍니다. 위험하다고 할까요. 석유나 철강 우라늄, 코발트와 같은 자원이나 외교적인 문제는 아주 민감합니다. 여왕 폐하의 정부와 기타 등등은 그 물건에 대해 정보가 전혀 없다고 하는 게 제일 좋은 방법이지요."

"하지만 이 중요한 물건을 제 은행에 영영 넣어 둘 수도 없는 노릇입니다."

"그렇습니다. 그래서 그것을 제게 넘겨주십사하고 제안하러 온 겁니다."

"아, 왜 그래야 하나요?"

"제가 훌륭한 이유를 하나 드리죠. 그 보석들은 아, 우리는 공식적인 대화를 하는 게 아니니까 그렇게 불러도 될 것 같습니다. 그 보석들은 분명 고인이 되신 알리 유스프 왕자의 개인적인 소유물이었습니다."

"그렇다고 알고 있습니다."

"왕자 폐하께서는 그것을 로버트 롤린슨에게 건네주고 지시를 내렸습니다. 그 보석은 라마트를 빠져나와서 내게 전달되어야 했던 것입니다."

"증명하실 수 있나요?"

"물론이지요."

로빈슨 씨는 주머니에서 긴 편지 봉투를 꺼냈다. 봉투에서 그는 종이 조각을 여러 개 꺼냈다. 그리고 푸아로 앞의 책상 위에 늘어놓았다. 푸아로는 몸을 숙여 자세히 살펴보았다.

"말씀하신 대로군요."

"그러면 어떡하시겠습니까?"

"제가 질문을 해도 괜찮을까요?"

"물론입니다."

"그러면 당신이 개인적으로 얻는 것은 무엇인가요?"

로빈슨 씨는 놀란 듯 보였다.

"돈이지요, 물론. 제법 많은 돈입니다."

푸아로가 생각에 잠긴 듯 그를 쳐다보았다.

로빈슨 씨가 말했다.

"아주 오래된 거래입니다. 게다가 돈이 많이 생기는 거래이지요. 나와 같은 사람들이 네트워크를 이루어서 전 세계에 제법 많습니다. 우리들은, 어떻게 표현해야 할까요, 이면에서 모든 일을 주선하는 사람들입니다. 왕이나 대통령, 정치인……. 어떤 시인의 표현대로 격렬한 빛이 내리쪼이는 사람들을 위해 일합니다. 우리들은 서로 도우면서 일하죠. 그리고 한 가지만 분명하게 합니다. 바로 배신하지 않는 거지요. 우리는 많은 보수를 받지만 정직합니다. 우리의 서비스는 매우 비싸지만 도움을 줍니다."

"그렇군요. 좋습니다! 요구하시는 대로 하지요."

푸아로가 말했다.

"아마도 그 결정을 모두가 기뻐할 겁니다."

로빈슨 씨의 눈은 잠시 푸아로의 오른손에 들려 있는 파이커웨이 대령의 편지에 머물렀다.

"그런데 잠시만요. 저도 사람인지라 호기심이 있죠. 그 보석은 어떻게 하실 건가요?"

로빈슨 씨는 푸아로를 바라보았다. 로빈슨의 크고 노란 얼굴에는 미소가 번졌다. 그는 몸을 앞으로 굽혔다.

"말씀해 드리지요."

그가 이야기해 주었다.

아이들은 길에서 뛰어놀고 있었다. 귀에 거슬리는 아이들의 소리가 대기를 채웠다. 로빈슨 씨는 거만하게 롤스로이스에서 내리더니 아이들 중 하나에게 다가갔다.

로빈슨 씨는 불친절하다고는 말할 수 없는 손길로 아이를 옆으로 밀고는 집의 번지수를 살펴보았다.

15번지. 맞았다. 그는 대문을 밀어 열고 현관문까지 세 계단을 올라갔다. 창문에는 깨끗한 하얀 커튼이 드리워져 있었고, 번쩍거리는 놋쇠 문손잡이가 눈에 띄었다. 별 볼일 없는 런던의 한 구석에 있는 별 볼일 없는 거리에 별 볼일 없는 집이었지만 관리가 잘되고 있었고 자긍심이 느껴졌다.

문이 열렸다. 스물다섯 살 정도의 예쁜 여자가 문을 열었다. 금발의 초콜릿 박스처럼 예쁜 여자가 웃으면서 그를 맞이했다.

"로빈슨 씨죠? 들어오세요."

그녀는 그를 작은 응접실로 안내했다. 제임스 1세 때 유행하던 무늬의 덮개가 씌워진 텔레비전. 벽에 붙여진 작은 피아노. 그녀는 검은색 스커트와 회색 티를 입고 있었다.

"차를 드시겠어요? 물이 끓고 있어요."

"감사하지만 사양하겠습니다. 저는 차는 마시지 않습니다. 그리고 곧 돌아가야 합니다. 제가 편지로 알려 드린 물건을 전하러 왔습니다."

"알리에게서요?"

"예."

"이젠 아무래도 전혀 희망이 없는 거죠? 제 말은, 그가 죽은 게 사실인가요? 실수가 있었던 건 아닐까요?"

"유감스럽지만 실수는 없었습니다."

로빈슨 씨가 부드럽게 말했다.

"예, 예. 물론 아니겠죠. 어쨌든 전혀 예상하지 못했어요. 그가 라마트로 돌아갔을 때 저는 이제 다시는 그를 못 볼 거라 생각했어요. 그렇다고 그가 혁명에 휩쓸려서 살해당할 거라 생각한 건 아니지만. 제 말씀은…… 잘 아시잖아요. 그는 자신이 맡은 일을 해야 하고 자기 나라 사람이랑 결혼해야 했던 것을요."

로빈슨 씨는 꾸러미를 꺼내서 탁자 위에 올려놓았다.

"열어 보세요."

그녀는 약간 떨리는 손가락으로 포장을 뜯고 마지막으로 덮개를 열었다. 그녀는 갑자기 숨을 헉 들이쉬었다.

빨강, 파랑, 초록, 흰색……. 모두 불꽃처럼 번쩍거렸다. 살아 있는 듯한, 작고 어두운 방을 알라딘의 동굴로 만들었다…….

로빈슨 씨는 그녀를 바라보았다. 그는 여인이 보석을 바라보는 모습을 무수히 보아 왔다…….

그녀는 이윽고 숨도 쉬지 않고 말했다.

"이게…… 진짜는 아니죠?"

"진짜입니다."

"하지만 이건…… 돈으로 하면……."

그녀의 상상력으로도 생각할 수 없었다. 로빈슨 씨가 고개를 끄덕였다.

"만일 처분하신다면 아마 적어도 50만 파운드는 받을 수 있을 겁니다."

"아니요. 그럴 순 없어요."

갑자기 그녀는 보석을 전부 쓸어 담아서 떨리는 손가락으로 다시 쌌다.

"전 두려워요. 저 보석 때문에 두려워요. 어떻게 해야 할까요?"

문이 홱 열리고 작은 남자 아이가 들어왔다.

"엄마, 빌리가 기막힌 탱크를 줬어. 걔가……."

아이는 말을 멈추고 로빈슨 씨를 보았다.

올리브 빛 피부. 가무잡잡한 소년. 아이 엄마가 말했다.

"부엌으로 가렴, 알렌. 차가 준비되어 있어. 우유랑 비스킷 그리고 마늘빵이 좀 있단다."

"와, 신난다."

아이는 부산을 떨며 방을 나갔다.

"이름이 알렌인가요?"

로빈슨 씨가 물었다. 그녀가 얼굴을 붉혔다.

"알리와 제일 비슷한 이름이에요. 알리라고 부를 수는 없잖아요. 아이에게도 주변 사람들에게도 너무 힘들 것 같아서요."

그녀는 다시 얼굴이 어두워지면서 말을 이었다.

"제가 뭘 해야 하죠?"

"우선 결혼 증명서를 가지고 계시나요? 말씀하신 대로 그분이 맞는지 확인해야 합니다."

그녀는 잠시 그를 바라보다가 작은 책상으로 갔다. 서랍에서 그녀는 편지 봉투를 꺼내더니 봉투에서 서류를 꺼내 그에게 보여 주었다.

"흠……. 예. 에드몬스토우 등기소……. 학생 알리 유스프……. 미혼 여성 앨리스 칼더……. 예, 모두 맞습니다."

"법적으로 완벽하죠. 결혼 증명에 대해선 말이죠. 그리고 아무도 그가 누구인지 신경 쓰지 않았어요. 요즘엔 외국에서 온 무슬림 학생들이 많아서 말이죠. 이건 아무런 의미가 없다는 것은 알고 있었어요. 그는 무슬림이고 부인을 한 명 이상 거느릴 수 있었어요. 그리고 언젠가는 돌아가야 한다는 사실도요. 같이 이야기를 많이 했어요. 하지만 알렌이 생겼어요. 그래서 법적으로 처리해 두어야 알렌에게 좋을 거라고 했죠. 이 나라에서 결혼을 해야 알렌이 법적으로 괜찮을 거라고요. 그게 그가 할 수 있는 최선이었어요. 그는 저를 정말 사랑했어요. 정말로요."

"예. 분명히 그랬을 겁니다."

그는 딱딱하게 말했다.

"자, 만일 저한테 맡기신다면 그 보석을 팔아 드리겠습니다. 그리고 변호사의 주소를 드리죠. 믿을 만한 변호사입니다. 그가 조언을 해 드릴 겁니다. 아마도 대부분의 돈을 신탁 자금으로 두라고 할 겁니다. 그리고 그 뒤에 다른 문제들이 따르겠죠. 아들의 교육이라든가, 새로운 삶의 방식 같은 거요. 사회적인 교육과 지도가 필요할 겁니다. 이제부터 아주 부유한 여성이 될 테니 많은 남자들과 사기꾼이 당신을 노릴 겁니다. 앞으로의 삶은 순탄하지 않을 것입니다. 물질적인 문제를 빼고 말입니다. 부자들은 순탄한 삶을 살지 않지요. 그건 확실히 말씀 드릴 수 있습니다. 많은 사람들이 그런 환상을 가지고 있지요. 하지만 당신은 성격이 좋군요. 잘 해내실 것 같습니다. 그러면 아마 아드님은 아버지보다 더 행복한 사람이 될 겁니다."

그는 잠시 말을 멈추었다가 질문을 던졌다.

"동의하십니까?"

"예, 가져가세요."

그녀는 보석을 그에게 밀어 주었다. 그러더니 갑자기 말했다.

"그 여학생요. 그걸 찾아냈다는 그 아이에게 하나를 주면 좋겠어요. 그 아이는 어떤 색깔을 좋아할까요?"

로빈슨 씨는 생각했다.

"에메랄드가 어떨까요? 신비로운 초록색. 어쨌든 참 좋은 생각입니다. 그 아이도 무척 좋아할 겁니다."

그는 자리에서 일어났다. 로빈슨 씨가 말했다.

"제가 해 드리는 서비스에 대해 비용을 청구할 겁니다. 비용은 제법 비쌉니다. 그렇지만 당신을 속이지는 않습니다."

그녀는 잠시 그를 가늠해 보았다.

"그래요. 그럴 것 같지 않군요. 그리고 이런 일에 대해 잘 아는 사람이 필요합니다. 저는 전혀 모르니까요."

"무척 분별 있는 분처럼 보이시는군요. 그러면 이제 제가 가져갈까요? 하나쯤은 갖고 싶지 않으세요?"

그는 호기심을 가지고 그녀를 바라보았다. 순간적인 흥분과 탐욕으로 눈동자가 번쩍였다. 하지만 그 번쩍임은 금방 사라졌다.

앨리스가 대답했다.

"아니요, 하나라도 가지고 싶지 않아요."

그녀가 얼굴을 붉혔다.

"아마도 어리석어 보이겠죠. 이렇게 큰 루비나 에메랄드를 가지지 않는 게 말이에요. 그냥 간직할 뿐이더라도 말이죠. 하지만 그 사람과 저는……. 그는 무슬림이었지만 제가 가끔씩 읽어 주는 성경도 잘 들었어요. 우리가 같이 읽었던 부분은 루비보다도 가치 있는 여인에 대한 부분이에요. 그래서 저는 보석은 가지지 않을 거예요. 그러지 않는 게 좋아요……."

로빈슨 씨는 기다리고 있는 롤스로이스를 향해 걸어가면서 중얼거렸다.

"정말 특이한 여인이야."

그리고 다시 한 번 중얼거렸다.

"정말 특이한 여인이야."

〈끝〉

옮긴이 | 이수경

서강대학교 화학과, 포항공대 대학원 화학과를 졸업했다. 해외 과학기술 동향지에 학술 잡지를 요약 번역한 것을 계기로 번역 일을 시작하였다. 삼성 SDI를 거쳐 대전 소재 바이오벤처 회사에 근무하며 작업하고 있다. 역서로는 『잃어버린 세계』, 『안개의 땅』, 『티가나』 등이 있다.

애거서 크리스티 전집

비둘기 속의 고양이

3판 1쇄 찍음 2021년 2월 10일
3판 1쇄 펴냄 2021년 2월 22일

지은이 | 애거서 크리스티
옮긴이 | 박산호
발행인 | 박근섭
편집인 | 김준혁
책임편집 | 최고운
펴낸곳 | 황금가지

출판등록 | 2009. 10. 8 (제2009-000273호)
주소 | 06027 서울 강남구 도산대로 1길 62 강남출판문화센터 5층
전화 | **영업부** 515-2000 **편집부** 3446-8774 **팩시밀리** 515-2007
홈페이지 | www.goldenbough.co.kr

도서 파본 등의 이유로 반송이 필요할 경우에는 구매처에서 교환하시고
출판사 교환이 필요할 경우에는 아래 주소로 반송 사유를 적어 도서와 함께 보내주세요.
06027 서울 강남구 도산대로 1길 62 강남출판문화센터 6층 민음인 마케팅부

© ㈜민음인, 2013. Printed in Seoul, Korea

ISBN 978-89-8273-718-3 04840
ISBN 978-89-8273-700-8 04840 (set)

㈜민음인은 민음사 출판 그룹의 자회사입니다.
황금가지는 ㈜민음인의 픽션 전문 출간 브랜드입니다.